KB139155

당신은

절대

잊히지

않을 것이다

YOU WILL NEVER BE FORGOTTEN
by Mary South

메리 사우스 지음 · 변용란 옮김

책봇에디스코

일러두기

- 본문의 하단에 적힌 각주는 원주이고, 그 외에는 옮긴이 주이다.
- 인명, 지명 등은 외래어 표기법을 따랐으며, 일부는 널리 통용되는 발음을 반영해 예외로 두었다.
- 본문 중 사용된 일반 괄호는 원서를 그대로 따랐다.
- 원문에서 이탤릭체로 된 부분은 고딕체로 표시하였다.
- 도서명은 『 』로, 신문이나 잡지는 《 》로, 영화, 음악, 미술, 단편 등의 작품은 〈 〉로 표기하였다.

키이스 프라임

- - -

키이스Keith라는 이름을 지닌 사람들이 키이스 집단이 된 이유는 그들이 특출나게 잘생겼거나 각별히 지적이거나 특별히 친절해서가 아니다. 키이스 집단은 마에스트로가 되기 전까지는 절대 프로 스포츠 선수가 되어 경쟁을 벌이거나 악기 연주 훈련을 받지 못한다. 키이스가 장전된 총 앞에 뛰어드는 일 역시 없겠지만, 인도를 걷다가 당신이 식료품이 든 봉지를 쏟는다면 그는 물건을 다시 담는 걸 도와주긴 할 것이다. 시내버스에서 키이스를 마주치더라도 당신의 시선은 눈앞에 펼쳐진 바다를 보듯 스치거나 편안하게 그를 보아 넘길 것이다. 스테파니 집단 창고도 있고 대니얼 집단 창고도 있으며, 마야, 조지, 크리스털, 자말, 니콜 집단 창고도 있지만 나는 키이스 창고에서 일한다.

돌보던 키이스 가운데 하나가 수확되면 항상 슬프다. 오리엔테이션 과정에서 우리는 키이스 중 누군가 큰 통에서 퍼낸 아이스크림처럼 덜렁 들리거나 아주 큰 퍼즐 조각처럼 분해되는 것을 한 번은 볼 의무가 있다. 티베트에서 승려들은 몇 달에 걸쳐 모래로 우주를 상징하는 복잡한 무늬인 만다라를 만드는데, 그 목적은 무늬가 완성되면 손짓 한 번으로 파괴하기 위함이다. 짐작건대 키이스는 인체의 부분으로 구성된 만다라인 것 같다. 내 남편이 죽은 뒤 스테파니 집단 창고에서 일하던 동료가 빌려준 캐나다인 승려의 책에서 나도 만다라에 대해 알게 되었다. 그 비구니는 자기 몰래 바람을 피운 남편이 이혼을 요구했을 때 얼마나 가슴이 찢어졌는지 이야기해주었는데 퍽 공감이 갔다. "고마워요, 유익한 독서였어요." 동료에게는 이렇게 말했지만, 속으로는 남편이 산 채로 신경계에 먹혀버리기 전에 그 책을 빌려주었더라면 좋았겠다고 생각했다.

키이스 집단을 위한 우리 창고는 모든 환자들이 혼수상태로 누워 있는 종합병원이므로 딱히 창고라고 부르긴 어렵다. 키이스들은 태어나면 울음을 터뜨리지만 이내 영원히 잠을 자는 상태로 빠져든다. 두피에 전극을 연결하여 뇌에서 주로 숙면용 델타파를 방출하도록 유도한다. 혹시라도 꿈을 꾼다면, 인생을 산 적이 없는 키이스는 대체 어떤 꿈을 꾸게 될까? 내 상상으론 키이스의 꿈은 우주의 검은 공간이나 빈 종이 같을 것이다. 무無를 개념화하기란 어렵다. 그럼에도 우리는 키이스들을 훌륭하게 잘 돌본다. 매일 나는 키이스의 팔다리를 스트레칭해주고 욕창을 방지하기 위하여 자세를 바꿔주며, 기저귀를 확인하고 발톱을 자르고 머리를 정돈하고 안구에 윤활제를 넣어준다. 당연히 우리는 키이스들이 최상의 상태이길 바란다.

고백하자면 애착을 갖지 말라는 경고에도 불구하고 나에

게도 최애 키이스가 있다. 나의 키이스는 입술 아래턱 오목한 곳에 작은 점이 하나 있어서 나머지 키이스들과 구분된다. 키이스 유통센터에 근무하는 간호사가 애정을 품는 경우 보통 그 대상은 어린 아기인 경우가 많다. 앙탈을 부리지 않는 육신을 지닌 인형. 우리 중에서도 베테랑 간호사인 완다는 인공 자궁에서 수술대에 이르기까지 키이스 한 사람을 온전히 키워냈다. 의사들이 그의 콩팥과 각막을 제거하는 동안 완다는 그 과정을 지켜보았다고 한다. 그에 비하면 내 경력은 짧아서 몇 년 되지 않지만, 점 있는 키이스는 그 기간 내내 나와 함께 했다. 그 아이의 만기가 곧 닥칠까 염려되어 나는 은밀하게 그 아이에게 각별한 관심을 쏟으려고 노력한다. 그러나 행동을 조심하는 것이 중요하다. 편애를 드러내면 질책을 받고 감봉당할 위험이 있다. 어느 간호사가 니콜 중 하나에게 차마 말 못 할 몹쓸 짓을 저지른 이후 감시 카메라가 설치되었다.

나는 점 있는 키이스를 품에 안고 몸을 돌린 다음 엉덩이를 마사지한다. "너는 특별해." 아무도 보지 않는다는 것이 꽤나 확실해지는 순간 나는 그의 귀에 대고 속삭인다. "넌 특별한 키이스야."

다음 날 아침 나는 점 있는 키이스가 의식이 있는 것을, 의식이 있는 게 아니라면 적어도 깨어나 있는 것을 발견하고 깜짝 놀란다. 그의 동요는 좀비처럼 잠자는 시간 동안, 야간근무 담당이 맡은 새벽 두 시, 세 시, 네 시쯤 발생했는데, 밤에는 피부의 생체리듬을 맞춰 주기 위해서 불빛을 어둡게 하기 때문에 정확히 언제인지는 아무도 알 수가 없다. 죄책감에 휩싸인 나는 깔깔거리며 침대를 정돈했던 기억을 떠올리지만, 지금은 흘러내린 침대 시트가 끔찍한 공모의 결과로 여겨질 뿐이다. 내 의지로 그를 깨운 걸까? "키이스들은 가끔 깨어나는 일이 있습니다." 의사들이 시인한다. 주입 펌프에 오작동이 일어나거나 투약 교체가 이루어지지 않았을지 모른다. "즉시 어둠의 심연 속으로 잠재울 수 있을 겁니다." 의사들은 키이스에게 상당량의 신경안정제를 투약하지만, 그는 잠의 경계 너머로 빠져들지 않는다. "흠." 의사들이 투덜거린다. 키이스의 신음 소리는 마치 임종을 앞둔 헐떡거림처럼 들리기는 하지만, 이 신음은 그가 살기 위해 헐떡거리는 소리다.

MRI, CT, 인지 기능 검사 같은 각종 검사가 이어진다. 키이스들은 운동 효과가 제한적이어서, 그는 근육 위축증과 골감소증, 연골 약화가 있음이 밝혀진다. 말하자면 그는 수십 년간 연주하지 않고 내버려둔 바이올린 신세이고, 변비도 앓고 있다. 코티지치즈와 사과소스, 당근 퓌레를 넣은 영양식으로 배변을 도우려 하자 그는 전부 다 토해버린다. 점 있는 키이스가 거울에 비친 자신의 모습을 인지한 순간 경영진은 문제가 생겼음을 깨닫는다. "감히 말하자면 발달 과정의 거울 단계에 도달한 키이스 축출을 옹호하는 것은 윤리적으로 좀 민감하다." 의사들은 보고서에 이렇게 적는다. "키이스." 그의 얼굴을 모두 함께 응시하다, 내가 말한다. "피프."라고 그가 대꾸한다. "키이스."라고 내가 반복하며 그의 점을 만지작거린다. "티스."라고 그가 시도한다. 키이스는 자음보다 모음 발음에 더 능하다. 그에게 새 이름을 지어주어야 하지 않을까 고민하지만 아마 그러면 우리 둘 다 혼란스러울 것이다.

관제실로 불려간 나는 해고당할까 봐 겁을 낸다. 해고 대신 그들은 제안을 한다. "키이스 유통센터에는 걷고 말하는 키이스를 다룰 시설이 없습니다."라고 그들이 말한다. 나더러 임시로 키이스의 법정 후견인이 되는 것이 어떻겠냐고. "보상은 해줄 겁니다."라고 그들이 덧붙인다. "키이스의 미래를 결정한 뒤에는 우리에게 다시 돌려보낸다는 조건입니다." 내가 동의하자, 작은 글씨로 인쇄되어 작은 탑처럼 쌓인 서류 양식에 서명이 이어진다. 내가 파악한 바로는 우리와 동업 관계인 운송회사와 협약을 맺을 때 사용하는 표준 운송 계약서를 변형한 서류다. 이번 계약서가 더 두툼한 이유는 온전한 키이스 전체를 다루기 때문이다.

"축하합니다." 그들이 말한다. "키이스 유통센터는 키이스가 야기하는 귀하의 건강이나 재산상 손해에 대하여 책임을 지지 않습니다."

우리는 기본적인 것들을 너무나 쉽고도 당연하게 받아들인다. 남편의 병이 진전되면서 운동 기능과 소화 기능이 사라지고 결국엔 정신 기능도 잃어버리자 우리는 다시 그런 기능들을 해결할 방법을 찾아야 했다. 키이스를 돌보는 직업을 갖게 된 뒤 남편이 내 곁에 더 오래 머물 수 있도록 키이스가 도움이 되기를 소망했다. 지나고 나서 생각해보니, 우리 가정도 지켜내지 못한 주제에 참 순진한 발상이었다. 키이스는 너무나도 값이 비싸서 나의 남편에게 써먹기엔 무리였다. 우리 대부분은 키이스 하나의 가치에도 미치지 못한다. 점 있는 키이스에 관한 한 가장 기본적인 것으로도 쩔쩔매지만, 나는 일단 그에게 남편 옷을 입혀 돌봄에 착수한다. 결과적으로 남편의 옷은 그에게 맞지 않았다. 더 작은 사이즈의 옷을 사야 할 것인지에 대해 논란이 일지만 뭐 하러 그러느냐는 쪽으로 우리는 결론을 내렸다. 남편의 셔츠와 바지 역시 키이스에겐 너무 헐렁했으므로 돈을 쓰지 않았던 것을 지금은 후회한다. 다음으로 나는 화장실 가는 법을 시연한다. 변기에 앉은 나는 볼일을 보는 척 한 다음 키이스에게 똑같이 해보라고 지시한다. 키이스는 변기에 앉지만 볼일을 보는 척하지는 않는다. 제대로 알아듣게 하려면 키이스 앞에서 내가 똥을 눠야 할까?

어미 고양이가 새끼 고양이들에게 배변 상자 사용하는 법을 가르치는 영상을 연달아 보여주는 쪽을 택한 나는 키이스 앞에서 똥을 누지는 않는다. 그는 양치식물이 말라비틀어져 있는 거실 한쪽 구석으로 주춤거리며 가더니 대변을 본다. 쇼핑 목록에 '배변 상자'라고 휘갈겨 적으려니까 문득 즐거워진다. 키이스에게 TV 시청하는 법을 차례차례 가르쳐주자 그는 만화를 보며 울부짖는다. 키이스가 보기에 만화는 너무 현란하고 너무 정신없고 너무 시끄럽다. 나는 필사적으로 채널을 돌려 다시 새끼 고양이 채널을 보여준다. 내가 곁에 없을 때 키이스가 무언가 불안한 상황을 맞닥뜨리면 어떡하지? 자녀 보호기능 프로그램을 설정해야 할까? 그런다고 해도 무서운 인형이 나와서 알파벳을 암송하는 채널을 재빨리 다른 데로 돌리지 못한다면 키이스는 공포에 사로잡힐 것이다. 그래서 나는 겁이 나면 플러그를 뽑아야 한다고 키이스에게 가르친다. “꺼.” 내가 설명한다. “퍼.” 그가 대답한다. 어휘력은 뒤처지지만 순서를 파악하는 그의 이해력은 훌륭하다.

키이스는 범죄 실화를 다룬 다큐멘터리와 화장품 사용법, 동물들이 사냥감을 노리다 서로 잡아먹는 내용에 매혹된다. 그런 야생 동물들은 다 멸종되었고 살아남은 종은 반려동물이나 도살용 가축뿐이라는 사실을 그에게 알려주고 싶은 마음도 끈기도 없다. 지구에 찾아와 TV를 통해 우리 인간들 틈에서 생존하는 법을 배우는 영화 속 외계인들과 달리, 키이스는 TV 내용에서 많은 지식을 흡수하는 것 같지 않다. 단지 그는 입맞춤과 살육을 좋아할 뿐이다. 그럼에도 여전히 나는 그가 지루해하거나, 혹은 키이스가 겉으론 지겨워하는 것 같아도 깜짝 놀랄 장면에 과도하게 노출될까 봐 걱정스럽다. 키이스들을 돌보느라 지친 몸으로 아파트에 돌아가면, 그곳엔 점잖은 키이스가 카펫에 널브러져 바닐라 파우더 냄새를 맡고 있거나 봉고를 연주하듯 냄비와 프라이팬을 두들기고 있다.

키이스의 각성이 한 가지 이상이라는 것은 그와 내가 받아들이게 된 깨달음이다. 육체적인 각성에 이어 그는 자신이 동떨어진 존재임을 각성했고, 마침내 그의 각성은 자신이 되지 못하는 존재에 대한 인정으로 이어진다. 대단히 어린 키이스들의 재배치가 수술실로 이어지는 것을 예전에도 목격하긴 했지만, 그들은 내 담당이 아니었다. 아이들도 어른만큼 흔하게 질병과 질환에 시달린다는 사실은 마음 깊이 받아들이기가 어려울 수 있다. 내가 돌보던 영유아 하나가 차출되자 놀랍게도 나는 박탈감을 느낀다. 점 있는 키이스 이외에 다른 키이스에게도 내가 감정을 품고 있다는 사실을 알지 못했다. 주문이 처리됨에 따라 키이스들이 사라지는 것에 대해서는 우리도 감정적인 준비를 하지만, 먹이고 씻기고 어루만지는 반복된 일상에 다시금 익숙해진다. 키이스들을 위한 인공 자궁 병동에서 나는 걸음마를 시작한 그 아이가 이 세상으로 유입되는 과정을 돌봤던 간호사였고 그 아이의 유일한 울음을 귀담아 들어준 사람이었다. 나는 점 있는 키이스의 목에 얼굴을 파묻고 울고 또 운다.

점 있는 키이스는 나를 위로하고 싶은 마음에 내 배와 가슴을 쓰다듬기 시작하지만 나는 그의 동작을 멈추게 한다. 이런 부분에 관해서는 키이스 역시 어린아이이다. 대신에 우리는 숟가락을 겹치듯 포옹하고, 그는 큰 숟가락이 된 것을 기뻐한다. 최근 크리스털 집단에서 일하는 남자가 섹스 후 나를 안아주었지만, 그는 크리스털 집단, 키이스 집단, 스테파니 집단, 기타 등등 모든 센터의 간호사들과 다 잠자리를 즐기려고 안

달하는 사람이다. 점 있는 키이스의 포옹은 독점적으로 나만을 위한 것 같은 느낌이다. 나를 위로해준 뒤 그는 키이스로서 자신의 문제가 무엇인지 찾는 공부를 요구한다. 어머니가 없는 누군가에겐 모성의 수수께끼를 어떻게 알려주어야 할까? 나는 양손으로 팔꿈치를 잡고 팬터마임을 하듯 아기를 안고 흔드는 시늉을 해보이지만 키이스는 어리둥절한 표정으로 나를 응시한다. 그래서 나는 인간 아기를 안고 있는 어머니들의 영상 몇 개를 보여준다. "당신?" 그가 키이스다운 말투로 묻는다. "아니." 내가 말한다. "난 네 어머니가 아니야."

다음번 검진 절차가 끝난 이후 나는 즉흥적으로 키이스에게 키이스 유통센터를 구경시킨다. 의사와 간호사들은 애정 어린 손길로 그의 어깨를 두들기며 용기를 북돋아준다. "말짱해 보인다, 키이스." 마치 휴게실에서 유대를 쌓고 있는 친구들이 나누는 것 같은 말투지만, 애당초 우리가 휴게실을 만든 이유는 키이스 때문이다. 나는 키이스를 이끌고 인공 자궁 설비를 지나치며 말한다. "여기가 네가 태어난 곳이야." 그의 또래들이 누워 있는 병동에 들어가서는 이렇게 말한다. "이게 너야." 그는 신의 관점에서 수술실에 누운 키이스를 바라보는 최초의 키이스이므로 내가 설명한다. "그리고 여기가 바로 키이스들이 키이스로서 생애를 마치는 곳이야."

키이스는 자장가를 받아들이지 못하는데도 완다는 영아실에서 노래를 부르고 있다. 내가 돌보던 아기 키이스의 플라

스틱 요람은 소독이 끝났지만 아직 배정이 되지 않아 놀라울 정도로 텅 비어 있다. 빈 요람이 눈에 들어오자, 알고 지냈다고 생각하던 사람이 낯선 존재로 변해버린 것 같은 기분이다. 돌보는 키이스들에게 지나친 감정 이입을 피하는 완다의 지혜를 나도 간절히 배우고 싶다. 완다를 곤란하게 만들고 싶지도 않을뿐더러, 근무 중엔 키이스와 직접적으로 관련되지 않은 잡담은 금지되어 있으므로 나는 애써 무심한 말투로 묻는다. "키이스 센터에서 일하는 거 좋아?" 우리는 서로 의견을 교환하는 간호사들이므로 이 정도는 그리 어색한 질문이 아니라고 스스로를 안심시킨다. 내가 진짜로 묻고 싶었던, 키이스들이 누리는 행복한 망각을 부러워하는 마음은 어떻게 해야 끊을 수 있는지 물은 것도 아니므로. 완다는 키이스의 힘줄을 건네며 내 질문에 질문으로 답한다. "자기 황금알 먹어봤어?" 아니라고 나는 대답한다. "코코팜 핑크비치는? 거기는 가본 적 있어?" 나는 거기에 핑크비치가 있는 줄도 몰랐다고 말한다. 완다에 따르면 키이스는 그게 가능할 것이라고 한다. 물속 깊이 잠수도 하고 유명한 그 리조트를 볼 수 있을 거라고. 우리는 키이스의 가족이지만, 키이스는 우리는 알 수 없는 누군가의 형제, 아내가 될 것이다.

운명은 문을 하나 닫으면 창문을 하나 열어준다는 것은 진부한 말이지만, 이번 키이스의 경우엔 문과 창문 둘 다 열린다. 그는 자신의 간으로 창문을 연다. 캐나다인 불교 승려의 책에는 우연히 굶주린 암호랑이를 만난 왕자의 이야기가 나오는데, 그는 지극한 연민의 마음으로 자신을 희생하여 호랑이의 먹이가 된다. 그러나 내 생각엔 왕자가 호랑이를 죽였어야 마땅하다. 그 호랑이는 왕자가 죽은 뒤에도 숨을 거둘 때까지 계속해서 고통을 겪을 수밖에 없다. 그와 유사한 종류의 연민을 품고 나와 키이스들을 관찰했지만, 어느 쪽이 내 역할인지 정할 수가 없다. 키이스는 눈이 쏟아지는 옥외 주차장 같은 감각 속에서 살아가고 있으므로 그걸 따라 하는 건 내 능력 밖이다. 그러므로 분명 그가 왕자이고 내가 호랑이다. 그에게는 이 세상에 속해 살아가는 우리와 같은 갈망이 없다. 키이스 충족센터에 고용되기 이전에 완다는 무연고 시신을 확인하는 미생물 환경복원 회사에 다녔다. 시신을 찾아가는 가족이나 친구, 지인이 없는 경우엔 사체를 화장한 다음 다른 종류의 창고에 보관했다.

키이스를 만들어내기 위해서는 연구실 기술자가 센터에 보유 중인 현존 난자 중 하나를 채취한다. 완다가 신원을 확인하기 위해서 고인의 유품 가운데 우리 창고에서 주문한 제품에 대한 영수증이 있는지 샅샅이 뒤지는 과정을 설명하는 동안, 나는 수많은 난자와 현미경이 갖추어진 실험실을 상상한다. 사실 키이스 유통센터는 소형 러그, 요리용 핸드 블렌더, 양말 등 모든 생필품 수요를 충족시키는 거대 모기업의 일개 지사이기도 하며, 생산품의 절반은 추적이 가능하기 때문이다. 확실히 사망자의 데오도런트 취향은 밝혀지게 마련이다. 키이스에겐 자신의 신체 이외엔 소지품이나 장신구가 없고,

신체마저도 매장되지 않는다. 키이스의 신체 기증은 대단히 신속하게 처리되지만, 남은 사체는 일반 의료 폐기물처럼 버려진다. 창고 노동자들은 우리가 쓴 물품을 정리하면서 키이스가 발견되는 것에 대해서 농담을 주고받는다. 신입 직원의 점심 도시락에 키이스의 한쪽 귀를 숨겨 괴롭히는 방안에 대해서 농담을 할지도 모르지만, 그들 역시 우리처럼 감시의 대상이다. 그래도 그들은 맥박과 씨름할 필요는 없다.

인공 자궁 병동은 간호사들이 대체로 휴식 시간을 보내는 곳이다. 키이스들이 물고기처럼 우리 주변을 떠돌아다니므로 그곳을 우리는 아쿠아리움이라 부른다. 그러나 내 눈엔 초기 석 달 동안 태아가 거의 액체 형태인 기간에도 그다지 물고기로 보이진 않는다. 겉모습으로 따진다면 상어라기보다는 향초에 더 가깝다. 한쪽 벽에는 여성의 복부, 전통적인 생물학적 자궁을 담은 정교한 교육용 포스터가 붙어 있다. 최근 점 있는 키이스와 나는 자연 다큐멘터리와 기도하는 사마귀 두상을 닮은 자궁 입구로 망막으로 만든 난자가 미끄러져 들어가는 여성의 생식기관 묘사에 매혹되어 있다. 포스터에서 흥미로운 사실은 태아가 엄마의 자궁벽을 짚고 버티면서 지문이 만들어진다는 점이다. 키이스들의 지문은 매끈하다. 비닐로 된 자궁벽은 힘을 받쳐주지 못해 계속 밀려난다. 완다를 따라 인공자궁 속으로 들어가자, 태아들의 온기로 완다가 빛을 발한다. 나는 완다가 위대한 희생과 명분을 품은 그릇이라는 느낌에 사로잡힌다.

"20년간 돌보던 키이스가 선택되었을 때 어떤 기분이었는지 말해줘요." 내가 요청한다.

"안도감." 완다가 말한다. 일단 돌보던 키이스가 없어지면, 그를 위해 수행하지 않아도 되는 업무와 교환할 필요 없는 카테터가 떠오른다. "당혹감." 완다가 덧붙인다. 사람들이 그의 몸을 절개하자마자, 신혼 중에 디너파티를 개최했는데 소파 쿠션 사이에서 시어머니가 더러운 팬티 여러 장을 끄집어냈을 때 새 신부가 느낄 법한, 그런 감정이 들었다고 했다.

남편이 사망했을 때 나는 어떤 느낌이었던가?

"심부름을 하느라 오븐 끄는 걸 잊어버린 기분이었어."

나는 과열된 오븐이 도시의 한 블록을 다 태웠을 거라고 확신한다.

휴화산의 연구 기지나 버려진 핵미사일 격납고에는 사회 고위층을 위한 극비 키이스 유통센터가 은밀하게 자리를 잡고 있다. 극비 센터의 키이스들은 약효는 훨씬 약하지만 엄청나게 비싼 약을 처방받는다는 소문이 돈다. 일반 창고의 키이스들로는 수익을 내야 하니, 나름 노력을 기울이긴 하지만 완벽할 필요가 없다. 그러나 진정제를 끝없이 투약해야 하므로 우리가 돌보는 키이스들은 혈압을 올리는 약물로 인한 관상동맥 합병증을 앓는 경우가 흔하다. 그들은 끊임없이 폐렴에 시달리거나, 폐로 산소를 주입해주는 인공호흡기에 의존해야 한다. 굳이 온전한 상태가 아니어도 별 상관이 없다. 어차피 키이스이든 크리스털이든 자말이든 모두 본체의 동의를 받아 생산된 보편적인 인체 기증자여서 대다수의 일반 사회 구성원들과 짜 맞출 수 있기 때문이다. 저격수와 수경재배 채소 단지도 갖추고 있다는 소문이 떠도는 이 극비 센터는 혹시라도 인공지능이 반란을 일으켰을 때 최첨단 생존기지로 활용되거나, 기후 변화 위기라든지 그밖에 불쾌한 재난 상황을 피할 수 있는 도피처로서 규모가 두 배로 커질 수 있다.

그런 고품질 키이스들이 왜 우리에겐 공개되지 않는지 나로선 영문을 모르겠다. 직원들은 프리미엄 키이스들을 돌보는 것에 대해서 불평하지 않을 것이다. 키이스들 스스로 최고급 약물과 일반 진정제 사이의 미묘한 차이를 알아낼 리도 없다. 듣자 하니 까다롭게 돌본 이 키이스들은 개개인의 유전자에 맞춰 특별히 재단된 맞춤형 키이스여서, 면역 억제제에 대한 본체의 의존성을 없애준다고 한다. 그것이 사실이라면, 그 키이스들은 그 자체로서 키이스가 될 자격이 없으며, 이사진의 복제품으로서 회사 설립자들과 똑같이 생긴 후손에 불과하다. 휴식 시간 동안 조지 센터의 간호사는 회사 설립자들이 회의에 골몰한 사이 휠체어를 타고 들어와 주주총회 내내 꾸벅꾸벅 졸기만 하는 임원진들의 모습을 우리에게 그림 그리듯 묘사한다. 너무나도 즐거운 시나리오를 상상한 나머지 우리는 극비리에 진행되는 키이스 프로젝트에 대한 이론을 하나 도출한다. 우리 상사의 상사의 상사들과 그 친구들은 자기네들이 침을 질질 흘리는 모습을 우리가 지켜보는 걸 원치 않는다. 일반 대중이 경영진과 침 흘리는 사람들을 구분하지 못한다면, 침 흘리는 이들이 그들이 아니라는 건 중요하지 않다.

아직은 그 누구도 영생을 누리지 못하므로, 침 흘리는 경영진을 보살피는 일은 솔직히 우리에게 어느 정도 계속 고용이 보장된다는 의미여서 퍽 안심이 된다. 다른 비밀 센터 과학자들이 경영진의 노화 문제를 해결한다면 우리는 구조조정으로 해고되겠지만 키이스들만큼 남아돌진 않을 것이다. 내가 이해한 바로는 노화가 무언가 손상의 축적과 관련이 있으며, 그건 응급실에 다녀온 뒤에 결혼반지를 잃어버렸는데 나중에 과부가 되어 죽은 남편의 약통에서 반지를 찾는 것 같은 좌절과 멍청함이 깃든 사건들로 아무 때나 간간이 방해를 받는 단조로운 삶을 애도하는 것과 별로 다를 게 없는 것 같다. 혹은 나의 성장과 실적 통계를 담은 연간 보고서를 새로 제출한 뒤, 내가 떠나보낼 키이스들의 목표 수치를 상향 조정해야 한다는 통보를 받은 것과도 유사하다. 아마도 내가 경영진들처럼 일하는 것과 병에 걸리는 것을 선택할 수 있다면 나는 영생을 원할 것이다. 슬픔을 수집하고, 피부 조직과 판막의 유연한 미로를 거치며 감정을 정화하는 장기가 인체에 존재하는 것이 틀림없으니, 그 장기가 손상되면 우리도 그 슬픔의 좁은 접합 부위를 대체할 수 있을 것이다. 키이스들은 돌이켜 꿀꿈도 없고 애도할 것 하나 없으니까. 비애를 담당하는 그의 장기는 언제나 선홍색으로 활력 넘치겠지.

센터를 돌아보기로 했던 건 실수였다. 너무 과하고 시기도 일렀다. 관리실의 내 직속 상관들 역시 키이스의 유통과 관련하여 은밀하게 벌어지는 일들이 폭로되는 게 그리 탐탁지 않은 듯했다. 점 있는 키이스가 낌새를 알아차리면 키이스 유통센터에 이득 될 것이 없었다. "데려간 키이스를 반납할 때가 되었군." 전화로 그들이 내게 통보한다. 나는 보낼 수 없다고 대답한다. 염려 말라고 그들은 말한다. 점 있는 키이스를 수확하려는 것이 아니라, 위험인물일지도 모를 외톨이 키이스들을 사회에 통합시킬 더 좋은 계획이 수립될 때까지 새로운 혼합 약물로 잠재우려는 것뿐이라고. 물론 나는 끈질기게 지시를 거절하지만, 그와 상관없이 키이스는 우울해진다. 의식이 깨어난 뒤로 가까스로 늘었던 얼마 안 되는 체중이 빠지더니 침대를 떠나지 않으려 한다. "자요." 어느 날 그가 애원한다. "키이스랑 같이 잠들어요." 내가 웃음을 터뜨리자 그는 충격을 받은 표정이다. 나의 키이스는 반어적인 의미의 웃음을 이해할 만큼 지적인 수준이 높지 않다는 사실이 안타깝다. 그를 지켜야 한다는 책임감에서 나를 벗어나게 한 것은 키이스가 남은 평생 홀로 꿈도 없이 지내는 모습에 대한 상상이다.

"남편이 가장 약해졌을 때를 기억하지 말고, 가장 강했을 때를 기억하세요." 이 말은 남편의 장례식에서 독감 바이러스와 함께 내 주변을 떠돌던, 반갑지도 않고 연민을 가장했으나 무례하기 짝이 없는 충고였다. 남편의 병을 잊으라고 하는 것은 사체가 곧 무덤이 되는 코끼리에 대해서 "코끼리를 생각하지 마."라고 말하는 것과 같다. 추심업체에서 경고장이 날아들기 이전, 경고장에 대한 독촉장이 이어지고, 독촉장에 대한 추가 독촉과 경고가 쏟아지기 이전에 우리는 고급 레스토랑에 갔다. 남자아이를 동반한 여자가 스테이크를 먹고 있었는데 아이는 비명을 지르며 뛰어다녔다. 아이가 우리 옆을 지날 때 남편이 길을 막고 물었다. "너한테 가장 좋은 기억은 뭐니?" 나도 그랬지만 남편은 그 여자가 위기를 겪고 있으며 가능한 한 차분하게 그 위기를 대처하고 있다고 짐작했다. "목걸이요!" 아이는 소리쳐 대답한 뒤 다시 비명을 질러댔다. 비명 사이사이에 아이는 목걸이를 빨고 있었는데, 입에 물었던 목걸이가 바닥에 떨어졌을 때 나는 그 모양을 알아볼 수가 없었다. 그건 내장이나 탯줄처럼 미끈거렸다. "제 아이 아니에요." 우리의 호기심을 짐작한 여자가 말했다. 담당 웨이터가 우리에게 스테이크를 가져다주었다. "언니의 전남편 대신 애를 돌봐주고 있는 거예요."

그 언니는 죽었을 거라고, 나중에 내가 남편에게 말했다. 그건 모르는 거라고, 언니가 그 여자의 현재 배우자랑 살고 있을지도 모른다고 남편은 추측했다. 남편은 스테이크를 다 먹지 못해 남은 걸 포장해 집으로 가져왔지만, 결국 썩어버렸다. 주택으로 이사를 왔을 때 내가 남편에게 물었다. "여기서 우린 얼마나 더 행복을 누리게 될까?" 남편은 이따금 그 일로 나를 놀려댔다. "오늘의 행복을 1부터 10까지 점수로 매겨봐." 남편은 병이 진행되면서 자신의 고통을 1부터 10까지 점수로 매겨야 했다. 고통은 부정적인 점수이고 행복은 긍정적인 점수이므로, 나는 고통과 행복이 연속선상에 있는지, 혹은 같은 척도로 재면 고통과 행복이 둘 다 줄어드는지 묻지 않았다. 레스토랑에서 본 남자아이가 왜 그토록 목걸이에 집착했는지 모를 일이고, 우리가 계산을 마친 뒤에 아이에게 무슨 일이 일어났는지도 당연히 모른다. 누구의 자식이건 아이들은 그렇게 되기 마련이다. 모든 게 제대로 돌아간다면 아이들은 어른들보다 오래 살 것이며 그들의 운명은 미스터리다. 그러나 내가 보기엔 그게 옳은 것 같지 않다. 당신이 그 운명을 만들었다면, 파멸할 때에도 이마에 손바닥을 올리고 곁에 있어주어야 할 것이다.

다른 사람들에게 양심을 강요하는 것은 공정한가? 남편과 나는 아이를 가지고 싶었지만 우리가 얻은 건 병의 진단이었다. 나는 우리에게 생겼을 수도 있지만 가지지 못했던 키이스나 스테파니나 대니얼이나 니콜을 꿈꾼다. 나의 키이스가 잠자리에 편안하게 누운 뒤 나는 그의 이마에 손바닥을 올린다. 예전에 키이스는 수도 없이 많고 아무것도 아니었지만, 한 번은 특별한 누군가가 되었다. 적어도 나는 이 특별한 키이스를 사랑했다.

"사랑해, 키이스." 나는 이렇게 말하며 주사기로 치명적인 용량의 모르핀을 주입한다. 개인 용도로 쓰려고 조금씩 모아놓은 그것은 고통을 덜어주기 위한 은닉품이었는데, 남편처럼, 키이스처럼, 그것 역시 정말로 내 것이었던 적은 결코 없다.

나는 점 있는 키이스에게 속삭인다. “잘 자.”

사랑의 시대

— — —

윌터 퍼킨스 간호사는 야간 근무를 하다가 노스쇼어 요양병원의 특정 남성 환자들, 엄밀히는 사회에서 격리된 요양 환자들이 폰섹스 전화방에 전화를 걸어 즐거움을 누리고 있다는 사실을 알아낸 장본인이었다. 우리는 그 주에 둘 다 야간 근무 중이었는데, 직원 중에 둘밖에 없는 남자들이라는 사실에 유대감을 느끼며 중증환자 병동에 있는 요양 환자들 가운데 누가 자다가 숨을 거둘 것인지 내기를 했다. 호출등이 켜져 내가 확인을 하러 다녀오자 그는 접수창구 앞쪽에 놓인 수화기에 귀를 바짝 대고 깔깔 웃느라 엉덩이가 거의 의자에서 떨어져 나올 지경이었다.

“이봐, 거기.” 내가 말했다. “뭐가 그렇게 웃겨?”

“이건 너도 들어봐야 해.” 그가 대꾸하며 전화를 스피커폰으로 돌렸다.

남자: 외모는 어떻게 생겼나?

상담원: 스물두 살이고 초록색 눈에 가슴은 D컵, 긴 금발머리예요.

남자: 내 손녀뻘이네. 갠 그림 복원이라나 뭐라나 뭔 개수작을 배우겠다고 얼마 전에 대학에 들어갔거든.

상담원: 멋지네요.

남자: 옷은 어떤 걸 입고 있지?

상담원: 아, 별로 입은 건 없어요. 검은색 실크 가운에 허벅지까지 올라오는 부츠, 손바닥 만한 T팬티요.

남자: 나쁜 여자였던 적 있어?

상담원: 엄청 나빴죠.

남자: 젊었을 땐 말이지, 좀 고약하게 굴려면 우린 여자들 엉덩이를 찰싹 때려주곤 했지. 너도 벌 받을 짓을 했나?

상담원: 생각만 해도 젖을 것 같아요.

남자: 귀여운 잡년이군. 망설임 없이 때려주겠어.

상담원: 못 기다리겠어요, 아저씨. 어서 때려줘요.

"'개수작'이라고 말한 거 맞아?" 내가 끼어들었다.

"목소리 낮춰!" 그가 낮게 소리쳤다. 그러고는 덧붙였다. "오늘 밤 벌써 세 번째 통화야. 올슨 씨지."

"올슨 씨라면, 심박 조절기는 달렸지만 전립선은 없다고 자랑하는 그 올슨 씨?"

"그 사람 맞아. 성인 전용 대화방에 전화를 걸어서는 여자들한테 얼굴에 싸고 싶다고 얘기하는 중이야. 진짜 고수위더군."

"변태같이 언제부터 노인들 전화 통화를 엿들은 거야?"

"몰라, 위성 안테나 고장 났던 때부터였던가. 스트레스 푸는 데 진짜로 좋아."

6시에 근무가 끝나자, 날은 어둡기도 하고 어둡지 않기도

했다. 하루 중 내가 가장 좋아하는 시간이었다. 동이 트기 전 교외에서 시내로 차를 몰고 들어가며 레이크쇼어 거리를 따라 하얀 입김을 내뿜으며 달리는 사람들을 구경하고, 미시간 호수가 깊은 곳에서 호흡이라도 하는 듯 둥둥 뜬 얼음 조각들이 출렁거리는 모습과 골드코스트 백사장이 차가운 검은색에서 차츰 금빛으로 변해가는 광경을 지켜볼 수 있으니까. 나는 주차할 자리를 찾아 한가롭게 몇 블록을 더 헤맨 뒤에 앤더슨 빌에 있는 나의 지하 아파트로 걸어온다. 철창이 덧대어진 하나뿐인 창문으로 흐릿한 불빛이 흘러나오지만 그것으로 충분했다. 문을 열자 샤워기가 틀어져 있다. 질이 집에 온 것이다.

"어쩐지 들어오는 소리가 들린 것 같더라." 화장실에서 걸어 나오며 질이 말했다.

"일찍 왔네." 내가 대꾸했다.

"그러게. 우리가 탈 마지막 비행기가 결국 도착을 못했거든. 애틀랜타에선 눈 폭풍이 불어서 모든 비행기가 발이 묶였어. 뉴어크에서 디트로이트로 가는 통근용 비행기 타고 겨우 온 거야."

내 여자 친구 질은 오헤어 공항에서 예비 승무원으로 일했다. 그 말은 비상사태가 생기거나 정규 승무원이 독감에 걸리는 순간을 기다려야 한다는 뜻이다. 하지만 들쑥날쑥한 나의 병원 근무 조건을 감안할 때 우리 스케줄은 서로 보완이 되었다.

"같이 샤워할까?" 질이 물었다.

"더 좋은 생각이 있어." 내가 말했다. "비행기 뒤쪽에서 난잡하게 놀아보자."

"나 피곤해."

"아직 유니폼 입고 있잖아. 안내 멘트도 해줘." 내가 구슬렸다.

"다시 만나게 되어 반갑습니다."

"그냥 좀 맞춰서 놀아줘."

"손님 여러분, 시카고행 직항 보잉 737 여객기에 탑승해 주셔서 감사드립니다. 여러분 좌석에서 가장 가까운 비상구가 어딘지 잠시 짬을 내어 확인해주시기 바라며, 가장 가까운 비상구는 여러분 좌석의 뒤쪽임을 명심해주십시오." 질은 방향을 가리키는 손짓도 곁들였다.

"대기 불안정으로 약간 흔들림이 예상되오니, 좌석 벨트 지시등이 켜져 있지 않더라도 항상 좌석 벨트를 매고 계시기 바랍니다." 군청색 재킷 단추를 풀면서 질은 단번에 상의를 벗어내려 어깨선을 따라 군데군데 지도처럼 흩어져 있는 주근깨를 드러냈다.

"이제 이륙하기 전에 앞쪽 선반은 제자리로 올려 잠가주시고, 좌석 등받이는 완전히 똑바로 세워주십시오. 협조에 감사드리며, 즐거운 비행 하시기 바랍니다." 나는 승무원 유니폼 치마를 엉덩이 위로 들어 올리고 소파 위로 몸을 구부리게 했다. 여자 친구의 머리는 둥글게 말려 고정되어 있었으므로 나는 지상에서 항공기 정사를 즐기는 동안 틀어 올린 머리를 풀어헤쳤다.

얼마 후 깨끗해진 몸으로 나란히 침대에 누워 나는 그녀의 젖은 두피에 코를 대고 둥글게 문질렀다. 꽃향기가 풍기는 샴푸 냄새 속에서 나는 맹세코 재순환 공기 특유의 쉿내를 희미하게 감지할 수 있었다. 질 역시 나한테서 피부가 노화된 코끼리 체취 같은 무언가 묘한 냄새를 알아차렸을지 생각하자 거의 발기할 듯한 짜릿한 흥분이 일었다. 폐쇄된 공간에서 그토록 오랜 시간을 보내는 데 익숙해진 우리는 둘 다 일의 본질이 얼마나 우리를 따라다니는지 잊고 사는 경향이 있었다.

월터 퍼킨스와 또다시 야간 근무를 함께 서게 된 것은 몇 주일 뒤의 일이었는데, 그날이 되자 그는 새로운 소식을 갖고 왔다. 몸에 달라붙는 운동복과 냄새나는 양말 따위가 가득 들어 있는 스포츠 가방에서 그가 고물 카세트테이프 플레이어와 여러 개의 카세트테이프를 꺼냈다.

"이거 말고도 더 있어." 그가 말했다. "아예 패거리를 이뤘더군. 소름 끼치게도 십 대 여자애들 음부를 손가락으로 쑤셔대는 얘기를 좋아하는 영계 취향의 괴짜 패거리들이야."

"그 말도 안 되는 짓거리를 녹음하고 있었던 거야? 너야말로 심리 상담 받아야겠다."

"이거 한 통화만 들어봐."

쾌락의 절정에 도달한 여자가 간간이 흐트러진 숨소리와 함께 내는 신음 소리가 스피커에서 흘러나왔다. 월터는 정확한 지점을 찾을 때까지 되감기와 빨리 감기 버튼을 눌러댔다.

남자: 나는 황혼기에 접어든 신사이고 현재는 거동이 불편한 사람들이 사는 시설에서 시간만 죽이는 중이니까, 너는 내 담당 간호사인 척 해보자.

상담원: 거동이 불편한 사람들이라뇨? 양로원 같은 데 말인가요?

남자: 대충 비슷해. 네 이름은 앤절라 간호사라고 하자. 넌 인기 최고의 혈기왕성한 라틴계 아가씨야. 최고로 예쁜 갈색 눈을 가졌지. 풍만한 가슴도 아주 일품이야.

상담원: 옷은 뭘 입었어요? 빨간색 십자가가 그려진 삼각형 간호사 캡을 쓰고, 단추가 떨어져 나갈 정도로 풍만한 가슴이 드러나는 새하얀 원피스 유니폼 같은 걸 입었나요?

남자: 평범한 수술복이면 돼. 분홍색 상의에 헐렁한 분홍색 바지를 걸쳤지만 속옷은 입지 않았어. 난 심각한 관절염을 앓고 있고 당뇨병으로 한쪽 발을 잃어서 휠체어 신세가 된 몸이라고 상상하자.

상담원: 알겠어요. 일상생활을 하려면 내 도움이 필요하겠네요. 몸을 구부려서 당신을 휠체어에 태워주고 내려주고 하는 동안 커다란 가슴이 당신에게 계속 스칠 테고요, 맞아요?

남자: 아 그래. 이제 내가 너한테 원하는 건 내 방에 들어와서 평소대로 행동하는 거야. 내 혈당 수치를 재고, 인슐린 주사를 놔주고, 베개를 높여줘. 그러고는 몸을 흔들며 수술복

을 벗고 내 얼굴에 앉아줘.

"우와, 해리스 씨가 앤지한테 흑심이 있었군." 내가 말했다. "별로 놀랍지는 않아. 그 할아버지가 스토커 같은 눈빛으로 앤지를 주시하는 걸 본 적 있거든."

"나도 본 적 있어." 월터가 대꾸했다. "하지만 솔직히 말하면 나도 앤지랑 나에 대해서 낯뜨거운 온갖 시나리오를 상상한단 말이야. 유일한 차이점은 내가 실제로 뭔가 그런 행동을 할 수 있는 최상의 신체 조건을 갖고 있다는 것뿐이지."

"어련하겠어, 너야 워낙 매력이 넘치잖아."

"난 근력운동을 하잖아. 복근도 단단해졌어."

"그래서 다음엔 어떻게 돼? 여자가 베개를 높여준 다음엔 할아버지가 요청한 대로 아랫도리를 핥게 해주나?"

"거의 그런 셈이지. '디오스 미오[Dios mío, Oh my god에 해당하는 스페인어 감탄사. —옮긴이], 이렇게 짜릿한 쾌감은 처음이에요. 당신 혀가 완전 악마 같아요.' 같은 얘기가 엄청 이어져. 나머지도 들어볼래?"

"지금 들은 것만으로도 며칠간은 앤지랑 눈도 못 마주칠 것 같아."

"누가 아니래. 클라인 씨 있잖아, 장루 주머니를 찬 안짱다리 환자? 그 할아버지는 음식 성애자야. 여자들한테 전화를 걸어서 이런 식으로 말하는 식이지. '당신의 아름다운 몸을 그릇 삼아 각종 아이스크림을 담을 거야. 마카다미아 너트로 장식하고 초콜릿 시럽을 뿌린 다음 클리토리스 위엔 체리를 하나 얹어야지.' 며칠 전엔 어느 여자한테 엉덩이 틈새에 칠면조 고기를 넣은 오픈 샌드위치를 끼워 먹고 싶다고 말하더군. 다음날 오후에 구내식당에서 그 할아버지가 치킨너깃을 받아든 걸 봤는데 눈길을 돌릴 수밖에 없었어. 치킨너깃으로 끔찍한 짓을 벌일 것처럼 노려보고 있더라니까. 그 환자 기저귀 갈 때마다 불안하고 초조해져서 더는 마음이 편하질 않아."

"대대손손 남길 것도 아니고 이건 왜 녹음하고 있어?"

"장난해? 너도 나랑 같이 동업하자. SNS에 올려서 드라마 판권도 팔고 책도 계약하고 사업을 벌여볼 생각이야."

얼마 지나지 않아 월터의 비밀 프로젝트에 대해서 알게 된 직원들은 더 많아졌다. 그는 최근 녹음 내용을 들으려고 휴식 시간에 휴게실로 모여든 사람이라면 누구에게든 내용을 공유했다. 그는 우리에게도 테이프에 녹음하는 과정을 거들어 달라고 계속 설득했지만 아무도 가담하지 않았다. 일단 가까스로 디지털 방식으로 대화 녹음을 세팅한 그는 녹음 파일을 온라인 클라우드 계정에 올려두었다고 은밀하게 나에게 알려주었다. 나는 수많은 녹음 파일을 다운로드하여 출퇴근하는 동안 차에서 하나씩 골라 들었다. 어떤 변태된 바닷소리를 듣는 것처럼 그 숨죽인 목소리는 이상하게 마음을 달래주었다. 가끔은 요리를 하는 동안에도, 사이비 종교집단에 관한 다큐멘터리 TV 방송을 소리 없이 틀어놓고 소파에 멍하니 누워 녹음을 듣기도 했다.

전화방 사용자들 가운데서도 마침내 거장이 나타났다. 그 주인공은 로저스 씨였는데, 고집스럽게 혼자만의 세계에 빠져 사는 홀아비로 전화방 패거리의 리더로 짐작되는 인물이었다. 그는 수년 전 뇌졸중을 앓아 몸 한쪽이 마비되었으며 대소변도 거의 못 가렸다. 그러나 물리치료엔 관심이 없고 운동 기능을 되찾는 데는 심드렁해 보이는 반면, 명확한 발음과 성량 풍부한 목소리를 회복하는 것에는 강한 의지력을 갖고 있는 듯했다. 우리가 그를 최고로 손꼽은 이유는 가장 변태여서가 아니라 처음부터 끝까지 대화의 주도권을 완전히 장악하고 있기 때문이었다.

"그 할아버진 분명 아랫도리 멀쩡했을 때는 아주 미친 듯이 성관계를 즐기며 살았을 거예요." 어느 날 각별히 짜릿했던 테이프를 함께 듣고 난 이후에 월터가 말했다.

"꼭 그런 것도 아닐걸요." 앤지가 대꾸했다. "이런 남자들은 상대방 여자와 자기 사이에 방어벽이 있어야만 여자한테 가까이 가는 걸 안전하다고 느끼거든요."

"그럼 해리스 씨가 앤지한테 역대 최고로 맛있는 오럴 섹스를 해주고 있다는 이야기는 언급하면 안 되겠네요." 월터가 씩 웃었다.

"뭐라고요? 제발 그런 사실 없다고 말해줘요."

"아, 사실인걸요. 앤지는 '오 맙소사!' 같은 비명을 질러대며 최고로 난잡한 시간을 보내고 있다고요."

"잘됐네요. 앞으로 그 환자 주사는 월터가 놓도록 해요, 난 절대 안 갈 테니까."

"다들 왜 이래요?" 우리가 알지 못하는 사이에 수간호사 중 한 명인 클로이가 휴게실에 들어와 있었다. "우리 환자들도 우리와 똑같이 욕구와 감정이 있는 인간이란 거 모르겠어요? 앞으로 또다시 환자들의 전화 통화를 엿듣는 게 발각되면 징계 처분이 내려질 거예요."

"그 짓도 이젠 끝이네." 수간호사가 나간 뒤 내가 말했다.

"무슨 소리, 난 중단하지 않을 거야." 월터가 대꾸했다. "좀 더 조심하기만 하면 돼."

클로이 때문에 나는 남은 근무 시간 동안 우울한 분위기 속에서 쭈글쭈글한 육신을 욕조에 담갔다가 건지고, 감염된 욕창 환부를 소독하고, 무기력한 환자들의 입에 매시트포테이토를 숟가락으로 떠먹이며 보냈다. 월시 부인이 또다시 무심코 자기 인공 안구를 삼켰다며 사과했을 땐 미소조차 짓지 않았다. ("깨끗하게 닦으려던 거였어요." 매번 똑같은 변명이다.)

질은 계속 곁에 있었다. 집에 가보면 그녀는 속옷 바람으로 소파에 엎드려 로맨스 소설에 심취해 있었다.

"어떻게 그런 쓰레기를 참고 읽을 수가 있지?" 내가 물었다.

"그냥 일종의 현실도피지." 질이 대꾸했다. "공항에서 대충 고른 거야. 무슨 일 있었어?"

그래서 나는 폰섹스와 로저스 씨와 클로이의 반응에 관한 이야기를 털어놓았다. 내가 혼자서도 테이프를 좀 들었다고 말했더니 그녀는 반짝 흥미를 보였다.

"그걸 들으면 흥분돼?" 질이 물었다.

"아니, 물론 그건 아니야. 바보처럼 굴지 마."

"바보처럼 굴려는 게 아니야. 지금 갖고 있는 거 있어?"

"그럴걸."

"나도 들려줄 수 있어?"

내가 노트북 컴퓨터에서 녹음 파일을 찾는 동안, 질은 잠옷 가운에 슬리퍼를 신은 편한 차림으로 맥주 캔을 땄다. 나는 '로저스 씨의 호수 연인' 파일을 골랐다. 우리는 소파에 앉아 귀를 기울였다.

로저스 씨: 젊었을 때 우린 호수 백사장으로 놀러다니곤 했지. 친구 하나가 안전요원으로 일하고 있었거든. 그래서 우리는 근무 시간이 끝날 때까지 기다렸다가 일반인들에게 백사장 출입이 금지되는 시간에 나체 수영을 즐겼어.

상담원: 듣기만 해도 섹시하네요.

로저스 씨: 우리도 지금 거기 가 있다고 상상해줘, 여름이 아니라 늦가을이라 쌀쌀한 날씨란 것만 빼고. 너는 고등학생 때 사귀던 내 여자 친구야. 거긴 우리 둘뿐이고, 호수가 얼기 전에 용감하게 물에 들어가 보려고 우린 외투에 부츠를 신고 담장 아래로 기어들어 왔어.

상담원: 좋아, 하라는 대로 할게. 세찬 가을바람이 휘몰아쳐 뺨을 때리는 게 느껴져. 손이 시려워서 난 손가락에 입김을 호호 불어.

로저스 씨: 그래, 좋아. 나는 네 손을 잡고 철썩거리는 물가로 이끌고 가. 걸음을 뗄 때마다 네가 저항하는 게 느껴지지만 미약한 주저함일 뿐이야.

상담원: 난 널 믿어.

로저스 씨: 내가 너의 외투를 벗기는 사이 너는 내 스웨터를 들어 올려서 벗겨줘. 내가 브래지어 후크를 푸니까 너의 작은 가슴이 움츠러들었어.

상담원: 맙소사, 너무 추워!

로저스 씨: 잠깐만 참으면 될 거야. 추위가 영원히 지속되진 않아. 준비됐어?

상담원: 준비됐어.

로저스 씨: 우리는 환호성과 비명을 지르며 호수로 뛰어들어가. 철썩이며 정강이를 때리는 파도의 충격이 느껴지지. 그다음으로 느껴지는 감각은 마치 너무 꽉 끼는 옷에 몸을 끼워 넣어 입는 것처럼 느껴지는 압박감이야. 그다음엔 공포감이 몰려오지. 우리는 다이빙을 해. 심장 박동이 빨라지는 게 느껴지다가 이내 얼음 같은 수온과 싸우는 데 실패하면서 맥박이 차츰 느려져. 우린 30초쯤 물속에 머물지, 길어봤자 2분이야. 밖으로 나오자 바람이 살을 에듯 우리를 휘감아. 수영보다 찬바람이 더 혹독한 것 같아. 넌 거의 눈물을 흘릴 것 같

은 표정이지. 우린 타월을 가져가는 걸 깜박했거든.

상담원: 발가락에 감각이 없어. 이리 와. 양팔로 나 좀 감싸줘.

로저스 씨: 내가 선택할 수 있는 최선의 방법은 옷가지를 주워들고 휴게소로 널 데려가는 거야. 어쩌면 거기선 집으로 가기 전에 몸을 좀 말릴 수 있을지도 몰라. 건물엔 크리스마스 장식이 매달려 있지만 조명은 작동되지 않아. 휴게소를 운영하는 계절이 아니라 실내는 깨끗이 치워져 있고 구급상자 몇 개만 굴러다니고 있어. 나는 너를 끌어안고, 우린 갈비뼈를 마주 대고 서 있어.

상담원: 네 손길이 믿어지지 않을 만큼 감미로워. 너랑 몸을 맞대고 있는 게 좋아.

로저스 씨: 널 여기 데려와서 미안해. 한동안 아무것도 생각나지 않을 만큼 충격을 주려면 차가운 물이 너한텐 딱이라고 생각했어.

상담원: 아 음, 그건 괜찮아.

로저스 씨: 너희 아버지는 널 사랑하셨어. 아버지도 네가 행복해지려고 노력하길 바라실 거야.

상담원: 고마워.

로저스 씨: 난 너에게 키스를 해. 넌 벌벌 떨고 있지. 내 입술이 옮겨 다니면서 모래알이 뒤섞인 호수의 짠 물맛이 느껴져. 따뜻하고 매끄러운 너의 음부로 들어가는 순간 내 피부는 아직도 약간 차가워. 누군가를 사랑한다는 건 참 이상한 일이

라고 생각해. 넌 무슨 생각을 하고 있지? 뭐가 느껴져?

상대방은 침묵했다. 로저스 씨는 끈기 있게 상담원의 대답을 기다리고 있었다. 나는 녹음 파일을 중지시켰다.

"내가 듣기엔 대화가 환상을 채우려는 게 아닌 것 같아. 추억에 더 가까워 보여." 질이 말했다.

"맞아. 죽은 아버지에 대한 것도 그렇고."

"어디가 진짜이고 어디가 만들어낸 얘기인지 궁금해지네.

"응. 둘이 호수에 갔었을 수는 있겠지, 하지만 그 사람이 안전요원 사무실에서 여자 친구랑 섹스를 했을 것 같진 않아."

"사실 좀 매력이 있네." 질이 목소리를 낮추며 말을 잇는다. "목소리가 정말로 섹시한 것 같아."

"어휴 제발."

"진짜야. 자기도 한번 해볼래?"

"뭘?"

"그런 식으로 나한테 말해봐. 로저스 씨처럼 얘기해보라고."

"싫어. 내일 아침에 난 그 사람 기저귀를 갈아줘야 한다고."

"해봐. 따뜻하고 매끄러운 내 음부로 들어오고 싶다고 말해봐."

"따뜻하고 매끄러운 너의 음부로 들어가고 싶어."

"아니, 정말로 감정을 담아서 해야지. 그 사람 목소리처럼 은근하게 목소리를 내봐."

"미안하지만 그건 못하겠다. 너무 이상해."

"좋아, 어떻게 해야 할지 알겠다."

질은 자리에서 일어나 맥주 캔을 또 하나 따더니 침실로 들어가 방문을 닫았다. 몇 분 뒤 내 휴대폰이 울렸다.

"안녕, 형씨." 질이 말했다. "이러니까 좀 나아?"

"별로."

"난 침대에 누워 다리를 활짝 벌리고 자기를 생각하면서 자위를 하고 있어."

"그런 거야? 그렇다면 자기가 비행기 통로를 우스꽝스러운 자세로 걸어오도록 만들어줘야겠군."

"내가 원하는 대로 해줘." 질이 대꾸했다. "로저스 씨처럼 장면을 묘사해봐."

"우리가 와 있는 곳은 호숫가인 것 같아." 내가 설명을 시작했다. "여름이고 우린 온종일 번갈아가며 바닷물에 들어가서 더위를 식혔어. 난 자기 몸에 선블록 크림을 계속해서 발라주다가 완전히 흥분하게 됐어." 끔찍한 시도였다. 나는 왜 질을 위해서 독창적인 시나리오를 상상해낼 수 없었는지, 왜 우리의 폰섹스 판타지가 로저스 씨의 판타지를 그대로 따라 했는지 알 수 없었다. "잠깐만. 다시 해볼게. 여름이고 우린 호숫가에 있어. 온종일 수영을 했는데 날이 저물 무렵이 되니까 먹구름이 몰려들었어. 놀러 나온 가족들은 아이스박스를 챙겨 떠나고 연인들도 손을 잡고 집으로 돌아가지만 우리는 그대로 남아 있어." 거의 무의식적으로 그곳에 있는 우리 모습이 보이기 시작하면서 햇빛에 그을어 따끔거리는 피부가 느껴졌고, 질이 요구했던 것처럼 로저스 씨의 목소리를 흉내 내느라 낮게 거들먹거리는 말투로 바뀌었다. "해가 진 뒤에 빗방울이 떨어지자 우린 주차장으로 달려가지만 너무 늦었어. 우린 쏟아진 폭우에 휩쓸리지. 나는 주머니를 뒤져보지만 자동차 열쇠를 찾을 수가 없어. 나는 자기를 자동차 보닛 위에 눕히고 우린 흠뻑 젖은 채로 사랑을 나눠. 햇빛에 달구어진 알루미늄 차체는 아직 뜨거워. 그래서 자동차로 흘러내리는 빗물은 따뜻하게 데워져." 점점 빨라져 끊임없이 이어지는 질의 숨소리가 들려왔다.

"그래." 그녀가 말했다. "이젠 누군가를 사랑하는 기분이 얼마나 이상한지 말해줘."

"당신을 사랑하는 건 참 이상한 기분이야." 내가 말했다.

오르가슴에 도달한 질이 비명을 내질렀다. 벽 너머로 그녀의 신음 소리가 들려왔지만 나는 방에 들어가지 않았다. 도저히 들어갈 수가 없을 것 같았다.

몇 시간 뒤 용기를 내 침실로 들어가 보니 질은 태아처럼 작게 몸을 구부린 채 잠들어 있었다. 내가 그녀의 피부를 뒤덮은 보호막으로 변해 임박한 고통과 상처를 안전하게 막아주는 보이지 않는 갑옷이 되고 싶다는 생각이 얼마나 간절했는지 모른다. 그래서 나는 이불 속으로 기어들어 그녀를 뒤에서 껴안았다. 질이 깨어 있을 땐 다정하게 나란히 눕는 것이 왜 그토록 불가능한 일처럼 느껴질까? 질은 공군의 자녀로 성장했다. 아버지는 전투기 조종사였고, 그래서 질과 남동생, 어머니는 따로 살았다. 아버지가 중동에 파견 나가 있는 동안 본

국에 남아 있던 질의 어머니는 가볍게 사귀는 애인들이 끊이지 않았다. 아버지는 자신이 떠나 있는 동안엔 그런 관계를 기꺼이 무시할 작정인 듯했지만, 남편이 돌아온 뒤에도 어머니는 습관을 버리지 못했다. 질은 아버지를 만나본 적이 드물었다. 이따금씩 하는 통화와 가끔 함께 하는 점심 식사가 전부였다. 남동생 역시 공군에 자원해 지금은 아프가니스탄 상공에서 드론을 날린다.

로스앤젤레스, 뉴욕, 마이애미, 디트로이트에서, 덴버, 시애틀, 워싱턴 DC에서 질은 음란한 대화를 원했다. "로저스 씨가 가장 최근에 했던 말들 아무거나 내 귀에 속삭여줘." 그녀는 이렇게 말하곤 했다. 한번은 한밤중 공항에서 집으로 가는 길에 요양병원에 들른 적도 있었다. 질은 지난주 내내 쉬지 않고 일한 사람답지 않게 밝고 활기찬 모습으로 기내용 가방을 끌며 들이닥쳤다.

"그 사람 어디 있어?" 질이 물었다. "몰래 볼 수 있을까?"

나는 그가 너무 매혹적으로 보이진 않기를 바라며 마지못해 동의했다. 우리는 엘리베이터를 타고 땅콩호박 병동(각 병동엔 각기 다른 종류의 호박을 딴 이름이 붙어 있었다)으로 올라가 발끝을 들고 로저스 씨가 지내는 병실을 지나쳤다. 그는 코에 올린 돋보기안경이 미끄러지기 직전인 상태로 소설을 읽다 꾸벅꾸벅 졸고 있었다. 질은 몇 분간 그를 지켜보다가 한마디 말도 없이 그곳을 벗어났다.

질이 다녀갔을 무렵, 새로 입원한 요양 환자인 설리번 씨도 폰섹스 패거리에 합류했다. 그가 특별했던 건 그의 대화가 딱히 즐겁거나 우리에게 흥분을 주기 때문이 아니라 불쌍했기 때문이다.

상담원: 난 위에 아무것도 안 입은 채로 깔깔거리며 따뜻한 욕조에 뛰어들어요. 거품 속에 가려져 거대하게 부푼 당신의 물건을 붙잡는 순간이 기다려지네요.

설리번 씨: 앤이라고 불러도 될까요?

상담원: 당신이 원하는 거라면 뭐라고 불러도 좋아요.

설리번 씨: 아내 이름이 앤이었어요.

상담원: 앤은 예쁜 이름이에요.

설리번 씨: '이었다'고 말하면 안 되는 거였네요. 아내는 살아 있지만, 딸아이 집에서 호스피스 간호를 받고 있어요.

상담원: 유감이에요.

설리번 씨: 딸아이와 사위는 제 엄마가 말기 암 진단을 받으니까 우릴 둘 다 돌볼 수는 없다고 생각했어요. 더 좋은 계획이 생길 때까진 내가 양로원에 있는 거죠.

상담원: 얼마나 끔찍할까요.

설리번 씨: 아내가 죽고 나면 내가 여기 있다는 걸 애들이 잊을까 봐 걱정이에요. 가끔은 아내가 서둘러 세상을 떠나 내가 이곳에서 벗어날 수 있기를 바라요. 어디에서 삶을 마감할지 상상하는 것과 실제로 아는 것은 천지 차이거든요. 저 침대와 이 의자.

“계속 못 듣겠어요. 너무 슬퍼져요.” 앤지가 말했다.

“나는 인터넷 포르노의 시대에 요즘 어떤 사람들이 폰섹스 전화방에 전화를 거는지 궁금했어요.” 월터가 말했다. “이용객이 컴퓨터 사용에 도저히 익숙해지지 않는 할아버지들뿐일까요?”

“그야 모르죠.” 앤지가 대꾸했다. “어쩌면 누군가 대화에 참여해줄 사람이 있다는 게 좋을 수도 있어요.”

“우리가 저 단계에 이르게 되면 우리 세대는 어떨 것 같아요? 음란한 남자 노인들이 여자들한테 전화를 걸어서 색정증 간호사처럼 굴어달라고 부탁하는 대신에 고화질 사진을 보며 자위를 할까요? 이건 우리 시대의 문제이기도 해요.”

나는 전국적인 규모로 실험을 했던 노인 돌봄 전략에 대한 사진 설명을 본 적이 있다. 그 가운데 하나는 모든 환자에게 부드러운 천으로 만든 유니콘 봉제 인형을 지급하여 껴안을 수 있게 하고 말 울음소리 같은 희미한 기쁨의 소리도 들려주는 것이었다. 남녀 환자 중 상당수가 자신의 유니콘 인형에 강렬한 유대감을 품게 되었으며, 직원이나 같은 요양 시설에서 지내는 친구들한테도 절대 드러내지 않았던 열린 마음을 보여주었다는 내용이었다. 연구자들은 얌전한 유니콘의 붉은 혀 밑에 감추어둔 마이크로 그 사실을 알아냈다. 그들은 인생의 마지막 단계에 도달한 인간은 자신들을 절대 버리지도 않고 비판하는 일도 없는 대상에게 가장 깊은 자신의 내면을 드러내 보이는 것을 더 안전하게 여긴다는 가설을 제시했다. 어쩌면 노인들은 기계의 시중을 받을 때 더 안전하다고 느낄 것이라는 추론이었다. 나는 이 일화를 동료들에게 들려주었다.

"잘됐네." 월터가 대꾸했다. "설리번 씨 방에 들어가서 아내한테 제대로 작별 인사를 할 기회는 절대 없을 거라는 이유로 엉엉 우는 환자한테 기운 내시라고 말하는 건 나도 사양이야."

"댁은 아예 그럴 일이 없을걸." 앤지가 말했다.

그러다 느닷없이 폰섹스 패거리 멤버들이 줄어들기 시작했다. 첫 번째 사망자는 사디스트 올슨 씨였다. 검시관은 그가 극심한 심근경색으로 괴로워했을 것이라고 판단했다. 그의 가슴에 들어 있던 육중한 심박 조절기는 아무 소용이 없었고, 우리는 잠옷을 절반만 걸치고서 침대 위로 쓰러져 있는 그를 발견했다. 다음 차례는 음식 성애자 클라인 씨였다. 대장암이 재발하여 그는 치료를 위해 다른 병원으로 이송되었다. 월터는 가엾은 그 노인이 노스웨스턴 메모리얼 병원에서도 전화방으로 전화를 걸어 여자들에게 작게 자른 과일과 알감자를 유두에 올려놓고 먹게 해달라고 부탁할 것이라고 생각한다면서 여전히 그를 제물 삼아 농담을 했다. 간호사들에게 집착하는 당뇨병 환자 해리스 씨는 상태가 안정적인데도 외부로 전화를 거는 일이 아예 없어졌다. 우리의 추측으로 그의 변화는 앤지가 그의 방 담당을 다른 간호사들에게 맡겼기 때문이었다. 그래서 남은 사람들은 설리번 씨와 로저스 씨뿐이었는데, 우리의 음란한 카사노바 역시 겉으로 보기엔 침묵을 지켰다. 월터는 나에게 더는 그의 대화를 들려주지 않았고 질도 그에 대한 질문을 중단했다. 질은 전반적으로 멀어진 느낌이어서, 비행을 나가 있을 땐 통화도 줄고 집에 와 있을 땐 섹스를 할 기분이 아니라고 했다. 그래서 홀로 간호사실 창구를 지키다 로저스 씨의 전화에 통화 중 표시가 들어온 걸 본 나는 엿들으려고 수화기를 들었다. 질은 샌프란시스코에 있었고, 방금 전에 휴대폰으로 통화하며 잘 자라고 말했었다. 질의 목소리를 들은 순간 즉각적으로 달갑지 않은 기시감이 파도처럼 몰려드는 것이 느껴졌다. 물론 그 느낌에 뒤이어 확실하다는 확신이 따라왔으나 그건 그리 놀랍지 않았다.

질: 그 사람이 의심하는 것 같진 않아요. 게다가 내가 뭔가 잘못된 일을 하는 것도 아니잖아요. 난 그 사람 몰래 바람피운 적 없어요.

로저스 씨: 그 사람의 어떤 점을 사랑해요?

질: 사실 나도 확신은 없어요. 난 그 사람 손과 사랑에 빠진 것 같아요. 밥벌이로 노인들을 돌본다는 말을 했을 때 그게 마음에 들었나 봐요. 일터에서 환자들의 시중을 드는 그 사람 손을 상상하는 게 좋았어요. 그런 사람들의 깨끗한 손톱엔 뭔가 친절함이 깃들어 있잖아요. 하지만 우리 관계엔 뭔가 빠져 있다는 느낌이 들어요. 그 사람은 감정적인 부분에 진심으로 깊이 빠져들고 싶어 하지 않아요. 그 사람 어머니가 루

게릭병으로 진단받은 이후에 아버지가 어머니를 버리고 떠났다는 건 알아요. 몇 년간은 둘이서 간신히 꾸려나갔지만 어머니 상황이 나빠져서 결국 상주 간병인을 둘 수밖에 없었죠. 정말로 그런 부분까지 속속들이 건드릴 필요는 없겠죠. 오늘 밤엔 어떤 얘기를 하고 싶어요?

로저스 씨: 전에 알고 지내던 여자 생각이 많이 나요. 어느 해 여름엔 메인 주에 있는 호텔 주방에서 일을 했는데, 주로 설거지를 하고 요리사들과 술을 마셨죠. 호텔 소유주 가족은 대형 커피 회사 브랜드도 하나 갖고 있었어요. 마침 래드클리프 여대에 다니던 그 집안 딸이 방학을 맞아 내려와 있었고 우린 서로 알고 지내게 됐어요.

질: 잘됐네요. 사장 딸과 사귀다니.

로저스 씨: 에로틱한 관계는 아니었지만 우린 긴 시간을 함께 보냈어요. 난 당신이 그 여학생이 되어서, 걔가 했던 것처럼 나에게 이야기를 들려주고 비밀을 털어놓으면 좋겠어요.

질: 내가 무슨 이야기를 하죠? 정보가 좀 더 필요해요.

로저스 씨: 세세한 부분에 대해서는 너무 염려 말아요. 술 좀 있어요?

질: 미니바에 있겠죠.

로저스 씨: 본인을 위해 한 잔 따라 봐요. 걔한테는 호텔 어디든 갈 수 있는 열쇠 꾸러미가 있었고 우린 와인 창고에서 와인을 병째로 훔쳐냈어요.

질: 알겠어요, 대충 감이 와요.

로저스 씨: 그럼 얘기를 시작해요, 질. 눅눅하고 텅 빈 주방에 우리 둘이 앉아 있는 상상을 해봐요.

질: 음, 우리 아버지는 집에서 지내는 시간이 별로 없었어요. 어머니는 다른 남자들과 잠자리를 즐기는 중이죠. 집안엔 항상 낯선 얼굴들이 몇 명씩 돌아다녔어요. 어느 날 오후 학교 끝나고 집에 돌아와 이 층에 올라갔더니 엄마가 방문을 활짝 열어둔 채 한 남자 위에 걸터앉아 있었던 게 기억나는데, 내가 복도에서 쳐다보고 있다는 걸 알아차린 엄마는 잠시 동작을 멈추고 미소를 지으며 손을 흔들더니 다시 하던 짓을 계속했어요.

로저스 씨: 나중에 그 일에 대해서 어머니가 얘기했어요?

질: 아뇨, 그러지 않았어요. 하지만 어머니는 아이들에게 자기 부모가 성관계를 하는 존재라는 걸 알려주는 것이 건전하다고 자주 얘기했었죠.

로저스 씨: 당신한테 키스하고 싶어요.

질: 전화로 말인가요?

로저스 씨: 네, 전화로요.

질: 나도 당신과 키스하고 싶은 것 같아요.

로저스 씨: 난 고개를 숙여서 내 입술로 당신 입술을 벌려요. 당신 입술의 맛은……

나는 전화를 끊었다. 나는 땅콩호박 병동이 있는 위층으로 달려갔다. 로저스 씨의 방문은 잠겨 있었지만 나는 갖고 있는 열쇠를 뒤적여 맞는 열쇠를 찾아냈다. 내가 뛰어들었을 때 그는 질과 통화를 하고 있지 않았다. 그는 의기양양한 자세로 기대앉아 문을 노려보고 있었다.

"무슨 짓이에요, 내 여자 친구랑 통화를 하다니?"

"나한테 전화를 걸어온 사람은 그 여자야."

"폰섹스 전화방 여자들도 당신한테 돈을 내고 대화를 하는 게 틀림없겠군요."

"음, 연인으로서 자네가 여자 친구의 욕구를 맞춰주려고 열심히 노력하고 있다는 건 분명해."

"휠체어에 앉아계신 어르신이 더 잘할 수 있다고 생각해요?"

"젊은이, 자네는 여자들이 원하는 게 뭔지 확실히 감도 못 잡고 있어."

"질과 다시는 통화하지 마세요, 안 그러면 후회하게 해드리죠."

"5분 전에 바지에 똥을 쌌어. 옷을 갈아입어야 할 것 같군."

로저스 씨는 잡놈이었다. 로저스 씨는 죽어야 마땅했다. 나는 그가 가장 아끼는 무릎담요로 그의 목을 조르거나 계단 꼭대기에서 그가 탄 휠체어를 밀어버리거나, 그의 방에 놓인 전화기로 그를 죽도록 패주는 상상을 했다. 주변은 온통 아름다운 날이었다, 개자식. 상상을 실행에 옮기는 대신 나는 그가 자신의 배설물에 절여지도록 그대로 두고 나와버렸다. 휴대폰엔 질이 보낸 문자 몇 개와 부재중 전화 메시지가 떠 있었지만 무시했다. 그날 밤 내내, 그리고 새벽녘에 집으로 운전을 하는 동안에도, 심지어 다음날까지도 내 머릿속엔 질과 내가 그와 나눈 대화가 전부 끊임없이 재생되고 있었다. 그자는 어떻게 그렇게 쉽게 나를 묵살할 수가 있지?

그날 저녁 현관문으로 걸어 들어온 질은 즉각 사과하기 시작했다. 월터의 제안으로 녹음테이프를 만들어 나를 놀라게 해주려고 둘이 작당을 했다는 말이었다. 전부 장난으로 한 일이었다. 질은 너무 멀리 가기 전에 나에게 털어놓을 계획이었지만, 그러다가 그 남자를 좋아하게 되었단다.

"난 자기가 로저스 씨에 대해서 두 번 다시 이야기하는 거 원치 않아." 내가 말했다.

"그건 곤란해." 질이 대꾸했다. "마음이 쓰여."

"그렇다면 미안한 게 아니지."

"자기한테 숨겼던 건 미안해. 근데 그분한테 전화를 걸었던 건 미안하지 않아."

"못 알아먹겠어, 질? 그 인간은 널 이용하는 거야. 그런 건 진짜 관계가 아니야. 넌 그 인간 알지도 못하잖아. 그자가 말하는 걸 어떻게 믿어?"

"난 그분 믿어." 질은 이렇게 말한 뒤 다가와 내 옆에 앉았다. 질은 내 어깨에 한 팔을 둘렀다. "그분은 그냥 외로운 것뿐이라고 생각한 적 없어?"

나는 질이 빠져 있다고 말했던 모든 감정을 담아 그녀에게 키스하려고 했다. 나는 연습이 필요 없는 진실로 느껴지는 애정을, 절박한 것 같은 사랑을 원했다. "워워, 진정해." 질이 말했다. "로저스 씨가 너한테 이런 거 할 수 있겠어?" 나는 질의 허벅지에 발기된 몸을 문지르며 물었다. "아니." 질이 말했다. "못 하지." 그녀는 소파에서 일어섰다. "네가 필사적일 땐 난 널 원하지 않아."

월터 퍼킨스는 설리번 씨가 자살로 생을 마감한 뒤 해고되었다. 그의 아내는 여전히 살아서 딸의 집에서 호스피스 간호를 받고 있었으므로 우리는 그의 우울증이 특이할 것도 없다고 짐작했다. 그는 일층 병실 창문으로 빠져나가, 완전히 벌거벗은 몸으로 눈 속에서 동사하기 전에 쪽지를 남겼다. "앤에게 나는 새로운 모험을 떠났다고 전해줘!"라고 적혀 있었다. 어떻게 한 건지 그는 발목에 묶여 있던 탈출 감지 장치를 망가뜨려 놓았다. 직원들이 왜 죽음을 막는 데 실패했는지 조사가 이루어졌다. 클로이는 월터가 계속해서 녹음테이프를 만들고 있었다는 사실을 알게 되었고, 사고가 벌어진 날 그의 근무가 아니었는데도 그와 상관없이 짐을 싸라는 통보를 받았다. 쫓겨나기 직전에 그는 내게 녹음기를 물려주었다.

"나에겐 더는 필요 없어졌어." 그가 말했다.

"진심으로 유감이라는 말도 잘 못하겠어, 월터." 내가 대꾸했다.

"어차피 나도 여기 관둘 작정이었어. 건설 현장 쪽에 일자리를 알아볼 거야. 엎어터질 수도 있는 일자리 말이야. 난 여자들이 잠자리에 들기 전에 자위하면서 상상하는 부류의 남자가 되고 싶어."

"행운을 빌게."

일주일 뒤 앤지와 내가 야간 근무를 함께 하게 되었다. 그녀도 나도 말수가 많지 않았지만 그날 밤엔 앤지가 커피를 들고 내 옆에 와 앉았다.

"내가 해리스 씨를 회피하는 문제에 대해서 클로이한테 한소리 들었어요." 앤지가 말했다.

"어휴, 무슨 상관인데요?" 내가 말했다.

"설리번 씨가 죽은 뒤로 죄책감이 들기는 하지만 그래도 그 방엔 들어갈 용기가 안 나요."

"그냥 공상에 불과해요. 아무 의미 없다고요."

"그게 사실이라고 하더라도, 그 환자한테는 무슨 말로 입을 뗄지 그것도 모르겠어요."

"그럼 그 사람한테 성희롱 당했다고 클로이한테 말해요. 그러면 앞으로 그 환자 담당은 나나 다른 간호사 중에서 맡도록 클로이가 조치하겠죠. 그 문제로 클로이가 앤지를 괴롭힐 일도 없을 거예요. 문제 해결이네요."

"하지만 그 환자가 날 성희롱한 건 아니죠. 그분은 자신만의 비밀인 줄 알고 개인적인 공상을 한 거잖아요. 녹음테이프를 듣지 않았더라면 좋았을 텐데."

앤지가 떠난 뒤 나는 로저스 씨가 방에서 통화를 하고 있음을 가리키는 불빛을 발견했다. 나는 윌터의 장비를 집어 들고 살며시 수화기를 든 다음 녹음 버튼을 눌렀다.

다음 날 나는 내가 했던 약속을 지키고자 행동에 돌입했다. 나는 클로이를 찾아가 그날 아침 내가 기저귀를 갈고 바지를 갈아입히는 동안 로저스 씨가 내 얼굴과 어깨를 후려쳤다고 보고했다. "환자가 워낙 힘이 없어서 별다른 해를 입히진 못했습니다." 내가 말했다. "불행히도 그분이 이렇게 포악하게 행동한 건 이번이 처음이 아니에요. 습관이 된 것 같아 걱정됩니다." 클로이는 최대한 의료진답게 찌푸린 표정으로 나를 응시했다. "그것 참 불행한 일이군요." 클로이는 한숨을 쉬었다. "지금까지는 대단히 모범적인 환자였고 차분하고 공손한 분이었는데. 다른 환자 중에서도 이런 행동을 보인 사람이 있나요? 노인 환자들은 알 수 없는 이유로 특정 직원들에게 이상한 행동을 보일 수 있어요. 대개 그분은 특정 간호사가 담당해서 간과했을 수도 있겠군요." 나는 로저스 씨가 폰섹스 전화방 사건을 뒤에서 조장한 장본인이며, 해리스 씨를 부추겨 앤지를 성희롱하게 만든 인물이기도 하다고, 앤지는 노인에 대한 안쓰러운 마음에 공식적인 불평 제기는 하고 싶어 하지 않는다고 말했다. 공격성과 절제력 부족은 그와 같은 상태의 환자가 겪는 부작용이 아닌지?

"성적인 공상에 빠지는 건 뇌졸중의 부작용이 아니에요." 클로이가 대꾸했다. "하지만 심각하군요. 최우선으로

이 문제에 조치를 취할 것을 약속합니다."

"그게 무슨 뜻입니까?" 내가 물었다.

"좀 더 관리가 혹독한 시설로 환자를 옮기는 문제는 사전에 법적으로도 모든 적절한 과정을 거쳐야 합니다." 클로이가 설명했다. "가족에게 연락을 취하는 것부터 시작할게요."

로저스 씨가 노인들에겐 악몽이나 다름없는 감옥 같은 시설로 옮겨져 남은 평생 침대 난간에 손이 묶여 지내는 신세가 될 미래를 떠올리며 나는 흡족함을 느꼈다. 결국 내가 이겼다. 그러나 근무를 끝내고 집에 갔을 때, 비행을 위해 짐을 싸고 있던 질은 나를 아는 척도 하지 않았다.

"이번엔 어디로 가?" 내가 물었다.

"국제선이라서 런던 히스로 공항에 들렀다가 베를린으로 갈 거야. 퍼스트클래스에 배정될 거래. 누군가 출국 직전에 식중독으로 대체 근무 요청을 했어."

"멋지네. 즐겁게 다녀와." 나는 키스를 하려고 다가갔지만 질은 몸을 돌려 기내용 여행 가방의 지퍼를 채웠다.

"비행에서 돌아온 다음엔 여기서 살지 않을 거라는 얘기하고 싶었어." 질이 대꾸했다. "너 직장에 있는 동안에 들러서 짐 싸서 나갈게. 나랑 마주칠 일은 없을 거야."

"나랑 헤어지겠다는 거야?"

"솔직히 내가 모를 거라고 생각했어? 그분은 내 핸드폰 번호를 알아. '동료 노인들에게 해가 되는 영향력'을 미친다고 누군가 그분을 신고했다더라. 그게 정확한 문장 표현이었던 것 같아. 수간호사가 그분의 의붓딸에게 전화를 걸었는데 따님은 그분을 무척 존경해. 그분은 따님의 교육비와 결혼 비용을 모두 대주었고 그녀를 입양해서 모든 걸 다 해줬어."

"그래서 로저스 씨 때문에 이러는 거라고? 그 사람을 신고한 건 내가 아니야. 난 그 사람이 위험하다고 거듭 언급했을 뿐이야."

"나는 네 상관에게 우리 관계의 본질을 드러내도 좋다고 그분에게 허락했어. 앞으로 일이 어떻게 될지 지켜볼 거야." 질이 대꾸했다. "넌 좋은 사람이 아니야." 그녀는 재킷 단추를 채운 뒤 군청색 모자를 썼다.

"질, 기다려." 내가 말했다. "얘기 좀 하자."

"시간 없어." 질이 말했다.

나는 창문 쇠창살에 맺힌 고드름이 녹는 모습을 지켜보며 질이 공항으로 출근하는 모습을 상상했다. 몇 시간 뒤 질은 지상에서 10킬로미터 떨어진 상공에서 삼백 명의 낯선 사람들과 같은 공기를 호흡하고 있을 것이다. 기억에서 자유로워진 질을 태운 비행기가 상쾌하게 날이 밝은 유럽 대륙을 향해 날개를 펼치고 날아가는 사이, 우리 인간들이 살고 있는 도시의 불빛 찬란한 신경 중추는 그 아래에서 고동치고 있을 것이다. 질은 비행기에 탔을 때가 그립다는 말을 한 적이 있었고, 그래서 나는 백색소음을 내는 기계를 사주었다. 그러나 그 기계는 금세 창고 수납장에 들어가는 신세가 되었다. 기계음만으로는 멀리 떠나 있는 느낌, 서로 알 필요 없는 사람들과 같은 공간에 갇혀 있는 느낌을 불러일으키지 못했다. 베개와 담요를 나눠주는 질의 모습이 그려졌다. 좌석에 앉아 있는 승객들에게 시간 맞춰 음료를 나눠주는 모습이 상상되었다. 기내 방송으로 승객들을 단체로 위로하는 그녀의 목소리도. 마침내 비행기에서 내리면 사람들 입에서는 질이 이해할 수 없는 언어들이 쏟아질 것이다. 어쩌면 그녀는 다른 나라에서 비행기에 내릴 때마다 전혀 다른 사람인 척할지도 모른다.

나는 로저스 씨와 질의 마지막 대화 녹음을 저장했었다. 나는 그것을 찾아내 우리 집 오디오에 연결해 스피커 볼륨을 최대한으로 높였다.

질: 난 그 사람이랑 헤어지고 싶은 시점에 이른 것 같지만 겁이 나요.

로저스 씨: 왜 겁이 나요?

질: 누구든 더 나은 사람을 찾을 수 없을 거라는 게 겁나요. 난 혼자가 되고 싶지 않아요. 부인을 잃었을 때 기분이 어땠어요?

로저스 씨: 처음엔 나 혼자서 어떻게 살아야 할지 몰랐어요. 하지만 난 아내 이전에 만났던 여자들보다 아내를 더 많이 사랑한 것도 아니었고 덜 사랑한 것도 아니었어요. 물론 결국엔 모두가 당신을 떠나가든지, 당신이 그들을 떠나게 마련이에요. 다들 노년을 겁내지만 그렇게 끔찍하진 않아요. 불

행에 짓눌려 살지만 않을 정도로 운이 좋다면, 노년도 사랑의 시대가 될 수 있어요.

질: 다시 나를 사랑해줄 누군가를 결코 찾지 못한다면 어쩌죠?

로저스 씨: 걱정하지 말아요. 당신 인생엔 누군가를 사랑하게 될 앞날이 창창하게 펼쳐져 있으니까. 당신은 너무 젊어요. 당신은 참 아름다운 사람이에요.

개두술에 관하여 자주 묻는 질문

이 글을 읽고 있다면 당신은 최근 개두술이 필요하다는 이야기를 들었을 가능성이 높다. 너무 걱정은 말라. 하지만 그렇다. 이건 뇌수술이고, 악성종양이나 경막하 혈종 같은 근원적인 질병 자체만으로도 죽을 가능성이 높다. 그러니 이런 식으로 생각해보라. 살아 있는 것도 그리 안전하지는 않으므로 개두술을 받는 것도 그만큼은 안전하다고. 우리는 매사 아무 일 없을 것이라는 기대하에, 세탁을 하거나 카센터에 가서 브레이크 패드를 교체하거나 치과에 스케일링 예약을 하며 하루하루를 채워나간다. 그러나 현실은 그렇지 않다. 당신이나 당신이 사랑하는 누군가가 죽는 날이 찾아올 것이다. 이러한 관점은 실제로 꽤나 위안이 된다. 이런 측면에서 받아들인다면 개두술 역시 절망적인 공포라기보다는 느긋한 경험이 될 수 있을 것이다.

개두술 도중엔 어떤 일이 벌어지는가?

거의 모든 개두술은 의사가 뇌에 접근할 수 있도록 두개골판에 구멍을 뚫는 것으로 시작된다. 이 구멍은 수술 마지막 단계에서 철사나 티타늄 판과 나사로 봉인하여 원상 복구될 것이다. 두개골 아래에는 세 겹의 뇌척수막이 덮여 있는데, 이는 세 어머니라고도 알려진 결합조직막으로, 경막(dura mater, 단단한 어머니), 지주막(arachnoid mater, 거미막이라고도 하며 거미 어머니의 뜻), 연막(pia mater, 부드러운 어머니)이 있다. 운명의 여신이 인생의 물레에서 실을 잣고 재고 자르듯이 이 세 겹의 막을 지나친 뒤에는 소중한 사고의 핵심에 도달하게 된다. 살아 있는 뇌의 형태는 소라고둥의 내부나 무너져 내리는 대리석 채석장을 닮았다고 묘사된다. 필자의 의견으로는 굴 껍데기를 열었을 때 짠물과 육질이 드러나는 것과 유사하다. 그 이외에 개두술 도중에 어떤 일이 벌어지는가는 수술의 종류에 달렸다. 예를 들어 골미로骨迷路 층을 통해 접근하는 개두술은 유돌골乳突骨 전체와 내이관을 일부 절제해야 한다.

본인의 개두술 도중에 깨어 있어야 한다는 것이 사실인가?

일부 개두술은 환자가 의식이 있어야 한다. 종양 때문에 감정을 관장하며 언어나 운동 기능을 조절하는 두뇌피질의 불길 앞에 귀중한 책과 담요를 가까이 가져가는 셈이 된 경우, 인터넷뱅킹 보안과 관련된 질문과 별로 다를 것 없는 질문을 즉석에서 환자에게 던진다. 특정 외과 의사들은 스스로를 초기 탐험가로 여기며, 천둥 번개가 치는 오지의 험한 지형이나 아마존강의 복잡한 협곡, 유틀란트반도의 복잡한 해안선으로 뇌의 지형도를 그리려 한다. 그러나 필자는 뇌라는 장기를 고대 저택이나 원시적인 수준의 모텔로 간주하고, 청사진을 읽어

내어 계단의 위치와 감추어진 방, 퓨즈 박스, 보일러, 정화조를 찾아내려고 애쓰는 배관공이나 전기기술자, 석공이라고 생각하는 걸 좋아한다. 인간의 뇌는 풍성하게 자란 생울타리를 잘 다듬어 미로를 만들어놓은 이드id와 에고ego의 베르사유 궁전이다.

개두술 도중에 깨어 있으면 고통스럽지 않을까?

개두술 과정의 짧은 기간에만 깨어 있게 될 것이다. 또한 뇌에는 통증 수용체가 없다. 칸딘스키가 자신의 화구 상자에서 쉭 소리를 듣는다거나 슈베르트가 마단조 음계를 화음으로 들었을 때 '새하얀 옷을 입고 가슴엔 장미처럼 붉은 리본을 달고 있는 아가씨'로 피아노 소나타 E 마이너 작품을 시각적으로 연상한 것처럼, 환자로서 당신이 겪게 될지도 모르는 것은 순간적인 실어증이나 감각 이상이다. 환각은 그리 매혹적이지 않다. 뇌수술을 받게 되다니 운이 참 나쁘다고 생각하다가 문득 수술실 안에 바퀴벌레가 가득하다. 어느 여인은 오래전에 헤어진 쌍둥이 자매를 만나기도 했다. 그런데 그 환자에겐 오래전에 헤어진 쌍둥이 자매가 없다. 수술 의료진 전체가 자신을 죽이려 한다고 결론 내리고 수술 내내 비명을 멈추지 않았던 부동산 전문 변호사도 있었다. "당신들은 절대 내 입을 열게 할 수 없어!" 유체 이탈 경험에 대한 보고서는 드물지 않다. 그건 다른 사람의 펜 끝에서 자기 자신의 글씨체가 적혀 나오는 걸 지켜보는 느낌이라는 말을 들은 적이 있다.

개두술 이후 나의 뇌는 어떻게 될까?

우리가 당신의 암세포를 모두 들어냈거나 자라나던 종양이 양성인 경우, 뇌는 제 역할을 계속할 것이다. 그러나 종양이 사시나무 관목처럼 대뇌에 뿌리를 내렸다거나, 다형성 교모세포종[뇌의 교세포에 발생한 종양 중 악성도가 가장 높은 종양으로 일컬어짐. —옮긴이] 진단을 받았다면 전혀 다른 회복 과정을 거치게 될 것이다.

그런 상황이라면 개두술 이후 방사선 치료가 이어진다. 머릿속에 얇은 박편을 여럿 삽입하여 예수 반신상 장식등처럼 환자의 머리에 불을 밝히는 경우도 있다. 이 같은 방사선 치료 이후 환자들은 최대 1년 더 생명을 유지하는 경향이 있으며, 건강하거나 더 젊은 사람들은 약간 더 오래 살 수도 있다. 이런 치료 이후에 발생하는 증상은 피로, 감정 기복, 근육 약화, 토스터의 용도를 헷갈리는 것과 같은 정신 혼란 등이다. 잠깐씩 들른 가족과 친구들은 당신이 자신들에게 깊은 '감동'을 주었다고 말하거나 '불굴의 인간이 지닌 의지력' 같은 표현을 들먹일 것이다. 식료품점이나 약국에 가보면 백혈병과 림프종 환자나 기타 암 연구기관을 돕는 손목 밴드나 리본을 팔기도 하고 죄책감을 자극해 1달러쯤 기부하도록 부추긴다. 우호적인 SNS에는 당신의 투병 과정이 포스팅되거나 종양이 '뇌세포를 몇 개쯤 죽였을지는 모르지만 당신의 유머 감각은 죽일 수 없다'는 따위의 내용이 퍼져나간다. 항암치료를 받으면 체중이 준다. 스테로이드제를 맞으면 체중이 늘어난다. 당신은 의학 관련 인터넷 게시판을 찾아보느라 긴 시간을 보내고, 의학 관련 인터넷 게시판에 긴 시간을 보낸 사실을 개탄하지만 그러면서 의학 관련 인터넷 게시판에서 더 많은 시간을 보내게 된다. 당신은 아예 인터넷을 끊겠다고 맹세하지만 곧장 의학 관련 인터넷 게시판에서 더 많은 시간을 보낸다.

이후: 지속적인 구역질은 투약으로 줄어들지를 않는데 그 원인이 뇌부종이기 때문이다. 4학년 때 대충 내팽개쳐 두었던 과학숙제가 된 것처럼 당신의 식도관으로 온갖 세균이 침입한다. 요실금, 기억 상실, 도구 사용 능력 상실. 신의 계시를 받은 듯한 황홀한 순간과 설명할 순 없지만 아름답고 고독한 시간들을 분노가 집어삼킨다. 햇빛이 주던 환희와 빗속에서도 지키던 예절은 햇빛과 비에 대한 혐오감으로 변한다. 장기간 고생을 마다하지 않으며 플로렌스 나이팅게일처럼 굴던 배우자는 점점 멀어진다. 이웃 사람들은 당신이나 당신 가족과 혹시라도 말을 섞을까 봐 두려워져서 당신 집을 피한다. 슬픔의 단계에 대한 퀴블러로스Kübler-Ross의 이론에서 당신은 어느 단계인지, 혹시 의심스럽다면 '타협'을 선택하라는 논의가 오간다. 이제 당신은 미친 듯이 다락방이나 지하실에 넣어두었던 보관함을 뒤져 정리하고, 역시나 미친 듯이 추억을 뒤적인다. 식이요법, 한약, 침술 치료 등 기타 대체의학 치료법이 시도된다. 당신은 엄청난 양의 아마씨를 복용하지만, 아마씨는 모든 병을 치료할 수 없다.

훨씬 더 이후: 진통제 알약이 강력한 모르핀으로 증량되었다가, 결국엔 너무 지쳐 일어나 앉는 것은 고사하고 삼킬 수도 없는 지경이 되므로 뺨 안쪽에서 흡수되는 액상 모르핀으로 바뀐다. 천사들의 성가대에서 곧장 파견된 것 같은 호스피스 관계자들이 방문하기도 하고, '돌려주는 삶'이라거나 '인간에게 주어진 모든 상황을 수용'하라는 따위의 말을 해서 얼굴을 후려치고 싶어지는 호스피스 관계자들도 방문한다. 당신의 배우자나 어머니나 가사도우미가 당신의 머리칼을 잘라주면, 단순히 바닥에 떨어진 숱 적은 머리칼을 쓸어버리는 걸 보며 멍하니 두려움을 느끼는 정도가 아니라 완연한 공포감을 느낀다. 당신의 배우자나 어머니나 가사도우미가 혹시라도 예술적인 성향이 있는 경우엔 당신이 낮잠을 자는 동안 당신의 초상화를 그린다. 거북이처럼 한쪽 눈만 크게 불거진 얼굴을 그린 그 초상화는 완성되지 못한 채 종이 귀퉁이가 말려 굴러다닌다. 밖으로 외출해 이동하는 철새의 모습을 보려는 마지막 여행 계획이 수립된다. 메마른 고열은 당신의 말문을 닫게 하고 모든 신체 조직을 중단시킨다. 호흡이 점점 더 힘들어지다가 급기야 숨이 멎는다.

몇몇 가족들은 치명적인 중병의 진단을 접하며 가족 간의 유대가 강화된다고 주장하기도 한다. 뇌와 뇌의 질병을 다루는 것은 상대적으로 단순하다고 필자는 단언한다. 단순히 좋은 기술자만 있으면 된다. 어려운 것은 정신을 다뤄야 한다는 점이다. 호스피스 돌봄이나 약 처방으로는 도무지 완화시켜

줄 수 없는 증상이 있다. 당신이 뇌 전문의라고 하더라도, 당신의 남편이 너무 우울해서 집 밖으로 나가지도 못하겠으니 학교에 가서 아이들을 데려올 수도 없고 반려견을 산책시키지도 못하겠다고 당신에게 통보하는 것 같은 상황에선 방법이 없다. 여성 뇌 전문의와 결혼하다니 유니콘의 헌신을 따낸 것과 같다고 여겼다면 아마도 당신은 생각보다 이해력이 떨어지는 사람이다. 당신에게 남편이 학부모 상담에 갈 수 없다고 말하게 되는 상황이 아니라, 당신이 남편에게 학부모 상담엔 참석할 수 없을 거라고 말해야 하는 입장이다. 당신은 부엌 바닥에 떨어져 있는 골든리트리버의 똥도 치우지 못하는 사람이 될 것이다.

개두술로 발생할 수 있는 합병증은 무엇인가?

언어를 이해하는 능력은 있지만 말을 하지 못하는 것. 말을 할 능력은 있지만 언어를 이해하지 못하는 것. 당신은 명절 만찬에서 칠면조를 던지는 친척이 될지도 모른다. 적어도 천공술穿孔術만큼 나쁘진 않다. 중세 시대 의사들은 압박감을 줄이거나 정신병을 없애고자 톱으로 머리에 구멍을 뚫는 방법을 이용했으며, 그 말은 곧 영구적으로 머리에 벌어진 상처를 안고 살아야 한다는 뜻이었으나 그래도 의사들은 수술이 끝나면 환자들에게 둥근 뼛조각을 갖고 가게 했다. 남녀 환자들은 악령을 쫓아주는 장신구로 그 뼈를 목에 걸고 다녔다. 조카들을 겁주는 데도 몹시 유용하게 사용되었을 것이 틀림없다.

필자가 알고 있는 최악의 합병증은 이비인후과에서 환자의 코로 내시경을 넣다가 혈뇌 관문을 뚫어버린 경우였는데, 혈뇌 관문이 보통 좀 낮게 자리 잡고 있기 때문이었다. 그 환자는 호흡을 할 때마다 두개골로 흡입된 산소가 빠져나가지 못했고 급기야 뇌가 척추관으로 흘러들어가는 지경에 이르렀다. 의료계에도 악독한 귀신 같은 존재들이 도사리고 있으니, 알려진 항생제가 듣지 않는 슈퍼임질이나 메티실린 저항성 황색포도구균MRSA, Methicillin-resistant Staphylococuss Aureus 같은 것들이다. 결국 당신은 포도상구균 감염으로 죽을까 두려워 코 성형수술을 받지 못할 수도 있다.

너무 직설적으로 이야기했다면 그건 내가 둔감해졌기 때문이다. 오늘 나는 의료비 삭감을 요구하고 있어서 우리 병원 문을 닫게 할 수도 있는 어느 상원의원의 뇌정동맥기형(선천적으로 혈관이 뒤엉킴-아주 힘겨운 뇌수술이다) 응급수술을 해야 했는데, 곧이어 응급실로 불려가 흉곽 파열 환자를 봐야 했고 그러는 동안 내내 협진을 요구하는 문자 알림음이 쉬지 않고 울려댔다. 또한 얼마 전에 얼려둔 나의 냉동 혈장도 가지러 가야 했었다. 그리고 무엇보다도 제비뽑기에 걸려서 우리 병원 홈페이지를 위해 이렇게 자주 묻는 질문에 대한 글을 쓰고 있다. 원장이 홈페이지에 인간적인 온기를 불어넣어야 한다고 말했기 때문이다. 현재 나는 독신이지만 집에선(혹은 집이 아니더라도) 수학을 말아먹으려는 두 아들 녀석들이 포르노 시청이나 컴퓨터 게임을 중단하고 숙제를 하도록 이끌 책임이 있는 단독 보호자다. 환자를 대하는 나의 태도가 마더 테레사보다는 그루초 막스[1890-1977, 미국의 희극 배우이자 영화 배우. —옮긴이]에 더 가까웠다면 사과드린다.

아빌라의 성 테레사 병원에서 개두술을 받아야 하는 이유는?

성 테레사 병원 신경외과는 수십 년간 뇌와 척추 분야에 중점을 둔 최첨단 특수 진료센터를 운영해온 것으로 잘 알려져 있다. 최신식 최소 침습 기술과 최신식 최대 침습 수술 기량을 배우려고 전 세계 외과의들이 찾아온다. 아빌라의 성녀 테레사가 두통으로 고통받는 이들을 보살피는 성인이었음을 감안한 이름이다. 가톨릭 성인 연구서 기록에는 성 테레사가 겪었던 신비로운 환시幻視에 대한 묘사가 담겨 있는데, 그녀는 신이 보낸 불타는 황금빛 창에 심장이 꿰뚫려 내장이 쏟아져 나오면서 몹시 고통스러운 영적 고문을 당하는 느낌을 받았다고 한다. 병원 로비는 고통을 위하여 지어졌다. 테레사의 기도문은 "주여, 고통을 겪게 하시든지 아니면 죽게 하소서."였다.

귀하의 외과 수술팀에 대해서 얘기해줄 수 있는지?

우리를 팀으로 부를 필요는 없을 것 같지만, 나는 투수로 등판했고 그래서 병원이 소프트볼 플레이오프전에 참가할 수 있었다. 제이 카츠 박사는 휘플병[소화흡수장애 증후군에 속하는 병으로 설사, 지방변, 전신 림프절 질환, 관절염, 발열, 기침 등을 동반한 희소

질환. —옮긴이]에 걸려 합류하지 못했다. 제이는 마운드 안팎에서 모두 공포의 대상이다. 그분은 화장실 한 번 가지 않고도 환자의 췌장 절반을 절제할 수 있는 실력이다. 나였다면 소변 주머니를 차야 했을 것이다. 에이미 벤슨 박사는 무조건 출루에 성공하는 첫 타자 같은 외과의다. 이분은 최근 출산휴가에서 복귀했다. 이제 우리가 듣는 이야기라고는 아기의 숨골의 움직임이 얼마나 활기차고 부드러운지, 신비로운 신경섬유 세포 발달 단계에 따라서 에이미의 아기가 언제 엄마 얼굴을 알아보았는지–정말로 인지한 시기를 뜻한다–에 대한 것뿐이다. 어쩌면 에이미에게 엄마 얼굴을 알아보는 아기가 있다는 사실을 내가 질투하는 것인지도 모른다. 우리 병원 최고의 소아과 전문의였던 첸 박사는 아들이 성상세포종으로 세상을 떠난 뒤 피부과에서 수련을 다시 하기로 결정했다. 첸 박사의 아들이 성상세포종으로 사망한 것은 유감이지만, 첸 박사가 본보기를 보인 탓에 '상심했으나 그럼에도 불구하고 충격을 딛고 일어선' 선량함에 우리가 비교되는 상황 또한 유감스럽다. 다음으로는 맞수에 어울리는 훌륭한 이름을 가진 스티브 스티븐스 박사가 있는데, 그분은 아빌라의 성 테레사 병원 신경외과 수술실 책임자로 한번은 환자의 뇌에 스펀지 하나를 남겨둔 전적이 있다. 의료 분야에서 가장 수익성이 높은 전공과를 특기로 선택했으면서 이름과 성이 근본적으로 똑같은 사람에게는 당신의 척추 수술을 허락하지 말라.

나로 말할 것 같으면 다 망가진 렉서스 한 대와 학업에 무관심한 아들들이 있으며, 극심한 족저근막염을 앓고 있고 알코올 의존증이 약간 있으며, 더는 배변 훈련을 포기한 골든리트리버를 키운다. 하지만 당신이 정말로 알고 싶은 건 이런 게 아닐 것이다. 이런 이야기는 어렸을 때 대형마트에서 채소를 고르느라 자욱한 수증기를 가르고 있는 교사와 우연히 마주쳤을 때 "우와, 윌슨 선생님은 순간이동 능력이 있나 보다." 는 깨달음을 얻었던 느낌과 유사할 것이다.

귀하는 좀 화가 난 것 같은데 그건 별로 전문가답지 못하다. 다 괜찮은가?

나는 뇌에 배신당한 기분이다. 모든 인간의 뇌는 구조가 거의 똑같다. 활모양의 섬유 다발 속에 언어를 담당하는 핵심인 브로카 영역[Broca's area, 두뇌 좌반구 하측 전두엽에 위치한 영역. —옮긴이]이 있고, 측두엽 안쪽 깊숙한 곳에 기억을 관장하는 해마가 있다. 그런데 빨간색을 떠올릴 때 당신은 잔상이 오래가는 구급차의 원초적인 빨간색을 상상하는가, 아니면 오래 숙성된 와인의 진한 자줏빛을 상상하는가? 내가 당신에게 의자를 그려보라고 요구한다면, 당신은 화려하게 조각된 식탁 의자를 떠올릴까, 푹신한 안락의자를 떠올릴까? 그와 유사하게 나는 나의 남편이 예측 가능한 사람이라고 생각했다. 레스토랑에서 남편이 어떤 전채요리를 주문할지 알았고 어떤 농담이 웃음을 자아낼지 알고 있었다. 그런데 차고에서 장총으로 머리를 쏘아 자살을 기도한 남편을 발견한 뒤로 우리 관계는 더 이상 이해가 되지 않았다. 그는 신발을 아무 데나 벗어던지는 경향이 있었고 주말 오후엔 홀로 있는 걸 좋아했던 반면 나는 물건의 위치와 경계를 아는 사람이었다. 그가 우상처럼 여겼던 형은 약물 과다 복용으로 사망했다. 남편은 슬퍼했고, 얼마쯤 지나자 나는 슬픔의 가장자리가 어딘지 알고 있다 여겼으므로 남편에게 짜증이 났다. 지금 나는 궁금하다. 가령 환자의 발작을 예방하느라 뇌를 절개하고 있을 때, 내가 감히 고치려고 시도하는 것은 무엇일까?

신경외과의가 아닌 삶에 대해서 생각해본 적이 있는가?

다른 사람들이 더 오래 살 수 있도록 돕느라 내가 청춘을 다 바쳐 수련의 과정을 거치고 연구를 지속한 덕분에 그들은 계속해서 파티를 즐겨 북극의 만년설이 다 녹게 만들었다는 건 부조리하다. 그래도 여전히 나는 골 겸자와 견인기를 좋아하는 편이다. 시간이 좀 지나면 모든 것이 반복적인 일상이 된다. 내가 가장 좋아하는 부분은 양의 사체로 신형 드릴 시제품을 테스트해 달라는 요청을 받을 때다.

성 테레사 본인이 되어 성령을 받은 게 아닌 한, 임상의로서 절망감은 피할 수 없고 특히 어린 환자들을 대할 때는 마음이 아프다. 뇌부종이 생긴 어린 소녀의 뇌척수액을 빼려고 덮었던 두개골 절개 부위를 다시 열거나 복숭아처럼 솜털이 덮인 두피를 봉합하고 나면 존재에 대해서 달콤 씁쓸한 회의감이 남는다. 뇌전증을 앓던 유아의 정맥을 내가 실수로 잘라서 수술 가운을 흠뻑 적신 피가 신발 커버까지 흘러내리는 걸 본 뒤, 인턴 시절 이후 처음으로 비품실에서 흐느껴 울었는데 정말로 치솟는 흐느낌을 참으며 운 것은 그때가 처음이었다. "난 덫에 걸렸어."라고 중얼거렸던 것이 기억나는데, 그건 단순히 잠긴 비품실에 쭈그려 앉아 있었기 때문만은 아니었다. 처음 마취제가 들어갈 때 환자들이 느낀다고 알려져 있는 느낌과 유사한, 자신과 분리되는 기분이 들었다. 최근 뇌하수체 절제 수술을 하며 나는 이런 생각을 했었다. 내가 아들들을 내팽개치고 그저 공항 푸드 코트에서 일을 한다면 어떨까?

앞으로 인생을 어떻게 지속해나갈 것인가?

뇌하수체 절제술을 끝낸 후 나는 차를 몰고 쇼핑몰로 향하는 나를 발견했다. 아들들은 둘 다 방과 후에 사고를 치러 다니느라 늦은 시간까지는 집에 오지 않을 터였다. 주변 어떤 것에도 신경을 쓸 겨를이 없는 내 기분과 똑같아 보이는 무심한 에스컬레이터를 타고 한 층 한 층 백화점을 올라가던 나는 원단의 물결이 황홀한 사우나처럼 펼쳐져 있는 곳에 당도했고 그곳은 파티 드레스를 파는 매장이었다. 목선이 깊게 파이고 스팽글로 뒤덮인 에메랄드빛 드레스가 맨 처음 섬광처럼 부서질 것 같던 나의 시선을 끌었기에, 나는 수술실 비누로 거칠어진 팔에 드레스를 걸쳤다. 탈의실에서 "아마 내 가슴으론 이런 드레스 감당이 안 될 거야."라고 결론을 지으려니, 도와주겠다는 의욕이 가득한 여자 목소리가 질문을 던졌다. "입어보니 어떠세요?" 내가 문을 열자, 여자는 흥분한 듯 박수를 치며 안으로 들어와 말했다. "아주 잘 어울리시네요! 진짜로 눈동자 색깔을 부각시켜요." 내 눈동자는 갈색이라고 여자에게 말했다. "물론이죠." 여자는 금세 반격에 나섰다. "하지만 그 드레스를 입고 계시니까 황토색도 보이고 거의 호박 빛깔로 반짝이는 것 같아요." 나는 그녀에게 내 마음에 더 흡족할 만한 다른 드레스를 더 가져오라고 하고 싶었을까? 나의 어머니는 혼자 힘으로 나를 키우느라 생계를 위해 식당 서빙과 비서, 청바지 구매 대행업자 등 온갖 직업을 전전했기에 안정된 나의 직업과 안정된 나의 남편을 무척 자랑스러워했는데, 어머니를 닮은 여자는 40년쯤 젊어진 모습으로 환생하여 과거의 업보에 따라 영원히 매장 직원으로 일하게 된 사람 같았다. 하지만 아마도 그건 나의 상실감에서 비롯된 너무도 멍청하고 감상적인 상상에 불과할 것이다.

어머니의 환생인 듯한 이십 대 여성은 뻣뻣한 황금색 새틴 원단으로 만들어진 끈 없는 드레스를 가져왔는데, 종처럼 아랫단이 퍼지는 드레스는 앞쪽이 길게 트여 다리가 종에 매달린 추처럼 드러나 보였다. "절대 안 돼요." 내가 말했다. 그녀는 풍성한 진자주색 레이스가 발레복처럼 층층이 매달린 드레스를 가져다주었다. "스무디에 꽂는 인간 장식품 같네요." 여자는 고급 실크 레이스 원단에 손으로 일일이 진주를 장식한 뷔스티에 드레스를 가져왔는데 레이스로 만들어 단 코르사주 장식이 쭈글쭈글한 아기 주먹처럼 보였다. "유령 아기의 손이 매달려 있는 것 같지 않아요?" 이번엔 몸매를 드러내는 고전적인 검정 드레스를 가져다주었는데 형광 진청색으로 번쩍거리는 뒷단이 살짝 늘어져 걸을 때마다 전기뱀장어를 밟고 계속 넘어질 것 같았다. "특별히 입고 가실 곳이 있으세요?" 여자가 물었다. 그런 정보를 얻으면 내가 원하는 것에 최대한 어울리는 옷을 고르는 데 도움이 될 것이다. "수모세포종[주로 소아의 소뇌에 발생하는 악성 뇌종양. —옮긴이] 파티가 있어요."라고 내가 대꾸했다. "새로운 스타트업 기업인가요?" 나는 뇌종양의 일종이라고 설명했다. 수모세포종 파티 같은 건 없었다. 그냥 즉흥적으로 떠올라 둘러댄 것뿐이었는데, 거짓으로 꾸며낸 행사는 원구 형태의 뇌종양들이 정장을 차려입고 중학교 체육관에서 어색하게 파트너의 허리를 껴안은 채 느리게 춤을 추고 있는 광경을 뇌리에 불러일으켰다.

"개인적으로 아는 사람 중에 환자가 있는 건 아니길 바라요." 백화점 매장 엄마는 외과 의사가 환자에게 나쁜 소식을 전하면서도 포옹하긴 싫을 때 보이는, 산꼭대기에서 내려다보며 염려하는 듯한 표정으로 말했다. "남편이 수모세포종으로 죽었어요." 내가 거짓말을 하자 그녀는 산꼭대기에서 내려와 진심으로 동정하는 태도를 보였다. 그녀는 나를 껴안아줄 수밖에 없다는 사실을 깨달은 모양이었다. "손님 주변에 슬픈 오라가 떠도는 걸 직감적으로 느꼈어요." 그녀는 나를 껴안으며 내 머리에 대고 속삭였다. "슬퍼요."라고 동의하며 나는 묶음 머리 속에 혹시 잘못 튀어 들어간 연골 조각을 여자가 발견할지도 모른다는 생각을 했다. 아무리 철저하게 위생에 신경을 써도, 인체 조직은 상상도 못할 곳에서 발견된다. 입술 모서리나 브래지어 안에서 머리카락이 나오는 것처럼. "마지막으로 자신을 돌보는 시간을 가져본 게 언제예요?" 여자가 계속해서 물었다. "페디큐어를 받거나 전신 마사지를 받으면서 죽은 남편을 애도할 순 없어요." 내가 반발했다. 아니, 아니, 자긴 그런 의미로 말한 것이 아니라면서 여자는 내가 관심이 있다면 계속해서 자신의 비법을 들려줄 수 있다고 했다. 여자는 내가 관심이 있는지 기다려보지도 않고 이야기를 이어나갔고, 그녀의 비법은 물을 한 잔 따른다거나 오렌지 껍질을 벗기는 것 같은 평범한 행동을 하면서 동작을 아주 느리게, 그 동작이 거의 견딜 수 없을 만큼 아름답게 느껴질 때까지 속도를 늦춘 다음 스스로에게 "나는 살아 있어."라고 중얼거리는 것이었다. 그것은 정신적인 상처가 치유되는 과정을 촉진해주는 신경계의 속임수다. 나는 대꾸랍시고 "내 눈동자엔 초록색이 전혀 없어 부각될 리 없겠지만 뇌암 퇴치를 위한 댄스파티에 그나마 온전히 어울리는 번쩍이는 초록색 드레스를 사는 게 좋겠어요." 같은 말을 했던 것 같다.

백화점에서 만난 어머니의 환생 같은 여성의 조언을 받아들였는지?

나는 그 에메랄드빛 드레스를 입고 백화점에서 나왔고, 싸구려 소비뇽 블랑 와인을 한 상자 샀을 때도 그 옷을 입고 있었으며 조수석에 뭉쳐둔 수술복 위에 술을 올려놓았다가, 집에 돌아와 와인병의 코르크를 따 천천히, 아주 천천히 글라스에 따라 한 모금 맛을 보면서도 계속 그 에메랄드빛 드레스를 입고 있었다. 결론: 나는 따분한 외상 후 스트레스 장애PTSD를 똑같이 느꼈다. 에메랄드빛 드레스를 입고 수술을 한다면, 똑같은 색상의 그물망으로 머리를 틀어 올리고 에메랄드로 알알이 장식된 마스크까지 갖추었다고 가정할 때 엄청 화려하겠다는 생각이 들었다. 뇌를 가르고 들어가 왕관처럼 보석으로 장식한 뒤에 다시 환자의 두개골로 뇌를 뒤덮는다면 재미있지 않을까? 의사는 종양을 제거한 뒤 그곳을 사파이어나 루비로 대체할 수 있을 것이다. 에메랄드빛 드레스와 나는 골든리트리버를 집 밖으로 내보내 진입로 한가운데 똥을 싸도록 했고, 그러고 나서는 골든리트리버와 드레스와 나는 나란히 침대에 누워 나머지 와인을 마셨다. 남편이 자살을 한 이후로 개는 엉망진창이 되어 바닥에 놓인 자기 침대 대신에 남편이 눕던 쪽 침대에서 잠을 잔다. 개 침대는 아마도 구역질 나게 더러워진 지 한참 되었겠지만, 개가 더는 그것을 사용하지 않자 새삼스럽게 개 침대가 혐오스러울 정도로 더럽게 느껴진다.

아들들이 돌아와 나를 찾아 고함을 지른다. "엄마 방에 있어." 내가 마주 소리치자 그들은 침실에 있는 나를 찾아냈다. "엄마 새 드레스 어떠니?" 내가 물었다. 십 대 소년들의 태도라기에는 어울리지 않을 정도로 그들은 꼼짝도 하지 않고 서 있다. 뭔가 내가 시킬까 봐 두렵거나 내가 무슨 짓을 벌일까 봐 두려워하고 있다는 의미였다. "마음에 안 들어요." 큰아들이 자신의 판단을 명백하게 토로했다. "네, 흉측해요." 작은아이도 거들었다. "너희들 말이 맞아. 끔찍하지." 나는 빈 와인 병을 다리에 대고 굴려 스팽글이 눌리는 소리를 들으며 대꾸했다. "이 옷을 어쩌면 좋을까?" "잔디 깎는 기계로 밀어버려요." 큰아이가 제안했다. "수영장에 던져버려요!" 작은아이가 외쳤다. "수영장으로 가자!" 내가 이렇게 선언한 뒤 드레스를 벗자 아이들은 킥킥 웃는 소리를 내며 눈을 빛냈고, 곧이어 나는 순전히 아이들을 골려줄 생각으로 느릿느릿, 더욱더 느릿느릿 개 옆에서 역시나 뒹굴고 있던 잠옷 가운을 입었다. 그러자 평정심이 생긴 것이 느껴졌고, 결국 백화점 매장 엄마의 조언은 효과가 있었다. "잘 가라, 모조품 주제에 가격만 비싸고 쓸데없이 돈만 버리게 한 이 무용지물 드레스야!" 나는 드레스를 수영장에 던지며 소리쳤다. 드레스는 해파리나 잘려나간 인어 꼬리처럼 날아가며 우아하게 방향을 틀었다. 물은 드레스에 적절한 매개체라고 나는 생각했다. 멧갈라 Met Gala[뉴욕 메트로폴리탄 미술관에서 개최하는 자선모금 행사로 초청된 유명인사들이 기상천외한 의상을 선보이는 것으로 유명함. —옮긴이]에 참석한 유명인들은 레드카펫을 뽐내며 걷다가 수족관으로 들어가야 마땅하다. "너희도 뭐든 원하는 거 있으면 수영장에 던져." 내가 아들들에게 말했다. 예외나 규칙, 물속에 빠뜨리면 나중에 내가 화를 낼 만한 물건이 있을까? "최악의 물건을 던져봐."라고 말한 뒤 내가 덧붙였다. "우리 모두 감전사시키지 않는 한은 괜찮아."

당신 가족은 수영장에 또 어떤 물건을 던졌는지?

9번 아이언, 마리나라 소스가 남아 있는 병, 의학 교과서, 내 기억으로는 낙제를 받은 아들의 수학 교과서, 역시나 아마도 낙제를 받을 것으로 보이는 다른 아들의 역사 교과서, 죽은 남편의 버튼다운 셔츠, 포크찹 몇 조각. 우리 집 수영장 여과망에는 염소 물에 끓인 마녀의 가마솥처럼 뱀, 개구리, 작은 도마뱀이 걸려 종종 구멍이 막혔으므로, 지방이 풍부한 포크찹 덩어리는 절박한 도마뱀에게 꽤나 반가운 구명뗏목이 되어줄 거라는 생각이 들었다. 망치와 야구공도 들어갔고, 마치 우리가 수영장에게 결투 신청을 하듯 가죽장갑 한 짝도 던져 넣었다. 예수 탄생화도 희생되었으며, 어린 시절에 갖고 놀던 캐릭터 인형들, 슈퍼히어로와 슈퍼군인들의 피규어도 수장되었는데 그들은 유향과 몰약 대신에 예수에게 어떤 선물을 바칠 것인지 흥미로운 생각이 들었다. 도마뱀들을 위한 추가 부양 장치로 소파 쿠션을 던져 넣으며, 그 밑엔 코딱지와 함께 무엇보다도 중요한 보물이나 다름없는 벤조디아제핀[수면 안정제. —옮긴이]이 들어 있음을 나는 나중에 찾아볼 요량으로 은밀히 기억해두었다. 구역질 나는 개 침대도 던져버렸고 덤으로 개도 물에 밀어 넣었다. 쓰레기 같은 장애물 사이에서 물장구를 치느라 끔찍이도 불편해 보였지만 그럼에도 신사적인 태도로 수영을 하는 개를 보며 우리는 깔깔 웃어댔다. 아들들이 현관에 걸려 있던, 애들 아빠가 두 아들을 양팔로 껴안고 있는 우리 넷의 가족사진을 들고 왔을 때 내가 말했다. "됐다, 이제 그만, 그쯤 했으면 충분해."

자주 하는 질문 항목을 읽는 독자들에게 당신이 전할 수 있는 한 조각 희망이라도 있다면? 노출된 후두엽을 내려다보면서, 혹은 뇌기저부에 생긴 동맥류 환자를 살리지 못했을 때, 혹은 야간 근무를 마친 간호사와 레지던트들의 교대 시간에 들은 이야기라든지 병원의 다양한 리듬, 남편의 자살이나 수영장에 살림살이를 집어던지면서 아들들과 소통하려 했던 노력에서 배운 것이 있다면 무엇인가요?

여기 적힌 답변을 다시 한 번, 그러나 아주 천천히 읽어보세요. 스스로에게 주문을 외우십시오. "나는 살아 있다."

괴물을 위한 건축

'부러진 흉곽Broken Rib Cage'은 악마의 대성당처럼 아부다비 사막 위로 솟아올라 있다.• 이 타워형 아파트는 91층으로, 복장뼈 부분부터 곡선을 이루는 백골 콘크리트 건물이다. 이 건물의 골조에는 칼라트라바Calatrava[스페인의 유명 건축가로 생물학적 조형미를 구축한 골조 건축물로 유명함. —옮긴이]의 건축 같은 댄서의 유연함이 부족하여, 중간쯤 올라가면 철제 기둥이 비틀리듯 벌어져 파사드를 형성하면서 건물의 내장 같은 풍성한 중정中庭이 엿보인다. 비평가들은 야성적인 천재의 최고 걸작이라고 칭송한 반면, 다른 사람들은 '로드킬을 당한 건축'이라며 건물의 미학적인 측면을 조롱했다. 이 건물은 논란이 많기는 하지만 건축계의 상징적인 인물인 헬렌 대넌포스의 '손상된 장기the Damaged Organ' 건축물 시리즈 가운데 가장 유명한 작품이었다. 그의 감수성은 노골적으로 유혈극을 담아낸 것은 아

• '부러진 흉곽'은 이 타워를 가리킬 때 널리 사용되는 별명이다. 공식적인 명칭이지만 상대적으로 덜 알려진 건물명은 갈라진 상반신이라는 뜻의 '클레프트 토르소Cleft Torso'다. 대넌포스Dannenforth는 과거 이 점을 들어 기자들과 인터뷰어들을 바로잡으려 하였으나 혼란만 가중될 뿐이었고, 본인도 번거로움을 피하려 이제는 이 건물을 부러진 흉곽이라 칭한다.

니지만 육욕적이라는 지독한 혹평을 받아왔다. "나는 외과 수술 동영상을 보고 있었습니다." 그는 자신의 디자인에 대해서 이렇게 설명했다. "의사가 남자 환자의 가슴을 열고 강제로 구멍을 내 심장에 닿으려 하는데 나는 스케치를 할 수밖에 없더군요."

대넌포스에겐 뿌듯한 해였다. 맥아더 상 수상자로 선정된 데 이어 빌바오-아반도 고속열차 역사 리노베이션 입찰에서도 성공을 거두었다. 뉴욕 메트로폴리탄 미술관에서는 그의 작품 회고전을 열고 있는데, 살아 있는 건축가로서는 드문 일이다. 전시장 도입부는 경이로움의 보고寶庫를 엿보는 것 같았다. 서펜타인 갤러리에 있는 '피부의 추억' 특설 건축물을 그대로 재현해놓았는데, 그것은 구멍이 뚫린 메시 패널로 대형 범선의 돛대를 형상화하고 그 위에 광전지로 호화로운 인공 산호가 자라도록 장식한 시리즈물이다. 여름 끝 무렵에 작품이 철수될 때까지 산호의 인공 조직은 인간과의 상호작용으로 표면에 생겨나는 모든 흠결과 상흔을 그대로 간직할 것이다. 수채화 물감의 호방한 느낌을 살린 붓펜으로 그린 회화 작품과 세밀화가로서의 정밀함을 꼼꼼하게 담아낸 세밀화도 전시되어 있다. 건축계의 노벨상이라고 불리는 프리츠커상의 유력한 수상자라는 속삭임이 떠돈다. 그러나 앞으로 몇 주 뒤 친구들과 가족에 둘러싸여 55번째 생일을 맞이하게 될 장본인인 이 여성은 이 모든 찬사에도 전혀 아랑곳하지 않는다.

헬렌 대넌포스가 소호에 설립한 회사에서 몇 시간 거리인

롱아일랜드에서 그를 인터뷰했을 때 나는 이러한 거짓 무관심을 가까이에서 관찰하는 특혜를 누렸다. 그의 큐뮬러스[적운積雲이라는 뜻. —옮긴이] 하우스는 주변 대저택의 실루엣과 대조적으로 나지막하게 펼쳐져 있다. 이스트햄프턴 지역은 흔히 바닷바람과 소금기에 부식된 판자와 꺾임지붕, 퇴창을 내어 앉을 자리를 만든 사방을 둘러싼 베란다가 연상되는 곳이다. 흰색 장식, 채광창을 낸 문 같은 주요 특징을 상당수 유지하면서도 그는 전통적인 삼나무 널빤지를 알루미늄으로 바꾸었다. 경사진 지붕이 거품 같은 무정형으로 비스듬히 펼쳐지면서, 배양접시에서 복제되는 세포나 여객기 옆면에서 내다보이는 거대한 적운처럼 하늘에서의 이동의 흔적을 담아낸 듯하다. 그 집은 어린 시절 미시간주의 뒷마당에 누워 빨랫줄에 널려 바람에 펄럭거리는 침대 시트를 바라보던 과거 의식으로 회귀를 의미한다. 그의 집은 세탁물과 잡초, 닮은 동물의 이름을 붙인 구름, 전깃줄, 교외, 몽상에 대한 오마주다.

"집이 대기처럼 느껴지기를 바랐어요." 대넌포스가 설명했다. "나는 좀 더 유연한 건축을 접목하려 애써왔습니다. 경력 초반부에는 주로 폭력을 겪은 건물들을 위한 기획이었죠. 내가 그저 여성스럽고 너무 비현실이라는 견해를 경계했어요."

그의 직원이 된다는 것은 일자리에 고용된다기보다는 성직을 받아들이는 것에 더 가깝다. 그런 행운을 누리는 이들은 대넌포스가 강의하는 하버드, 예일, 런던 대학교의 건축협회 학생들 중 선발된다. 사제를 보좌하는 복사들은 필히 수도사처럼 검정색이나 회색 옷을 입어야 하듯, 스튜디오 포스Studio Forth에서도 엄격한 드레스 코드가 요구된다. 그들은 커다란 헤드폰으로 귀를 막고 꼭 필요할 때가 아닌 한 말을 하지 않는다. 헬렌 대넌포스의 의상은 한편으로는 수녀복이고 한편으로는 여장남자 복장이다. 흑백으로 가득한 옷장에는 느닷없는 염료의 공격처럼 색깔 옷이 간간이 섞여 있다. 요란한 외침을 담은 듯한 보석이 그의 손마디와 쇄골을 받치고, 가모장다운 백발은 견갑골 사이에서 고함을 지르듯 풍성하게 늘어진다. "사람들은 로스코Rothko와 바넷 뉴먼Barnett Newman의 강렬한 색채 표면 때문에 작품 캔버스에 흠집을 낸다고 해요." 찰싹 때린 것처럼 빨간색이 어우러진 칵테일을 들어 올리며 그가 내게 말했다. "남자를 유혹하기도 하고 동시에 위협하려면 이런 색깔의 옷을 좀 입으세요."

업계에서는 그가 목소리를 높이는 걸 들어본 이가 단 한 사람도 없지만 그의 분노를 사는 것에 대한 두려움은 팽배하다. 대체로 그는 속을 알 수 없는 무속인 같은 사람이다. "그분은 똥도 얼음 똥을 눌걸요." 과거에 직원이었던 이의 말이다. 취리히에서 열린 회의에서 자기 의견을 내세운 비서를 해고했다는 소문도 있다. 두 사람은 테르메 발스Therme Vals 온천에서 휴식을 취하고 있었는데 비서가 "러시아의 쉬프레마티슴[1913년경 러시아에서 시작된 절대주의 예술운동. —옮긴이]은 시각장애인을 위한 숫자 그림"이라고 신랄하게 말했다. 헬렌은 여비서에게 짐을 싸 미국으로 돌아가라고 소리쳤다. 물론 당시에 그 말을 심각하게 받아들이지 않은 비서는 무모하게도 저녁에 식당에 나타나 테이블에 앉아 식사 시중을 받다가 급기야 호텔에서 체크아웃 당하고 말았다. 그러나 대넌포스가 가장 아끼는 직원이 된다는 것은 어머니보다 더 좋은 두 번째 어머니를 얻는다는 의미다. 드물게 선택된 이들은 그의 곁에서 휴가를 함께 보냈다. 그들은 포트폴리오와 연애 생활, 어린 시절에 대한 상담을 받았다. 그들은 상사의 별장에서 대여료 없이 게스트 룸을 이용했다. 또한 그의 문하생들은 헬렌의 무심함을 폭로하며, 문하생이 파트너와 성관계 후 벌거벗은 채로 돌아다니고 있는 숙소에 그가 예고 없이 들어와 현행 프로젝트에 관한 대화를 나누었다고 토로했다.

로맨스는 헬렌의 개인적인 차원에서 별 관심사가 아니지만 그럼에도 그에겐 관계가 소원해진 전남편과의 사이에 딸이 하나 있다. 꽃다운 열여섯 살인 릴리는 우리가 차를 마시며 담소를 나누는 동안 열쇠를 쩔그럭거리며 부츠 차림에 주말 여행자용 가방을 들고 들이닥쳤다. 헝클어진 머리칼에 박힌 나뭇잎과 정강이에 난 벌레 물린 자국을 아무렇지도 않게 북북 긁는 태도만 아니었다면 어머니의 사춘기 도플갱어가 나타난 것으로 쉽사리 오인했을 것이다. 릴리는 남자친구와 캠핑을 다녀온 참이었는데, 난파선에서 내린 부랑아 소녀처럼 화장품과 간식, 타블로이드 신문, 더러운 옷가지를 사방에 늘어놓으며 짐을 풀었다. “모든 물건에 제자리가 있다는 걸 배울 때 비로소 여자아이는 여성이 된답니다.” 대넌포스가 격

언조로 말했다. 그제야 그는 공식적으로 우리를 서로 소개해 주었는데, 이 매력적인 혼돈 상황은 물론이고 해먹과 레모네이드 유리병과 몰래 피우는 담배를 연상시키는 소녀의 햇빛 그을은 빰이며 아무렇게나 걸쳤지만 수백 달러는 족히 넘을 듯한 페전트블라우스[투박한 목면을 소재로 헐렁하게 주름을 잡아 만든 블라우스형 상의. —옮긴이]에는 신경이 쓰이지 않았던 반면, 나는 소녀의 얼굴이 비대칭이라는 사실을 알아차렸고 그래서 시선을 돌리고 싶기도 하고 그 기묘함을 좀 더 가까이에서 확인하고 싶은 충동을 동시에 느꼈다.

무언가 이리저리 고민하다 마음을 결정하려던 표정이 그대로 얼어붙은 것처럼, 극단적으로 작은 턱이 한쪽으로 쏠려 있었다. 입술은 모델처럼 매혹적으로 도톰했지만 입 자체는 턱과 마찬가지로 비틀려 있었다. 내가 빤히 쳐다보면서도 시선을 돌리려고 애쓰고 있음을 알아차린 헬렌은 딸의 얼굴에 흘러내린 머리칼을 넘겨주며 말했다. "이왕이면 전부 다 보는 게 좋겠죠." 한쪽 귀엔 피어싱이 여러 개 매달려 있었는데, 반대쪽 귀는 크기와 비율은 비슷하지만 마치 해변의 모래가 파도에 쉴 새 없이 시달려 모서리가 닳아 없어진 것처럼 굴곡 없이 평평했다. 릴리는 안면 왜소증을 갖고 태어났고 OMENS[안면기형의 5가지 주요 징후에 대한 약어로 O(Orbit)는 궤도의 비대칭, M(Mandible)은 하악 발육부전, E(Ear)는 외이의 기형, N(Nerve)은 신경 침범, S(Soft Tissue)는 연조직의 결핍 여부를 가리킴. —옮긴이]로 알려진 평가표에서 '심각함'이라는 진단을 받았다. 릴리는 호흡하는 데도 보조기가 필요했다. 충분히 나이가 든 후에는 갈비뼈 하나를 떼어 없는 턱뼈를 재건했다. 잘라낸 갈비뼈의 연골은 귀를 성형하는 데 이용되었다. 수술 의사들은 세계 최고 권위자였다. 자궁에서 그런 기형을 겪지 않았다면 전통적인 미인이 되었을 거라고 짐작되었지만, 강렬하게 시선을 끈다는 점에서 여전히 소녀는 매력적이었다.

딸이 샤워를 하러 간 뒤 나는 과감하게 릴리의 상태가 해부학을 접목하여 악명이 높을 정도로 파괴적인 헬렌의 건축 스타일에 영향을 미쳤는지 물었다. 갈비뼈와 외과수술, 어떻게 관련이 없을 수 있었겠는가? "기분 나쁘군요." 헬렌이 대답했다. "그런 질문을 받는 건 내 성별 때문이에요. 프랭크 게리Frank Gehry[캐나다 출신 건축가로 프리츠커상 수상자이며 비정형 건축 설계로 유명함. —옮긴이]의 아들들이 장애아였다고 해도 그게 그의 콘셉트 전개에 영향을 미쳤는지 물었을까요? 인체에 대한 나의 관심은 부모가 되기 이전에 시작되었습니다. 그건 근원적이에요. 난 창의적인 소모품으로 릴리를 이용할 필요가 없어요. '공간에 관한 이해의 근원은 입에서 이어진 동굴에 있다.'고 책에 적었던 유하니 팔라스마Juhani Pallasmaa[핀란드 건축가. —옮긴이]의 말을 기억하세요. 인체의 곡선을 주로 활용한 건축가는 나뿐이 아닌데도, 나에겐 소시오패스, 포식자라는 꼬리표가 달렸죠."

나는 어머니를 전혀 모르고 살았다. 실험실 기술자 하나가 어머니를 폭행해 버클리 대학교 유전학과의 케이블 함에 숨겨놓았다고 했다. 어머니는 딸기의 가뭄 저항성을 연구하는 분자생물학자였다. 아버지는 어머니의 사망 이후 정신적으로 무너져, 불과 20개월이었던 나는 외조부님 댁으로 보내졌다. 나는 사물의 구조에 대한 어머니의 열정을 발전시켰지만 과학 대신 건축으로 방향을 틀었다. 대넌포스는 에스트로겐의 영향에 적대적인 직군에서 활약하는 여성 권위자이자 나의 영웅이었다. 어머니가 없다든가, 아버지에게 버려졌다든가 하는, 약력상 특정한 우연의 일치 역시 나의 존경심을 부채질했다는 건 나도 인정한다. 헬렌이 내가 석사 과정을 밟고 있던 라이스 대학으로 강연을 하러 왔을 때 나는 강당 바깥 복도에서 그에게 말을 걸려고 기다렸다. 숭배의 대상이 현실의 인물이 된다는 사실에 대한 염려에 지나치게 휩싸인 나는 몇 마디 감사 인사를 중얼거린 뒤 달아났다.

그 후 곧 나는 대학원을 관두었다. 할머니가 알츠하이머병 진단을 받았기에, 나는 돌아가서 집을 팔고 간병인이 상주하는 시설에 할머니를 모셨다. 현존하는 혈육이라고는 나 하나뿐이었다. 재혼한 아버지가 양육권을 주장하지 않았기 때문이다. 자질구레한 골동품과 기념품이 담긴 박스 몇 개가 바로 어머니의 모델을 구성했던 원자재였다. 새들과 함께 정원은 어머니의 안식처였다. 종이 뭉치에는 연필로 토네이도를 그린 정물화처럼 잔가지가 정교하게 엮인 둥지 그림이 가득했다. 새 둥지는 주거지의 축소판이자 하늘과 나무뿌리 사이의 안전한 피난처라는 생각이 들었다. 기하학적 무늬가 들어간 담요 아래에서 꼼지락거리고, 설거지를 하고, 어린 시절 엄마가 그리고 나중에 내가 그랬던 것처럼 방충문을 꽝 닫는 행동에서 마치 영혼을 감지하듯, 유품을 정리하면서 나는 어떤 형이상학적인 온기를 느꼈다.

어쨌거나 나는 프리랜서로 선반을 레이저 커팅하거나 테라스 확장공사 일을 했다. 간간이 기사도 썼다. 그러다가 마침내 영향력 있는 건축 잡지인 《인해비트Inhabit》['거주하다'의 뜻. —옮긴이]의 인물 탐방 기사를 우연히 의뢰받는 날이 도래했다. 헬렌은 나를 알아보지 못했지만 그건 의기소침할 일이 아니었다. 너무 겁쟁이라 우리가 이미 만난 적이 있다는 것을 언급하지 못한 나는 그가 과거를 드러내주기를 바라면서 가족이 사는 주택에 대한 그의 탐구 과정을 계속 파고들었다.

"고딕 소설에서 아이디어를 얻었어요." 그가 말했다. "오싹한 기분이 들면서도 반겨주는 것 같은 오래된 저택의 아득한 정경에서 뭔가 느껴지더군요. 우리는 잊힐 수밖에 없는 운명의 물리적인 자아를 다루듯이 건축을 다루죠. 시스티나 대성당의 천장을 최초의 영광스러운 모습으로 복원하는 데는 어떠한 노력도 아끼지 않아요. 마티스의 작품은 쓰레기로 버려지지 않을 거예요. 하지만 미스 반 데어 로에Mies van der Rohe[근대건축의 개척자로 꼽히는 독일 건축가로 스스로 자신의 건물을 '피부와 뼈'로 불렀음. —옮긴이]의 건물은 지하실처럼 관리되죠. 이런 예술작품은 보존이 헛된 작업이에요."

그는 1940년대 네이팜탄의 화력을 테스트하느라 완전 밑바닥부터 새로 건설해야 했던 일본과 독일 마을의 모형에 대해서 비애를 토로했다. 할리우드 무대감독들은 각 주택의 세면도구와 진짜 신문까지 세세하게 재현해내었다. "당시에 존재했다가 폭파된 유령 도시를 복제해내느라 막대한 노력을 기울였더군요." 헬렌이 개탄했다. "그럴 만도 했죠." 책을 논하자 그의 독백 같은 이야기에 불씨가 되살아났다. 그의 사무실엔 인체 공학 원리에 대한 에른스트 노이페르트Ernst Neufert[바우하우스 출신의 독일 건축가. —옮긴이]의 안내서가 『오트란토 성The Castle of Otranto』[1764년에 출간된 호레이스 월폴Horace Walpole의 소설로 최초의 고딕 소설로 간주되는 작품. —옮긴이]과 『흰옷을 입은 여인The Woman in White』, 『제인 에어』가 다락방의 미친 여자와 함께 나란히 꽂혀 있다. 그는 난해한 실내 장식과 변덕스럽고 예스러운 속임수에 집착한다. "모든 주거지는 우리를 노출시키기 마련이죠. 나는 그런 장르의 문학을 좋아하는 팬이에요. 산문의 문단에는 성벽과 생울타리 미로, 하인들의 처소를 요리조리 빠져나가는 내용이 묘사되기 때문이죠. 플롯은 밀실에 숨겨진 비밀에 담겨 있어요. 두뇌가 비밀을 간직하는 방법을 눈에 보이듯 펼쳐놓거든요."

헬렌에게는 자기만의 비밀 은닉처가 있다. 뉴욕주의 외곽, 굽이굽이 펼쳐진 구릉 지대와 숲이 깔끔하게 정돈된 사유지에 '은거지'라고 명명된 시설에는 그의 의붓 자매인 한나 대넌포스라는 이름의 환자가 살고 있다. 나의 인터뷰는 실패였다. 나는 침체의 늪에 빠져들었다. 내내 자기 연민에 빠져들어 라디오도 작동되지 않는 렌터카를 장시간 운전한 끝에 나는 누군가의 흔한 이모처럼 생긴 여자를 마주한 채 휴게실에 앉게 되었다. 헬렌이 날렵한 편이라면 한나는 피둥피둥했고, 헬렌의 머리칼이 느슨한 우아함이라면 한나의 짧은 머리는 심각하게 정리정돈이 필요한 웃자란 잔디처럼 사방으로 삐죽삐죽 솟아 있었으며, 헬렌이 오트 쿠튀르 의상을 몸에 휘감고 있는 반면 한나는 얼룩진 구제 옷을 걸치고 있었다. "내가 왜 마약중독자, 조현병 환자, 섹스중독자들과 함께 여기 처박혀 있는지 알아요?" 한나가 묻는다. 나는 모른다고 대답했다. 그의 연락처를 추적해낸 것 자체가 의지력 테스트였다. "내가 여기 있는 이유는 내가 릴리의 진짜 엄마이기 때문이에요." 한나가 대꾸했다.

물론 그것은 한나 대넌포스가 입원해 있는 이유가 아니다. 그는 릴리가 열두 살 때 아이를 납치했다. 한나는 양형 거래에 합의했고, 자진해서 정신병원에 입원하는 조건으로 수년간 보호관찰 집행유예를 선고받았다. "나 같은 사람들을 영원히 가둬두기 위한 건물들이 있어요. 언니가 교도소나 요양원 건축에 대해 이야기하는 걸 들은 적은 없을 거예요, 그렇죠?" 그가 계속 말을 이어갔다. "헬렌은 릴리를 보며 내 탓을 하죠. 아이를 보며 자신의 가장 큰 실패를 마주하는 거예요. 임신한 동안 나는 소두증이나 내장이 몸 밖으로 튀어나온 채로 태어나는 아기를 낳을까 봐 겁이 났어요. 하지만 릴리를 본 이후론 그런 느낌은 아무것도 아니게 되었죠. 그 애를 쳐다보면 나는 자부심을 느껴요. 난 이렇게 생각하죠. 저 아일 내가 만들었어. 저 애는 내 아이야."

한나에 따르면 릴리는 유괴에 동참했다. 둘은 비밀스러운 이메일과 전화 통화를 주고받았다. 많은 아이들이 달아나고 싶어 하지만 그렇다고 해서 그걸 데려가 달라는 제안으로 받아들이면 안 된다고 나는 주장했다. "봄방학 동안 외출 금지를 당했기 때문에 엄마를 미워하는 정도의 문제가 아니었어요." 한나는 코웃음을 쳤다. 그것은 식사를 함께하고 냉장고에 성적표를 붙여놓고 화분에 바람개비를 꽂아놓고 우스꽝스러운 스냅사진을 찍으려고 반려견을 달래 이상한 옷을 입히기도 하는, 잡지에 화보를 싣는 게 유일한 목적이 아닌 가정의 신성함에 관한 문제였다. 그렇다, 사라지는 건 좀 심했지만, 한나가 실직해 의료비 청구서가 쌓여가고 가난에 허덕이고 있을 때 헬렌은 무관심했다. 한나는 자동차도 없이 '떠돌이 비혼 여성'으로 살고 있었다. 그는 릴리를 만나는 것도 금지되었다. 게다가 양육권 포기각서에 서명을 해버렸기에 법적인 도움도 받을 수 없었다. 나는 한나의 자매에게 속마음을 털어놓고 싶었던 것처럼 그에게도 비밀을 털어놓고 있는 자신을 발견했다. "어떤 느낌인지 알아요." 안타까워하면서도 친근한 목소리로 한나가 말했다. "소중히 여기는 모든 걸 잃은 기분이죠."

소나무 양묘장을 지나 박 열매가 곳곳에 매달려 있는 들

판과 파란 하늘을 가린 광고판, 어제 신문처럼 낡은 공장 건물을 지나쳤던 자신들의 행로를 묘사하며 한나는 신의 말씀을 전하듯 선동적이었다. 그곳이야말로 중심지라는 주장이었다.• 내 경우 새로움은 언제나 그리움의 협연이 뒤따랐다. 피렌체에서 두오모 성당을 봤을 때, 초등학교 때 현장 체험 학습을 가서 석관에 누운 파라오를 쳐다보았을 때, 경이로움은 왜 미지의 남자가 우리 엄마를 살해했을까에 대한 의아함과 함께 조화를 이루었다. 나는 그런 경외감을 엄마와 나눌 수 있으면 좋겠다고, 적어도 그런 얘기를 엄마에게 할 수 있으면 좋

• 본인도 개성이라는 천막 아래 위대한 재능을 양육하고 있던 거트루드 스타인Gertrude Stein[미국 시인 겸 소설가로 새로운 예술운동의 비호자가 되어 피카소, 마티스 등 유럽 화가들과 교류하였으며 '로스트 제너레이션'이란 말을 처음 사용했음. —옮긴이]은, 미국이라는 개념이 누가 있는 곳보다 아무도 없는 공간이 더 많다는 데서 나온다고 말했다. "이 나라에는 텅 빈 공간을 넘어서는 광활한 지역이 존재하며, 그것은 타락한 공간, 좀비 공간입니다. 버려진 소형 쇼핑센터에 만들어놓은 녹지 공간이 그것이죠."라고 헬렌은 거룩하게 선언했다. 우리는 최고급 가구 제조업체인 허스크HUSK를 위하여 그가 노스캐롤라이나주에 지었던 공장을 주제로 대화하고 있었다. 몸통에 따로 달린 다리로 짚고 일어서 순식간에 지형을 타고 기어 사라질 것처럼 보이는 애벌레를 닮은 건축이었다. 그 기업이 폐업하자 그곳은 공포영화를 모티프로 삼은 슬롯머신, 토스트와 잡다한 페이스트리에 새긴 구세주의 얼굴, 변기 시트 모자이크 등 미국 특유의 예술품을 전시하는 박물관으로 개조되었다. "사람들이 살다가 나중에 잊힌 지역은 감상을 불러일으킵니다. 우리가 키치에 대한 편애를 품는 것도 그 때문이죠. 모든 것들이 있는 그대로의 존재 이유를 증명해야 한다는 건 참 우스운 일이에요."

겠다고, 변함없는 엄마의 친절함 덕분에 그런 이야기가 설명 가능해지면 좋겠다고 바랐지만, 엄마는 세상에 없었으므로 그 또한 불가능해 보였고, 기적과 맞닥뜨리는 느낌은 분노와 함께 사그라들었다. 그래서 환상 속에서 내가 늘 꿈꾸었으나 영원히 부정당했던 것과 너무도 유사한 그 재결합 이야기를 감히 못 미더워하며 중단시키진 못했다.

"세상이 여자애들한테 흥미를 품는다는 걸 깜박했어요." 한나가 나에게 말했다. 따뜻한 전등 아래에서 전분과 케첩 봉지와 방부제의 잡다한 복합체가 기름에 젖은 구겨진 포장지에 담겨 있는 걸 즐기느라 오하이오주 맥도날드에 자리를 잡고 앉았을 때, 노란 버스가 말썽꾸러기들을 한 보따리 주차장에 내려놓았다. 릴리는 즉각 배낭여행자들에게 둘러싸였다. 그들은 아이의 머리칼을 잡아당기고 귀를 어루만지며 미소를 지어보라고 한 뒤 비뚤어진 웃음을 보며 낄낄거렸다. 누군가는 나비 모양의 임시 문신을 그려주었다. "애 얼굴에 그려줘!"라는 외침도 들려왔다. 릴리는 화장실에 가서 어깨를 비틀며 턱 바로 아래 그려진 결과물을 물끄러미 바라보았다. "끔찍해."라고 아이는 결론을 내렸다. 꼼꼼히 비누칠하며 아이는 날개가 다 찢어지고 목이 새빨갛게 될 때까지 문질렀다. 그 아이들의 무심한 잔인함은 그러려니 했지만, 성인 남자들의 관심은 또 다른 문제였다. 그들은 사막 주유소에 차를 세웠다. 머리 위에선 바람개비가 돌아가고 지평선엔 인적이 없었다. 릴리가 꽈배기 젤리와 육포를 사러 상점으로 들어가자 트럭 운전기사들은 아이의 엉덩이에 넋을 잃었다. “여자애다.” 그들은 마치 사물의 이름을 붙들기라도 하듯 소리쳤다.•

탈주가 계속되면서 한나는 체포의 위험에 대한 염려는 덜한 반면 딸의 안전이 더 걱정스러워졌다. 로키산맥의 구불구불한 길을 돌아 내려온 그들은 고질적인 암울함에 빠져 있는 듯한 호텔에서 수영장과 연결되는 방을 빌렸다. 거울과 TV에도, 이불에도 찐득한 생식기 분비물이 묻어 있는 호텔방의 삭막함은 기묘한 위안의 원천이었다.•• 아침이 되자 릴리는 보이지 않았고 아이가 잠들었던 트윈베드에는 담요만 헝클어져 있었다. 아이는 조식 뷔페에서 딱딱한 팬케이크를 먹어치우고 있는 게 아니었다. 폭주족처럼 재미 삼아 차를 운전하고 나간 것도 아니었다. 황량한 숙소로 돌아온 서글픈 중년 예

• 여성은 정신 줄을 놓을 수가 없다고 헬렌은 말했다. 여자라면 당신이 스스로 재난을 불러온다는 말을 듣는 것과 같다. “나는 혼자 일해야 했습니다. 우리 업계에서 여성들은 동업 사기를 당합니다. 아일린 그레이Eileen Gray와 E-1027 빌라는 가장 대표적인 예로 들 수 있어요. 그 건축을 본 르 코르뷔지에는 압도당해서 허락을 구하지도 않은 채 완전무결한 담장에 벽화를 그려 넣었죠. 아일린은 격분했습니다. 그건 반칙이었어요. 그러나 분노에서 비롯된 이 건축행위는 언론이 그를 인정하게 만든 원인이 되었습니다. 그나마 그토록 비행기에 끊임없이 매료되었던 그가 하늘에서 죽지 못했다는 사실에서 정의는 존재한다고 생각해요. 매일같이 왕복하던 수영장에서 수영을 하다가 바로 그 빌라 옆에서 익사했거든요.”

•• 헬렌 대넌포스 역시 환승 중심지가 갖고 있는 근본적인 모순에 애정을 품고 있으며, 스페인에 지은 기차 역사가 여행의 수많은 길을 극화한 듯 잘려나간 모세혈관과 정맥처럼 형상화된 이유도 그 때문이다.

비 범죄자 엄마는 전통적인 패배자의 자세로 가랑이 사이에 머리를 파묻었다. 그러고 나서 에어컨을 꺼 낮게 웅웅대던 소음이 사라지자 유리창 너머로 이제껏 대수롭지 않게 여겼던 희미한 웃음소리가 들렸다.

릴리는 '고장' 표지판이 붙은 다이빙대 주변에서 빈둥거리는 십 대 무리의 중심에 서 있었다. 한나가 알기론 그들의 유대감이라는 것이 염소 물과 싸구려 선크림이라는 보잘것없는 공통점밖에 없었으나, 그들의 자연스러움은 돈독한 친구 사이에서나 볼만한 것이었다. 남자애 하나가 물속으로 잠수하더니 릴리를 양어깨에 목말을 태운 채 수면 위로 솟아올랐다. 잠시 생각해볼 겨를도 없이 반대편에 있던 커플도 똑같은 행동을 했다. 남자애들은 둘 다 주름 달린 수영복 사타구니가 자기 뒷덜미에 닿고 스판덱스 원단에 감싸인 가슴골이 짧게 자른 뒤통수에 스치는 걸 즐기며 거들먹거렸다. 그들은 점점 더 거리를 좁혀 급기야 마치 악몽 속의 숲에서 나무들이 살아난 것처럼 그리고 그 나무들이 여자애들로 변한 것처럼, 여자애들이 허공에 팔을 휘두르기 시작했다. 릴리는 악착같이 싸우며 반칙도 서슴지 않았고, 땋은 머리를 잡아당기고 어깨를 밀어내고 비키니 상의를 낚아챘다. 릴리는 마지막 여자애가 쓰러질 때까지 다른 팀들을 거듭 물리쳤고, 팔꿈치로 머리통을 가격당한 소녀는 패배를 알리는 종처럼 요란하게 첨벙 소리를 내며 물로 떨어졌다.

"재가 이긴 건 별종이기 때문이야." 사다리를 오르며 패배자가 단언했다. 수영복 끈 주변에 할퀸 자국이 그물처럼 생겨나 물기로 번들거렸다. "봐, 나 피나잖아." 소녀가 유연하게 흔들리는 훌라 스커트처럼 엉덩이를 빠르게 씰룩거리며 데크로 올라가자 물방울이 후드득 휘날렸다. 나머지 여자애들도 친구를 따라 선베드에 앉아 젖은 머리를 쥐어짜며 파벌을 형성했다. "말 다 했어?" 릴리가 그들을 도발했다. 여자애들의 심기를 거스르기 꺼려한 남자애들도 수심이 낮은 쪽으로 가버렸다.

"그 뒤로 릴리는 우리 관계를 다르게 바라봤어요." 한나가 말했다. 딸의 관심을 확실하게 끌고 따돌림을 당한 아이의 상황을 뒤집고자 한나는 "릴리! 릴리!"라고 소리쳤다. 그러나 릴리의 입장에서 이 행동은 마치 풍덩 소리를 내며 물에 떨어진 장본인이 된 것처럼 엄청난 굴욕으로 받아들여졌다. 미래는 바뀌었다. 헬렌 같은 거물급 엄마가 릴리의 곁에 있게 되자 색다른 아이의 외모는 섹시하거나 신비로운 것으로 맥락이 완전 달라졌다. 청바지에 페이즐리 무늬가 새겨진 싸구려 잠옷 가운을 넣어 입고, 부종 방지를 위한 환자용 압박 양말을 신은 한나 같은 엄마는 릴리를 흔한 생물학적 기형으로 보이게 할 것이다.

이제는 릴리에게 의문이 생겼다. 우리 엄마는 자랄 때 어땠어요?

"못된 아이였어요. 헬렌 언니는 나보다 열 살이 많아요." 한나가 말했다. "그래서 애보기를 떠맡을 수밖에 없는 상황이 되자 술 장식장을 뒤져 내 목구멍에 알코올을 쏟아부었죠. 가끔은 나를 발로 차고 꼬집고 때리기도 했어요."

그래도 예쁘게 생겼었는지? 인기가 많았는지?

"언니는 통제 불능이었어요. 언니랑 친구 몇이 버려진 오두막에 불을 지른 이후엔 기숙학교에 입학하게 되었는데, 내 생각엔 처벌이 약했어요. 부모님은 내심 언니의 친어머니처럼 언니가 혼외자를 임신하게 될까 봐 정말로 걱정했던 것 같아요."

헬렌은 당신을 왜 싫어하죠?

"당시엔 여자애가 사고로 아기를 가지게 되면 유일한 선택 방법은 표면적으로는 어퍼반도[미시간주 북부 지역을 의미함.—옮긴이]에 있는 친척 집에 다니러 간 것으로 하고는 비밀리에 아기를 낳는 것뿐이었어요. 헬렌도 그렇게 태어났죠. 우리 아버지는 언니가 존재했다는 것조차 몰랐어요. 언니가 여덟 살이 되었을 때 비로소 딸의 존재를 알게 된 아버지는 연락을 시작했어요. 아버지는 헬렌의 의붓언니인 우리 어머니와 사랑에 빠질 작정이 아니었는데 어쩌다 보니 일이 그렇게 되었어요. 헬렌이 기숙사 방에 누워 잠을 못 이루며 얼마나 나를 미워했을지 상상이 안 되나요?"

내가 헬렌을 닮았는지?

"나는 릴리에게 닮고 싶어 하면 안 된다고 말해줬어요. 헬렌은 수많은 악마와 싸우고 있었어요. 그땐 미처 몰랐지만 지금은 나도 알죠. 언니는 짐 가방처럼 우리 집과 양부모 집을 오가는 신세였어요. 그런 시련이 언니를 천재로 탈바꿈시켰다고 생각해요.”

이런 변명은 그동안 수업을 빼먹고 대마초를 피웠으며 남자애들의 애무를 스스로 허락했다고 고백한 릴리에게는 흡족하게 받아들여졌다. “릴리가 나 대신 나르시시스트인 의붓언니에게 홀딱 빠졌다는 사실 때문에 나는 질투심으로 구역질이 날 지경이었어요.” 모방 심리로 순수함을 내던질 생각을 했다는 것이 분했다. 헬렌이 엄마로 선택된 것은 그가 서먹서먹하고 알 수 없는 사람이기 때문이었다. 하기야 어떤 의미에서는 누구나 그렇지 않던가?•

유타주에서는 모르몬 교인이 운영하는 조식 제공 민박에 묵었는데, 이마가 매끄럽고 경건해 보이는 안주인이 수건을 가지고 이 층으로 올라왔다. “댁은 어쩌실지 모르겠지만 저는 씻기 전까지는 어딘가에 도착했다는 느낌이 안 들더라고

• 알 수 없음에 대한 연구에서 스튜디오 포스Studio Forth는 쥐라산맥[프랑스와 스위스 국경에 위치한 산맥으로 알프스산맥의 북쪽에 자리하고 있음. —옮긴이] 자락에 위치한 프랑스의 어느 교회 건축을 의뢰받았다. 그곳은 오지 수준의 산꼭대기이자 부르게호Lake Bourget가 만들어낸 안개가 고치처럼 감싸고 있는 곳이었다. 실내에는 투명한 합성수지 기둥 하나가 물이 쏟아져 얼어붙는 둥근 창까지 연결되어 있었는데, 나중에 투명 합성수지 기둥이 철거되었다. 데카르트 학파의 개념이었다. 영혼이 밀랍과도 같아서 파라핀 양초나 녹은 프라이팬처럼 인식될 수 있다면, 신은 기체이자 고체이며 냉기와 만난 뒤엔 액체로 변하는 수소로 이해될 수 있을 것이다. 손자국이 남긴 녹 때문에 끊임없이 닳아 없어지는 과정 도중에 정지되었으므로 그 기둥은 지속적으로 교체되어야 한다.

요.” 안주인이 말했다. 아침에는 성실한 가족이 주방에서 그들을 맞이해주었고, 따뜻한 장식 도자기 단지에 담긴 근사한 스크램블드에그와, 페티코트처럼 가장자리를 오려 도자기 접시에 담은 베이컨, 꿀 바른 토스트, 버터 바른 토스트, 마멀레이드를 바른 토스트가 준비되어 있었다. 아버지는 가부장다운 태도로 커피를 마셨다. 드물게 즐겨보는 가정식 접대였다. 릴리 또래의 딸들 두세 명이 돌아다니며 시곗바늘처럼 정확한 솜씨로 식탁을 차렸다. 릴리는 열기를 피해보려고 머리에 얇은 스카프를 두르고 있었다. 얼굴을 가리는 수고를 하는 건 릴리답지 않은 일이었다. 그러나 식사 준비를 하느라 벌어진 사랑스러운 소동의 한 가운데에서 릴리가 만화책을 읽은 이유는 그 집 아들 때문이었다. 키가 크고 금발에다 프레스코 벽화에 그려진 천사처럼 싱그럽지만, 소년은 자기밖에 모르는 자의식에 절어 있었다.

“언제 떠나시나요?” 아버지가 물었다. 세상의 소금 같은 존재인 아내가 끼어들더니 급한 일이 없으면 염전에 들렀다 가라고 권했다. 자기네들도 오후에 시간을 내서 점심 도시락 등등을 준비해 여행 가이드를 해줄 수 있다는 것이었다. 그 집 가족이, 즉 아들이 동행한다니 릴리가 그 계획을 반길 것은 뻔했으므로 한나는 제안을 승낙하며, 자신의 양보 행위가 딸의 마음을 되돌릴 것이라는 주문을 매일 올리는 기도처럼 속으로 되뇌었다.

미니밴에 올라탄 그들은 풍경이 하얗게 표백된 듯한 곳에 당도했다. 사해死海도 염분이 진한 약속된 땅이 아니었던가? 그렇다면, 신의 불모지 바로 옆인 그곳에 신앙심 깊은 집단이 터를 잡은 것은 필연이었다. 트렁크에서 짐을 내리자 새하얀 소금 바닥에 체크무늬 식탁보가 깔리고, 은박지로 감싸 세모로 자른 참치 호밀빵 샌드위치와 포도, 탄산수, 플라스틱 식기가 자리를 잡았다. 감자칩을 아보카도에 찍어 먹었더니, 잘 익은 아보카도 잔해가 종이 접시에 남았다.

아들 벤저민이 라켓으로 테니스공을 튕기는 동안 반려견 그레이하운드는 수도 펌프 손잡이처럼 몸을 구부린 채 잔뜩 기대하며 주인을 지켜보았다. 소년이 개에게 공을 던져주려고 멀찍이 떨어지자, 개는 바닥이 퍽퍽 파일 만큼 힘차게 달려갔다. 릴리는 그 개와 똑같이 벤저민에게 관심을 기울였다.

“정말 건전한 가족이시네요.” 한나가 생각에 잠긴 듯 말했다. “우리는 ‘공손한 말’과 ‘감사합니다’라는 말을 하고 어른들 말씀에 귀를 기울이며, 몸을 교회처럼 대하라는 올바른 가치관으로 아이들을 기르려고 노력합니다.” 아버지가 대꾸했다. “저는 몸을 교회처럼 대하라는 사람들의 설교가 여자들이 자기 몸을 제대로 누리며 살지 못하게 막으려는 거라고 생각했어요.” 한나가 받아쳤다. “여성이든 아니든, 사람들이 자신을 존중하지 않는다면 누가 존중해주겠습니까?” 그가 말했다. 여자애들은 오빠가 자기네 방향으로 달려올 때까지 소리를 질러댔다. “벤지! 점심 먹어! 점심! 벤지!” 릴리도 조신하게 그림자처럼 그를 따라왔지만, 가까이 다가왔을 때 바람이 불어 조심스럽게 머리에 감고 있던 스카프가 연처럼 날아갔다. 릴리는 마치 움직임을 멈추면 아무도 알아차리지 못할 거라는 듯이 꼼짝도 하지 않았다.

눈물을 참으려 안간힘을 쓰다가 이내 눈물이 흘러나왔다. 스카프는 엔진음이 요란했던 미니밴 앞 그릴에 떨어졌으므로 벤저민이 가지러 갔다가, 대충 접어 릴리에게 건네며 중얼거렸다. "여기 있어." "스카프 천이 되게 예쁘다." 큰딸이 말했다. "어디에서 샀어?" 작은딸이 물었다. 두 소녀는 릴리를 앉혀놓고 수술 장식을 정돈한 다음 스카프를 다시 목에 둘러주었다. 소년은 자기 접시를 들고 멀찍이 걸어갔지만 릴리는 그가 혼자 가도록 내버려두었다. 그는 꽤 먼 거리까지 걸어갔고, 하얀 개는 뽀얀 먼지 속에서 돋을새김을 한 조각처럼 보였다. 돌아오는 길에 딸들은 말다툼을 벌였으므로 어머니는 두 아이의 휴대폰을 압수하겠다고 경고했다. 그러는 동안 벤저민은 무릎으로 앞좌석을 툭툭 찔러 거의 모든 사람을 짜증나게 만들었다. 작별의 인사를 나누는 동안 여자애들은 가슴이 눌리는 건 피하면서도 진정한 애정을 전하는 방식으로 여자애들답게 조심스레 포옹했다. 릴리는 잘 가라는 소년의 인사를 노골적으로 무시했다.

헤드라이트 불빛 속에서 손을 흔드는 그 가족의 모습은 매우 환한 후광을 뿜어내고 있는 성인聖人 가족처럼 보였다. 라스베이거스를 관통하며 릴리는 침묵하던 태도를 단념하고 이렇게 말했다. "여긴 우주인들이 우주 궤도에서도 알아볼

만큼 가장 밝은 도시래요.” 에펠탑 복제품도 있고 가짜 스핑크스를 얹은 룩소르 한복판의 피라미드도 있고, 도리아식 기둥을 세운 시저스 팰리스 호텔도 있었다. 도심에서 수 킬로미터 벗어나 숙박비가 싼 지역에서 그들은 과거에서 미래로 찾아오게 된 과학소설 느낌으로 각 방마다 독특한 재난 상황을 형상화한 아포칼립스 모텔에 체크인했다.

그들이 묵은 방의 멸망 주제는 달에 건설한 로어노크Roanoke[16세기 후반 영국인들이 미국 노스캐롤라이나 지역에 건설한 최초의 유럽 식민지. —옮긴이]로, ‘휴거’는 논란이 있긴 하지만 바이러스의 공격으로 초토화된 식민지 콘셉트였다.

“유치해요.” 릴리는 여자애들이 가능한 한 적은 공간을 차지하도록 정숙한 몸가짐을 배우기 이전이라 아직은 팔다리를 물체에 너무 세게 부딪치기를 일삼는 방식으로 침대에 몸을 내던지며 불평했다. 한나는 무릎을 꿇고 앉아 위로를 전하려 아이 뺨에 뺨을 문지르자 덜덜 떨리는 신성모독을 저지르는 느낌이었다. 길을 떠난 이후로 두 사람이 몸을 접촉한 것은 그것이 처음이었고, 앞으로 시간이 많다는 건 알지만, 있는 건 시간밖에 없지만, 자신이 딸에게 흡족한 엄마는 결코 되지 못할 것 같은 기분이 들었다. 병원에서 처음 릴리를 안았을 때도 똑같은 기분이었다. “나를 사랑할 사람은 아무도 없을 거예요.” 릴리는 베개에 얼굴을 파묻고 한탄했다. 아이 목덜미에 입을 맞추며 한나가 말했다. “그렇지 않아.” 릴리가 헬렌에게 흡족하지 않은 아이라면, 한나는 릴리에게 흡족하지 못했고, 헬렌은 한나의 가족에게 흡족하지 못했다. 누구든 서로가 서로에게 적합한 사람들이 있을까? 그날 저녁 늦게 경찰이 찾아와 중학교 강당 댄스장처럼 로비에서 섬광등이 돌아가던 아포칼립스 모텔에서 한나를 데려갔다.

릴리의 실종 사건은 헬렌에게는 하나의 계시임이 드러났다. 그는 바다 건너 베이징에서 미로 같은 콘서트홀의 터를 닦는 기초 작업을 감독하고 있었는데, 전복 껍데기 구조를 닮아 귀의 달팽이관처럼 생긴 내부는 그를 폄하하는 사람들에게 '너무 상상력이 부족하다'는 평가를 받았다. 그런 디자인을 릴리는 어떻게 받아들였을까? 아이 눈에 그것이 엄마가 자신을 조롱하는 디자인으로 보였다면, 릴리에겐 반항할 만한 이유가 있었다.

릴리를 돌보는 책임을 맡았던 사람들은 소녀의 행방에 대해서 계획된 혼란에 빠졌다. 가정부는 아이가 친구네 집에서 자는 줄로 믿었고, 운전기사는 가족과 여행을 떠났다고 알고 있었는데, 물론 그것은 정확한 사실이었다. 네바다주에서 릴리가 전화를 걸어 한나가 자신을 납치했다면서 얼마나 상황이 형편없는지 불평하자, 헬렌은 경찰에 신고한 뒤 망설임 없이 비행기 표를 구매했다. 직접 그가 현장에 가봐야 했다. "릴리가 나를 배신한 거예요."라고 한나는 말했지만, 인생엔 가끔 흥미로운 사연이 있어도, 실제 삶에 있는 것은 아니므로 그녀는 용서를 구하느라 지치고 말았다. 어쨌거나 릴리는 어린아이였고, 어린아이들은 여전히 따분함에서 비롯된 충동에 휘둘린다. "우린 왜 아이들을 낳을까요? 난 그 질문을 계속 자신에게 던졌어요. 우린 아이들을 보호할 수도 없어요. 우리가 갖추고 있는 인프라와 기술, 문화로도 어림없죠. 아이들도 결국엔 죽을 거예요. 또한 의도적이든 의도적이지 않든 서로서로 상처를 주겠죠. 아이를 갖는 건 이기적인 짓이에요."

목뿔뼈 골절로 알려진 교살이 내 어머니의 사인이었다. 어머니는 강간을 당했다. 검시관은 꼼꼼하게 타박상과 찢어진 상처, 찰과상, 마이크처럼 부풀어 오른 질을 기록하며, 지도처럼 어머니의 시신을 펼쳐 사체의 내부 장기, 혹은 나의 어머니였던 육신의 증거를 비워낸 다음 서툰 바느질로 돛을 달듯 꿰매놓았다. 출산에 대한 한나의 이야기를 전달하고는 있지만, 이미 살아 있는 우리 같은 이들이 무엇을 할 수 있을까? "사랑하세요." 한나는 말했다. "될 수 있는 대로 많이 사랑하세요. 릴리는 아직 내 사랑을 느끼지 못할지도 모르지만 언젠간 알 거예요. 난 헬렌 언니마저도 사랑해요." 한나는 심리 치료에 지나치게 동화된 듯했다. 진부한 말을 한 건 약 처방과 각색을 위함이었다. 그럼에도 여전히 사랑이 사라지지 않는다는 것은 진실이다. 사랑하면 그 사랑은 평생 사랑하는 사람 곁에 머물고 사랑하는 사람들에게 스며들어 우주로 퍼져나가 영원으로 확장된다고 한나는 주장했다.

어머니가 나를 사랑했고 살아계셨다면 계속 사랑해주었을 것이라고 믿고 싶지만, 나는 모성애를 느끼지 못했다. 열심히 찾아보았더라면, 파열될 때까지는 존재 여부도 존재 이유도 알지 못하는 맹장 같은 장기처럼 내 안의 어딘가에 숨겨져 있는 그 감정의 유산을 아마도 찾아냈을 것이다. 세상에서 가장 처량한 렌터카를 타고 도시로 운전해 돌아오는 동안 내가 한나와 릴리의 비참한 모험을 세세하게 상상해보았던 이유도 그 때문일까? 번쩍이는 커피 테이블 장식용 잡지의 편집자들이 이런 엉망진창 기사를 게재하여 화려한 수상 경력에 빛나는 엘리트 유명인 집단 가운데서도 가장 유력한 인물인 대넌포스 같은 스타 건축가의 노여움을 살 위험을 무릅쓸 리 없었으므로, 무슨 기사를 쓰겠다는 것인지 나도 더는 자신이 없었다. 그 인터뷰는 결국 내가 구기거나 찢어버려서 내 어머니의 모델에 덧붙일 또 다른 종이 역할을 하게 될 것 같다. 이 일이 끝나면 그 둥지는 마침내 완성될 것이고, 마치 어머니가 죽기 전 함께 할 수 있었던 그때처럼, 나는 그 안에 몸을 웅크리고 들어가 양육받을 수 있을 것이다.

헬렌 대넌포스의 55번째 생일 파티는 큐뮬러스 하우스에서 개최되었다. 헬렌의 선택은 옳았다. 초현실적인 저녁 어스름 속에서, 웃자란 외계 식물처럼 다양한 색상과 모양으로 알전구를 늘어뜨리자 주변 환경은 온화한 이데올로기의 진화를 암시하는 듯했다. 테이트모던 미술관에 전시된 최근 작품도 분위기가 비슷했다. 허공에 매달려 있는 그물로 짠 허파 꽈리 주머니 같은 공간은 손님들이 원하는 만큼 자리를 잡고 앉아 흔들리거나 책을 읽거나 낮잠을 잘 기회를 제공했다. 터빈 홀 전체에는 한 쌍의 허파 안에서 쉬고 있다는 느낌을 전하느라 희미한 호흡기 리듬이 방송으로 흘러나오기도 했다. "칸막이로 가려진 비좁은 책상을 벗어난 관광객과 통근 회사원들이 공공장소에서도 사적인 공간처럼 주변에 대한 경계를 내려놓는다는 사실이 나에겐 매혹적이었어요." 헬렌이 말했다. 분위기는 약간 이상할 정도로 삭막했다. 손님들 사이에서 주인공을 찾아 헤매며 나는 금융가들과 갤러리 큐레이터 동료들을 동반한 맥 빠진 사진작가들과 눈썹 위에 두 번째 눈썹을 얹은 듯 두툼한 안경을 쓴 건축가들과 게으른 전문가들이 겹겹이 맞춤형 장애물을 이룬 곳을 지나쳤다.

그들은 건축에 영감을 준 예술과, 영화에 영감을 준 건축, 건축에 영감을 준 문학, 문학에 영감을 준 건축, 건축에 영감을 준 예술가들에게 영감을 준 음악가, 건축에 영감을 준 생체해부 옹호자와 식물학자들의 신비로운 일러스트레이션, 정신분석학이 건축에 어떤 영향을 끼쳤는지와 건축이 심리학에 어떤 영향을 미쳤는지, 전시 건축과 평화 시기의 건축, 패션 건축, 요리 건축, 어린이 장난감 건축에 관한 이야기를 나누었다. 그들은 도서관의 노후화와 영화관, 저널리즘에 관한 이야기를 주고받았다. 그들은 큐레이터를 논하며 디지털 시대를 살아가는 큐레이터의 소명은 어떻게 될 것인지 이야기했다. 신축성 있는 상어 가죽처럼 숨을 쉬는 보온 금속과 균류로 성형해내는 맞춤형 의자, 손을 대면 색이 변하는 형광 전기 타투 같은 혁신에 관해 이야기했다. 그들은 날씨에 관한 이야기도 했다. 그들은 자기네가 참석했던 파티가 얼마나 지루했는지, 앞으로 참석해야 할 파티와 또 그 파티가 얼마나 지루할지에 대해 대화를 나누었다.

나는 헬렌이 가장 최근 애인에게 찰싹 붙어 있는 모습을 지켜보았다. 두 사람은 손님들의 각 무리와 함께 어울리면서도, 헬렌의 손에 와인이 떨어지는 일이 없게 살피고 상냥하지만 알랑거리는 것처럼 보이지는 않는 미소를 지으며 공중파 라디오에서 들은 이야기를 언급했다. 등이 푹 파인 샤넬 드레스에 에르메스 뱅글 팔찌를 차고 루부탱 하이힐을 신은 헬렌은 우아하지만 평소처럼 위협적이었다. 가장 좋아하는 사람의 각별한 보살핌으로도 높은 힐을 신은 발이 점점 불편해지는 것을 막을 도리는 없었다. 두 사람은 잔디밭 한쪽 구석으로 갔고 헬렌은 구두를 벗었다. 풀밭에 널브러진 구두 두 짝의 새빨간 밑면이 혀의 아랫부분처럼 보였다. 떠돌던 대화 주제는 집주인에 대한 것으로 흘러갔다. 헬렌이 멘토링을 담당하고 있는 매력적인 남자와 잠을 자는지("둘이 되게 친밀하더군요."), 과거에도 멘티들과 잠자리를 했는지("멘티들이 주로 남자더라고."), 전남편과도 잠자리를 즐기는지("아뇨, 그 사람은 인도네시아에서 발리인들의 전통 타악기 연주 리듬을 조사하고 있어요."), 중동에서 일할 때 사우디 왕자와 잠을 잤는지("그 남자가 백만 달러짜리 로레인 슈워츠[맞춤형 고급 보석 디자이너. —옮긴이] 귀걸이를 선물했잖아요.").

야외 바 구석의 아늑한 곳엔 릴리가 남자친구와 함께 자리를 잡고 있었는데, 사립학교 교복을 입은 중학생 남자애는 변성기 이전이라 목소리가 가늘었다. 남자애는 부지런한 수렵 채집인처럼 햄버거와 순살 치킨, 생선살 샌드위치 같은 요리사가 만든 정크푸드에 다양한 형태로 '해체된' 소스를 얹어 산처럼 쌓인 접시를 가져오느라 자주 드나들었지만, 릴리는 앉은 자리에서 꼼짝도 하지 않거나 직접적으로 말을 걸지 않는 한은 입도 열지 않았다. "엄만 취하셨어." 릴리는 눈짓으로 자기 엄마를 가리키며 이렇게 말한 뒤 남자친구를 데리고 집으로 들어갔다. 의심받지 않을 만한 거리를 유지하며 나는 그들을 따라갔다. 릴리에게 줄 것이 있는데, 다른 사람을 통해선 안 되고 직접 전해야 했다. 이 층으로 올라간 둘은 방에 들어가 문을 닫고 나를 따돌렸으므로, 나는 훼방을 놓는 대신 살금살금 돌아다녔다. 유감스럽게도 약과 실밥이 뒹구는 방은 예상대로였지만, 그래도 속옷 서랍에서 딜도라기보다는 프랑스 조각가 브랑쿠시Constantin Brâncuşi의 작품이나 교량 실물 모형이나 우주선을 더 닮은 번쩍이는 크롬 재질의 자위기구를 발견했다. 그런데도 내가 그것을 알아본 이유는 아마도 그 물건의 소유주 때문일 것이다. 잠깐이지만 나는 그 딜도를 훔칠까 고민했다. 남은 평생 나는 그걸 자랑하며 이렇게 선언할 것이다. "이 딜도는 헬렌 대넌포스에게 쾌락을 주기 위해 사용됐어."

비난하는 목소리가 들려왔다. "한나를 만났다더군요."

헬렌의 발엔 흙이 묻었고 높이 올려 묶었던 머리는 느슨해졌으며, 음양의 역할이 뒤바뀐 요즘 같은 때, 자신의 재능으로 명성을 얻은 드문 여성들 가운데 한 사람인 헬렌은 이제 캠핑에서 돌아온 딸이 화려한 옷을 차려입은 도플갱어로 보였다.

"그랬어요." 내가 대꾸했다.

불행히도 그 말은 헬렌 본인이든 그의 직원이든 기사가 인쇄되기 전에 내가 쓴 글을 검열하겠다는 뜻이다.

그런 요구는 비윤리적이고 약간 모욕적이기도 해서 생각 없이 대꾸했던 나는 즉각 내 태도에 움찔했다. 더는 기사를 내보낼 계획이 없다고 말을 할 수도 있을 것이다. 나는 전체 특집 기사를 헬렌 본인이나 직원이 직접 쓰는 걸 선호할지도 모른다고 잡지사에 권했다. 마약에라도 취한 듯 나는 이 같은 대면에 약간 현기증이 났다. 비록 부정적이긴 하겠지만 적어도 이번엔 나도 헬렌 눈에 띄었을 것이다. 나는 그녀의 여동생이 표현한 감정이 그녀가 매우 환영할 만한 회개로 받아들여질지도 모르겠다고 말했다.

"걔는 자기 정체성의 근간이나 순진무구한 본질이나 용서라는 치유의 길을 걷기 위해 자기 마음에 새겨진 상처를 궁극적으로 극복했다고 당신한테 얘기했겠죠." 분노로 발끈하며 헬렌이 대꾸했다. "인생의 의미를 사랑이라고도 말했을 거예요, 내 말이 맞죠? 처음 들어보는 계시 같은 말도 아니잖아요. 걘 병적인 거짓말쟁이거든요." 한나가 '은거지'에서 무한정 지내는 비용을 누가 댔을까? 근본적으로 그곳은 온

천 호텔이어서 한나는 기분이 얼마나 엉망인지 마음껏 불평도 할 수 있었다. 의무는 아님에도 헬렌은 그 비용을 댔다. 한나는 완벽하게 제정신이고 멀쩡하지만 극단적으로 사람들을 이용하는 데 능하다고 헬렌은 덧붙였다. 릴리와 떠난 '장거리 자동차 여행'에서 둘이 자랄 때 헬렌이 한나를 학대했다는 암시를 주입했던 장본인은 누구였던가? 그러나 가장 최악은 자신의 임신을 회고하며 나 같은 신참을 교묘히 속여 한나가 릴리의 '진짜' 엄마이고 헬렌은 악의적으로 둘의 관계를 망가뜨리고 있다고 믿게 만든 것이었다.

"릴리는 나의 릴리예요." 릴리는 유전적으로 헬렌의 딸이었다. 체외수정, 침술, 쑥 한증막, 자궁에 이로운 식이요법, 그 밖에 수상쩍은 온갖 치료 수단을 동원했으나 실패한 이후, 한나가 대리모가 되었다. 헬렌은 흔적만 남은 감사의 마음 때문에 의붓 자매를 지원했다. "사람은 외로움을 대처하는 방법에 따라 강한 사람인지 약한 사람인지 나뉘게 되죠. 특히 그 사람이 여성이라면 말이에요." 그가 말했다. "한나는 대처할 능력이 안 되는 사람이에요." 서글프게도 헬렌은 한나가 딸아이와 자기 사이를 이간질하게 내버려둘 마음이 없었다. 나는 말문이 막혀 어쩔 줄 몰라 하며 서 있었다. 헬렌을 인터뷰했을 땐 리허설을 하는 듯 가짜같이 느껴졌다. 약점이라든지 자연스러운 통찰력이 엿보이지 않았다. 반면에 한나는 황무지에서 썩어가는 판잣집처럼 속을 내보이며 용의주도하게 솔직했다. "질문을 받으면 어떤 답변을 할지 끊임없이 명상을 하고 있었기 때문에 내 응답은 계획적이었어요."라는 것이 그의 반박이었다.

헬렌은 내가 지적이랄 수는 있겠지만 가치관은 우스꽝스럽고 틀에 박혀 있다고 여겼다. "인생을 꾸미는 방법엔 한 가지 청사진만 있는 게 아니에요. 성격과 가족 또한 건축입니다." 이 같은 헬렌의 조언은 새로운 것도 아니었다. 건축은 부지불식간에 우리의 지위를 결정하고 조직화할 수 있다. 갈대로 지붕을 얹은 중세 오두막에서 짚 더미를 깔고 공동생활을 했음에도 불륜을 저지르는 허튼 짓거리가 존재했던 시절부터, 도쿄의 캡슐 호텔이나 맨해튼의 초소형 아파트처럼 개인주의 울타리에서 비롯된 개인주의에 속박되는 현대인의 처지에 이르기까지, 건축은 인간에게 골치 아픈 멍에일 수밖에 없었다. 모든 개인은 자신만의 작은 공간과 위성에 연결된 자신만이 빛나는 스크린, SNS를 필요로 한다. 이전 인터뷰에서 헬렌은 이렇게 말했다. "산업 혁명을 거치며 가정이 떨어져 나왔듯이 우리는 스스로를 분리해냅니다. 일, 놀이, 섹스, 전반의 원천이었던 것들은 찹스테이크용 고기처럼 난도질당해 단편적으로 팔려나가죠."

나도 사회 전체도, 다시 말해 남들은 헬렌이 딸을 키우는 방식이나 사랑을 표현하는 방식에 대해서 비판할 권리가 없다. 그런 비판은 유해하니까. "《인해비트》지에 기사를 싣기 전에 철저하게 팩트체크를 하세요. 아, 그리고 혹시라도 내 집에서 가져갈 기념품을 뒤지고 있는 거라면, 내 물건 중에서 뭐든 마음에 드는 걸 가져가도 좋아요."

헬렌과 처음 면담을 한 뒤 나는 괴로운 꿈을 꾸었다. 그걸 공유하는 나를 용서해주기 바란다. 한 여성이 고통스러운 신체변형을 겪었다. 힘줄이 당겨지고 처형대에 묶여 뼈가 늘어졌으며 관절이 너덜거렸다. 그는 괴로워하면서도 탑처럼 버티고 섰다. 나는 림프, 헤모글로빈, 신경, 호르몬과 함께 높은 곳으로 순환하는 혈관과 박동을 조사하느라 근육질로 된 복도를 헤매다녔다. 그것은 괴기스러운 건축, 괴물을 위한 건축이었으며, 결코 충분하다고 생각된 적 없는 거주자들을 수용하기 위하여 그가 시도한 것이었다. 어머니들이 우리를 낳기 위해서 그 어떤 위험도 감수하는 것을 우리는 당연하게 여긴다. 어머니는 우리를 위해서라면 죽음도 불사한다거나, 그렇지 않으면 매일매일 반복되는 시간과 날짜와 주간까지 우리를 위해서 기꺼이 희생할 것이라고 생각하지만 그건 잘못된 생각이다. 한나 대넌포스가 주장했던 것처럼 아이들이 태어나거나 잔인해져서 번식 자체가 악이 되었다면, 그것은 우리 본성 때문이 아니라 우리가 어머니들의 뚜렷한 정체성을 너무 쉽게 잊기 때문이다.

한나는 편지를 한 통 써주었고 나는 그걸 릴리에게 전달해주겠다고 말했다. 봉투를 찢으며 내용을 읽어보는 건 한나가 또다시 아이와 종적을 감추려는 건 아닌지 확인하기 위함이라고 자신을 설득했지만, 실은 나 자신에 관한 해석으로 읽으려는 것이었다. 훌륭했던 나의 죽은 어머니는 나를 사랑했을까, 언짢아했을까? 나는 어머니를 사랑했었을까?

다음과 같은 내용을 읽은 뒤 나는 릴리의 방문 밑으로 편지를 밀어 넣었다.

“누구보다 사랑하는 딸아, 요양원과 교도소에는 자신의 이상적인 집을 설계하는 수업이 있다는 거 알고 있니? 우리는 주변 가게에서 카탈로그와 타일, 원단 견본을 요청하지. 한가할 때마다 곰곰이 생각해봤는데, 너를 위해서 내가 지을 집은 계단과 시골에서 본 별들과 돌로 된 난로에서 불길이 활활 타고 있는 장관이 될 거야. 아주 넓은 집이 되겠지만, 소리쳐도 대답을 듣지 못할 위험이 있으니 너무 넓으면 안 되겠지. 저녁 식사가 차려졌더라도 네가 먹고 싶지 않을 땐 몰래 숨을 수 있는 우묵한 틈새와 구석이 곳곳에 많아. 다락방엔 너의 추억이 담긴 수정 구슬을 넣어둔 트렁크가 줄줄이 놓여 있어. 넌 정원에 심은 쐐기문자같이 잎이 뾰족한 식물들의 이름을 다 댈 수 있을 거야. 아마 집은 바닷가를 따라 지어졌거나, 아니다, 산속일지도 모르지, 혹은 단독으로 섬에 있거나, 시에나, 부에노스아이레스, 이스탄불 같은 도시 위에 자리 잡고 있을 거야. 배를 타거나 비행선을 타지 않는 한은 그 집에 갈 수 없어. 날씨예보는 네 기분에 따라 달라져. 네가 비가 내리길 바라면 비가 오고, 네가 맑은 날을 원하면 맑고, 너의 안식처를 제대로 안식처로 느끼고 싶을 땐 눈보라가 몰아치지. 가뿐하게 산책을 하거나 자전거로 갈 수 있는 거리엔 독특한 식료품 가게가 있고 네가 원하는 건 뭐든 갖추어져 있어. 미용실, 아케이드, 유령이 출몰하는 과수원, 너를 무척 좋아하는 벤저민까지도. 그 밖에도 더 많지만, 네가 봐주기를 바라는 건 우리가 행복할 거라는 사실이야."

약속된 호스텔

– – –

칼은 양극성장애가 있는 족부足部 전문 정형외과 의사인데, 유두에 집착하는 인물이다. 그가 지난 며칠간 수유를 거부하고 있어서 매디는 자기가 뭔가 잘못한 건지 걱정이다. 매디는 그에게 물릴 젖이 돌도록 한쪽 가슴을 마사지한다. 몇 번 어긋난 뒤에 비로소 그가 유두 물기에 성공한다. "살살해요, 칼." 내가 달랜다. "이건 경쟁이 아니에요." 털 슬리퍼에 일본식 가운 같은 옷을 입은 승훈이 느긋하게 다가온다. 그는 다재다능한 사람이다. 그는 개자식인데다 시드니 은행에 신탁 계좌를 갖고 있다. 그는 남아 있던 매디의 한쪽 유방을 공략해 1분도 채 안 되어 수유를 끝내는데, 너무 거칠게 달려든 것은 아니어서 그만하면 흡족하다. 우리는 모두 여덟 명이다. 매일 아침 뷔페 테이블엔 치즈, 버터, 올리브, 달걀, 토마토, 오이, 빵, 잼, 꿀, 요구르트, 신선한 커피와 차가 한가득 차려지지만 남자들은 매디를 선호한다. 그곳은 성경 속 약속된 땅에 있는 호스텔, 약속된 호스텔이지만 나를 위한 곳은 아니다. 나는 그녀와 사랑에 빠져 있다. 나는 매디의 가슴에서 젖을 빠는 것이 허락되지 않은 유일한 인물이다.

아침 식사 후 나는 매디의 방으로 따라간다. 칼이 조증일 때면 침대에 뛰어올라 우리를 깨운다며 오랜 기간 불만을 토로한 끝에 우리는 모두 각방을 갖게 되었다. 비수기라 숙소 직원들은 우리의 편의를 최대한 보장해주려고 한다. 매디는 고국을 떠나온 배낭여행자들과는 아무와도 섹스를 한 적 없다고 맹세하지만 나는 그 말을 믿지 않는다.

"다 알아." 그녀가 소리친다. "거기 덤불에 숨어 있는 거 다 보여. 그냥 이리 와서 원하는 게 뭔지 말하지 그래?"

"매디." 매디의 방 문가에 서서 내가 말한다. "매들린." 이름을 좀 더 길게 발음하면 어쩌면 나에게 더 유리할지 모른다. "나도 맛 좀 볼 수 있을까?"

"미안해, 자기야, 하지만 완전 말라붙었어."

정오가 되자 레지널드와 교수는 사모바르[러시아식 찻주전자. —옮긴이] 옆에 서서 물이 끓기를 기다리고 있고, 그러는 동안 매디는 리엄에게 평소처럼 정오 간식을 제공한다. 이 모든 난리 통을 시작한 장본인은 리엄이었다. 매디가 도착하고 며칠 뒤, 그는 돌아가신 어머니가 남겨주신 마지막 저축으로 세계 일주를 하고 있다고 매디에게 큰소리로 떠들어 대기 시작했다. 매디는 그의 머리를 자신의 잠옷 가운에 기대어주며 진정하라고 말했다. 순식간에 모든 배낭여행자들은 매디의 모유만이 달콤한 위로를 안겨주는 만병통치약이라며 저마다 눈물겨운 사연이나 개인적인 문제를 털어놓았다. 그게 몇 주일 전의 일이었다.

리엄은 퀘벡에서 온 십 대이고 끔찍한 생강 공포증이 있으며 아직은 살아 있다는 것의 의미를 알지 못한다. 시계태엽처럼 지금쯤은 매디의 모유가 다 떨어졌으므로 그는 매디의 가슴골에 얼굴을 파묻고 눈물을 흘린다. 그는 딸꾹질도 해댄다. 그는 울음과 딸꾹질을 동시에 한다. 레지널드는 동경의 눈빛으로 두 사람을 지켜본다. 레지널드는 런던에서 온 언어병리학자인데 본인도 말더듬이로 고통을 받고 있으며 어쩌면 나보다도 더 매들린을 사랑하는지도 모르겠다. 교수의 진짜 이름은 까먹어서 기억나지 않는데, 가족도 친구도 없고 우리가 예상할 수 있을 만한 살아 있는 존재와는 전혀 관계가 없으며, 단지 외로운 신사 학자의 전형으로 즉흥적인 충동에 휩싸여 이곳에 오게 되었다는 듯이 말한다. 그는 남아프리카공화국 출신의 노인으로 지팡이를 짚고 다리를 절며, 옥스퍼드와 케임브리지 대학에서 화려하게 박사 학위를 따 앙카라의 어느 대학에서 영문학을 가르친다. 매들린은 리엄에게 트림을 시키고 등을 문질러준다. "그래, 잘했어, 자기." 이렇게 말한 뒤 그녀는 자장가를 불러주기 시작한다. 멜로디가 그를 진정시킨다. "잘했어." 매디가 속삭인다. "가서 다른 형들이랑 놀지 그러니?"

리엄은 승훈을 찾아 쏜살같이 문을 빠져나간다. 그는 승훈을 무척 따르지만 승훈은 그에게 이따금씩 냉소만 던질 뿐이다. 나는 가죽 다이어리를 덮고 재빨리 뒤따라간다. 내가 알기로 그들은 돌아가신 리엄의 어머니가 의학용으로 처방받은 대마초를 피우려고 유적지 폐허로 숨어들 것이다. 원형극장을 향해 걸어가며 나는 다이어리에 적은 글귀들을 찢어 가는 길에 뿌려놓는다. 터키 치랄리에 온 뒤로 나는 언어를 흘리고 다녔다. 때로는 기침하듯 닥치는 대로 겨우 쥐어짜낸 것이 명사나 동사 한두 개일 때도 있지만, 여기에 한 문장, 저기에는 어설픈 초고 글귀 한 구절, 이런 식이었다.

"침상이 놓인 큰 방에선 모유 방귀와 낮은 자존감의 냄새가 풍긴다."

나는 몇 달 전 칼의 베개 밑에 이 문장을 숨겨놓았다. 내가 아는 한 칼은 그걸 알아차리지 못했다.

"피부의 가장 친근한 부분은 체온이다." 나는 로마식 석관의 빈 공간에 이 문장을 쑤셔 넣었다.

내가 돌무더기를 향해 강바닥을 헤치고 걷는 동안 "불모의", "순수문학의", "강어귀"가 내 손끝에서 바람을 타고 날아간다. 그들은 물속에서 피를 흘린다.

승훈은 여전히 털 슬리퍼와 일본식 가운을 입은 채로 원형극장 중앙의 풀밭 둔덕에 대자로 누워 있는데 앞섶이 벌어져 성기가 허공에 노출된 상태다.

"소설은 어떻게 되어가고 있나, 친구?" 그가 묻는다. "자, 와서 한 모금 해."

"잘 돼가." 나는 이렇게 말하며 그의 손에서 뭉툭한 담배를 빼앗는다. "느리지만."

"대체 무슨 얘긴데요?" 줄지어 놓인 석제 의자 사이를 돌아다니던 리엄이 소리쳐 묻는다. 무슨 이유인지 그도 바지를 벗은 상태다. 내가 터키 바닷가를 배경으로 위대한 차기 걸작이 될 미국 소설을 쓰고 있다는 소문이 돌고 있는 듯하다.

"젊은 시절에 했던 선택을 돌아보는 한 남자에 관한 이야기인데, 성 경험이 많은 연상의 여자와 자기만큼이나 순진했던 어린 여자 사이에서 고민하던 그 선택이 이제 와서 생각해 보니 그의 남은 인생을 규정했다는 걸 깨닫게 돼."

"어떤 여자를 고르는데요?" 리엄이 묻는다.

"둘 다 안 골라."

"멍청하긴." 승훈은 엉덩이 맨살이 햇빛에 드러나도록 몸을 뒤집으며 대꾸한다.

"있지, 요르겐이 매디랑 섹스했다더라." 내가 운을 띄웠다.

"언제요?" 리엄이 묻는다.

"누가 그래?" 승훈이 묻는다.

둘 다 일어나 앉는다.

매디가 배낭여행자들 중 한 사람과 섹스를 하고 있다면 그 후보자는 탄트라 섹스 강사인 노르웨이인 요르겐일 가능성이 높다. 새벽이면 우리는 그가 요가매트를 들고 유적지 폐허를 지나 해변으로 걸어가는 모습을 보게 되는데, 그의 보폭은 너무 넓어서 우리가 그의 발자국을 따라 걸으려면 개구리처럼 도약을 해야 할 정도다. 그곳에서 그는 몇 시간이나 명상과 스트레칭을 한 뒤 돌아와 우리에게 "그래요, 친구들이여, 여러분은 각자의 두려움을 향해 달려가야 합니다."라든지

"고통은 당신의 가장 훌륭한 스승입니다."라는 문구로 가르침을 전하거나, 영적인 사랑 나누기 기술 훈련 과정에서 만났던 모든 여자들을 기분 좋게 회상할 것이다. 그의 어머니는 더러운 매트리스가 깔린 큰 방에서 모든 사람들이 공동으로 체액을 교환하고 나중엔 밖에 나가서 서로 얼굴에 주먹질을 하는 실험을 하던 힌두교 아시람 공동체에서 그를 열두 살 때까지 키웠다. 이제 그는 에코빌리지에 관한 북유럽 위원회의 수장일 뿐만 아니라 섹스의 신이다. 그는 금발에 파란 눈이고, 만져보면 묘비를 문지르는 느낌이 들 것 같은 단단한 근육질에 피오르드 지형처럼 좁고 높은 코를 지녔다. 스칸디나비아 출신 특유의 과도한 배짱도 내겐 혐오스럽다.

"그냥 소문이 그렇다고." 내가 대꾸한다.

"삐치지 마요." 한참 뒤에 리엄이 말한다. "매디가 우리랑 그런 짓을 할 리 없어요."

"매디가 넌 아직도 가슴 근처에도 못 오게 하지?" 승훈이 묻는다. 지난 몇 년간 내가 매디와 얼마나 친하게 지냈는지 그들이 안다면 나를 동정하려는 경향도 줄어들지 모른다. 우리는 굳이 그들에게 털어놓지 않았고, 새로이 신비로운 대지의 여신처럼 구는 매디의 행동 탓에 우리 사이는 비밀이 되었다.

"느낌이 어때?" 내가 묻는다.

"달콤해요." 리엄이 말한다.

"우유보다 진해." 승훈이 말한다.

"그날그날 다르기도 해요." 리엄이 말한다.

"그건 맞아." 승훈이 말한다. "매디가 전날 저녁에 되네르 케밥döner kebab[향신료로 양념한 간 고기를 수직형 꼬챙이에 꽂아 구워 겉면부터 얇게 잘라먹는 터키 요리. —옮긴이]을 많이 먹었다고 치면 모유에 더 풍미가 생기는 식이지."

"고기 맛이죠." 리엄이 말한다.

"그건 별로 구미가 당기지 않는데." 내가 말한다.

"매디 가슴은 완벽해요." 리엄이 말한다.

"수연 씨 가슴보다 나아?" 내가 승훈에게 묻는다.

"세상 그 어떤 여자 가슴도 수연 씨 가슴에는 비교가 안 돼, 수줍어하는 미소도 그렇고, 너무 검어서 거의 쪽빛처럼 보이는 머리칼도 마찬가지지. 그 여자가 방안을 돌아다니는 모습만 봐도 품에 안고 싶어져. 그 여자가 수영장 가장자리에서 선탠을 하면서 귀여운 새끼발가락에 매니큐어를 칠하는 걸 보고 있자면 미쳐버려. 가끔은 비키니 상의를 벗고 나한테 등에 로션을 발라달라고 하거든. 로션을!"

승훈이 벌떡 일어서자 성기가 발기해 있다. 그것은 해시계처럼 원형극장에서 시간을 알려준다. 땀투성이 그의 가슴과 체모와 푹신푹신한 분홍색 털 슬리퍼에는 풀잎 조각과 흙이 묻어 있다.

"수연 씨!" 그가 두 팔을 활짝 벌리며 싸구려 좌석을 향해 소리친다. "당신은 여신이야! 딱 한 번만 말할 테니 잘 들어! 고백할게! 난 우리 아버지를 죽이고 어머니와 결혼하고 싶어!"

물론 수연은 진짜로 승훈의 어머니가 아니다. 그녀는 성형외과 의사인 승훈의 아버지 병원에 찾아온 유명한 여배우다. 승훈의 아버지는 아마도 서울에서 가장 인기 있는 성형외과 의사인 모양이다. 그는 메스로 수연의 피부를 절개한 뒤 그녀와 결혼했다. 남편의 새 부인으로 도배된 광고판의 홍수에 넌덜머리가 난 승훈의 친어머니는 어린 아들을 데리고 친척들이 살고 있는 호주로 이주했다. 그 이후 승훈은 두 나라를 계속 오가며 노예처럼 수연에게 선물과 기념품과 이메일과 편지를 바치고, 그녀의 물건 사이에 향수를 뿌린 시를 숨겨두며 맹목적인 애정을 쏟았다. 그가 밝히지는 않지만 어떤 연유로 아버지의 저택에 출입을 금지당하기 전까지는 그랬다는 얘기다.

저녁 식사 시간 동안은 요르겐이 매디에게 수유를 받을 차례다. 우리는 가지와 양고기가 담긴 접시를 포크로 찔러대며 그가 핥아대는 소리에 귀를 기울인다. 그 소리는 우리에게 불쾌감을 준다. 그는 다른 모든 사람처럼 얌전히 젖을 빨아 먹기를 거부하고 유륜 주변에 섬세한 키스를 퍼부어야 한다고 여긴다. 그가 수유를 대하는 태도만 보아도 그가 자신을 몹시 특별하게 여긴다는 걸 알 수 있다. 그가 증명하려는 것은 정확히 뭘까? 매디에게 도움을 주려고 그런다고 생각하는 걸까? 아니면 우리를 위해서? 승훈은 수술 달린 쿠션이 놓인 왕좌에 앉은 술탄처럼 버티고 앉아 허공을 향해 반복해서 문자를 보내다가 급기야 가운과 슬리퍼 차림으로 전화를 걸러 밖으로 나간다. 같은 쪽 구석에선 칼이 노트북 컴퓨터로 아내 몰래 딸과 영상통화를 하려고 시도 중이다.

"에밀리, 허니, 우리 얘기 다 끝나면 통화 기록을 지워야 한다고 아빠가 가르쳐줬던 거 기억나?"

"네, 아빠." 스피커를 통해 찌글거리는 음성이 들려온다. 칼이 헤드폰을 연결하자 에밀리의 말이 더는 들리지 않는다.

"잘했어." 그가 말한다. "혹시 엄마가 계단을 내려오는 소리가 들리면, 아빠한테 작별 인사도 안 해도 돼. 통화를 끝내고 곧장 기록을 지우는 거야. 알겠지? 넌 아빠랑 얘기한 적 없는 거야."

교수는 터키식 긴 의자에 앉아 리엄과 주사위 놀이를 하고 있다. 그는 아이가 지기를 기다리는 동안 19세기 프랑스 시인이 쓴 시 구절을 암송한다. 나는 요르겐이 내는 축축한 쪽쪽 소리와 꿀꺽거리는 목 넘김이나 레지널드가 양고기를 씹는 소리 대신에 그들의 대화에 집중하려 애쓴다. 레지널드는 항상 내 근처에 자리를 잡는데 그건 아마도 내 다이어리의 존재 때문에 그쪽에서 침묵을 깰 필요가 없다는 인상을 주기 때문인 것 같다. 그는 형태소를 뭉갤 수밖에 없는 발음 구조를 갖고 있어서 언어는 극단적으로 꼭 필요할 때만 사용한다. 이런 이유로 그는 식사시간을 즐기는 듯한데 그의 혀와 치아와 식도가 소화에는 그나마 쓸모가 있는 모양이다. 나는 그가 여자에게 입술을 대는 걸 그려본다. 레지널드는 그런 경험에도 각별히 열의를 보일 것이 틀림없다. “입이란 얼마나 기이한 욕망의 삼각주인가.”라고 나는 다이어리에 적은 뒤 종이를 찢어 그에게 건넨다. 그는 미소를 짓는다. 교수가 정확한 프랑스어 발음으로 진리를 외친다.

“아! 어릿광대여(les oaristys)! 최초의 애인이여(Les Première maîtresses)!”

“학교에선 무슨 공부를 하고 있니?” 칼이 묻는다. “지난번에 얘기했을 땐 J. M. 배리의 『피터팬』을 수업 중에 거의 다 읽었다고 했었잖아.”

“직접 쓰신 거예요?” 리엄이 묻는다.

“베를렌 Verlaine[1844-1896, 프랑스의 서정적인 상징주의 시인. —옮긴이] 작품이야.” 교수가 말한다. “랭보를 저버린 연인이지. 그는 랭보의 뺨을 생선으로 때리면서 관계를 끝냈어.”

“그거 뭔가 은유적인 표현이에요?”

“이 모든 환희로부터 충분히 멀어졌는가(Sont-elles assez loin toutes ces allégresses).”

“끝부분부터 아빠한테 좀 읽어주지 그러니?” 칼이 말한다. “아빠도 같이 좀 들어보자.”

“아직 안 끝났어.” 교수가 말한다.

“죄송해요.” 리엄이 말한다.

“지금 내가 외롭다면, 따분하고 외롭다면(Si que me voilà seul à présent, morne et seul).”

“웬디를 가만 보면 머리칼이 하얗게 센 걸 알아차릴 수 있을 거야, 체구도 다시 쪼그라들고, 그 모든 이야기가 다 옛날 일이거든. 제인은 마거릿이라는 딸을 둔 평범한 어른이야."

"할아버지보다 더 냉혹한 황량함과 절망(Morne et désespéré, plus glacé qu'un aïeul)."

"랭보는 누구예요?"

"완전히 미친 또 다른 시인이야."

"해마다 봄에 대청소할 때가 되면 피터는 까먹지만 않으면 마거릿을 찾아와서 네버랜드로 데려가고, 그곳에 간 마거릿은 피터팬 본인에 대한 이야기를 들려줘. 그러면 피터팬은 열심히 이야기를 듣지."

"오 따뜻하게 나를 안아주는 사랑스러운 여인이여(O la femme à l'amour câlin et réchauffant)."

"그 사람이 무슨 짓을 했는데요?"

"랭보는 친구들의 침대 밑에서 굴욕을 참다가 황산으로 그들을 독살했어. 베를렌도 아내를 때렸으니 별로 나을 것도 없는 인간이지. 베를렌이 권총으로 랭보를 쏜 뒤에 랭보가 시집 『지옥에서 보낸 한 철 Une Saison en Enfer』을 썼지."

"어른이 된 마거릿은 딸을 낳고 그 딸은 피터의 어머니가 되어줘. 그래서 아이들이 즐겁고 순수하고 무심하기만 하다면 이야기는 계속되는 거야."

"베를렌이 생선으로 랭보를 때렸다면서요."

"때리기도 했지. 둘은 사랑하는 사이였어. 두 사람은 함께 유럽 일주 여행을 떠났어." 교수가 말한다. "있잖니, 리엄,

나의 가장 친한 친구는 꼭 너처럼 생겼었단다. 안타깝게도 그 친구는 자살했어."

"교수님 친구요? 아님 랭보가요?"

"그리고 아이처럼 이따금 이마에 입을 맞춰주는 이여(Et qui parfois vous baise au front, comme un enfant)."

"잠깐만! 에미, 돌아와!" 칼이 소리친다. "난 내 친딸과 대화를 나눌 권리가 있어. 에미를 도로 데려와! 젠장!"

"내 친구."

"무슨 일이었는데요?"

"어렸을 때 끔찍하게 상처를 받았어. 우리 둘 다 그랬지. 깊이 파고드는 종류의 슬픔이 그 친구를 집어삼켰어. 나도 그걸 가끔은 느껴. 먼지나 머리카락처럼 방구석에 쌓여 있거든. 내가 고국으로 돌아가는 게 꺼려지는 이유이기도 해."

"무슨 말인지 이해가 안 돼요." 리엄이 말한다.

"이해할 건 아무것도 없어." 교수가 말한다.

"시 말이에요." 리엄이 말한다.

칼은 헤드폰을 내던지고 노트북을 쾅 덮는다. 그는 성큼성큼 요르겐에게 걸어가더니 확 밀어내 매디에게서 떨어뜨린다.

"불공평해!" 요르겐이 소리친다. "오늘 밤에 매들린을 끝까지 비우는 건 내 차례라고."

"나 오늘 너무 힘들었어." 칼이 무릎을 바닥에 대며 말한다. "기분 전환이 필요해. 나중에 내 차례 때 당신이 대신하면

되잖아."

"당신 차례 대신하고 싶지 않아." 요르겐이 말한다. "지금 당장 내 젖을 먹고 싶다고!" 요르겐이 뒤로 밀치자 칼이 엉덩방아를 찧는다. 칼은 레슬링 선수처럼 요르겐의 손목을 낚아채며 다시 일어난다.

"그만들 해요!" 매디가 소리친다. "오늘 밤엔 아무도 더는 모유 먹을 생각 말아요!" 두 사람은 말을 듣지 않는다. 나와 리엄, 레지널드, 그리고 방금 전화 통화를 마치고 돌아온 승훈이 합세하여 둘을 떼어 놓는다. 매디는 말없이 나가버린다.

칼은 양 주먹으로 서까래를 후려치더니 비명을 지른다. 이어 그는 식당을 난장판으로 만들며 짜증을 폭발시킨다. 음식을 집어던지고, 쿠션과 태피스트리를 찢고, 의자를 집어던져 쪼개버린다. 이번엔 우리 중 누구도 감히 간섭을 하지 않는다. 내일이면 우리가 먹을 끼니를 요리하고 방을 청소해주는 보이지 않는 손에 의해 전부 다시 정돈될 것이다. 부서진 의자는 도끼로 다시 박살 나 불쏘시개로 난로 옆에 쌓이게 될 것이다. 가엾은 칼. 그의 아내는 접근금지 명령을 받아내, 그가 용서를 구하려고 집에 몰래 침입하려고 하면 아직도 경찰을 부른다.

칼이 기진맥진해지자마자 나는 매디를 찾아간다. 그녀는 샤워를 갓 끝내고 나와 타월을 허리에 두른 채 침대에 앉아 있다.

"속으로 엄청 뿌듯하시겠군." 내가 말한다.

"그럼 그렇지." 매디가 말한다. "뭐든 여자 탓이지."

"너 때문에 시작된 일이야." 내가 말한다.

"다들 어른이잖아. 모유를 먹고 싶은지 아닌지는 그들의 선택이야."

"유치원생처럼 구는 저들에게 선택의 여지가 있었겠어?" 내가 그녀에게 묻는다.

"내가 어떻게 했어야 한다는 거야?" 매디가 묻는다. "하수구에 흘려보내라고?"

"모두가 모유를 마시게 하거나, 아무도 못 마시게 했어야 한다는 얘기야."

"결국 이 얘기의 진짜 결론은 너에 대한 거네."

"매디." 나는 그녀 옆에 앉으며 말한다. "매들린. 넌 결코 그 아이를 되찾을 수 없어. 미안해."

"남의 말이라고 쉽게 하네. 넌 자식이 있으니까 그렇지."

"엄밀히 따져 내 자식이 아니란 건 우리 둘 다 알잖아." 내가 말한다.

매디는 내 귓불 뒤에 입을 맞춘 뒤 내 어깨에 이마를 기댄다. 다른 남자들에 대한 매디의 애정과 위로 행위에도 불구하고 이런 행동은 변하지 않았기에 나는 위로를 받는다. 동물적인 그녀의 체취 또한 변하지 않았고 나에게도 똑같은 동물적인 영향을 미친다.

"오늘 밤은 자고 가게 해줘." 내가 말한다.

"안 돼." 그녀가 말한다.

가죽 다이어리가 허벅지에 눌리는 것을 느끼며 침대에 누운 나는 매디의 창문에서 흘러나온 빛이 건물 옆면으로 드리워진 모양을 계속해서 바라본다. 빛이 사라져 어두워지자 나는 상실감을 느낀다. 잠든 매디의 얼굴은 어떤 모습일지, 여전히 똑같은 표정을 지을지 생각에 잠긴다. 나는 소설 한 문단을 쓰려고 시도한다.

"그는 여자가 풍선껌으로 풍선을 불며 내는 소리를 견딜 수가 없었다. 공부를 하려 애쓰고 있는데 짜증 나게 반복되는 펑! 소리에 그는 옆방에서 긴 잠옷 상의에 아마도 속옷은 입지 않았을 그녀를 떠올렸다. 그는 풍선껌 터지는 소리를 다섯 번만 더 참았다가 건너가서 뭐라도 해보기로 작정했다. 다섯 번째 펑 소리가 난 후 그는 여자가 누운 침대 끄트머리에 앉아 입술을 벌려 입안에서 껌을 끄집어냈다. 그러나 이어지는 정적은 더욱 신경에 거슬렸다. 그는 벽 너머에서 여자가 무엇을 하고 있는지 더는 알지 못했다."

형편없군. 승훈의 말처럼 멍청하다. 내가 표현하고 싶은 것은 몇 주 동안 우리가 어떻게 사랑했는지, 그래서 매디의 입에서 내가 껌을 빼낼 때 손길이 지극히 다정했었다는 사실이다. 각자의 부모님 소개로 처음 만났을 때는 우리 둘 다 서로에 대해서 별다른 생각이 없었다. 그러나 하루하루 차츰 시간이 쌓이며 나는 그녀가 중요한 사람이 될 거란 걸 깨닫게 되었다. 내 방으로 돌아온 나는 따뜻한 매디의 껌을 내 입에 넣고서 민망한 체위로 우리가 함께 보냈던 무수한 시간들을 떠올렸다. 그러나 이런 것들은 설명을 너무 많이 곁들이지 않고서는 제대로 쓸 수가 없다. 올바른 서사의 거리감만 확립할 수 있다면 이 소설을 끝낼 수 있으리란 건 나도 안다. 매디에 대해서도 비슷한 느낌이다. 매디와 올바른 거리감만 확보할 수 있다면 그녀는 나를 다시 자기 침대에 눕게 해줄 것이다.

다음날 나는 아침 수유와 간식 수유 시간이 다 훌쩍 지나버린 2시까지 잠을 잔다. 유적지 폐허 사이를 걷고 있는데 바닷가에서 웃음소리가 들려온다. 매디와 요르겐이 발정 난 해마들처럼 물속에서 뛰놀고 있다. 첨벙거리는 물소리와 깔깔거림이 요란하다. 가끔씩 매디가 동작을 멈추고 새로 부풀어 오른 유방을 가리느라 흘러내린 비키니 상의를 잡아당기면, 요르겐이 달려들어 그녀의 얼굴에 달라붙은 머리칼을 쓸어 넘겨주거나 그녀의 엉덩이를 찰싹 때리며 자기 페니스의 존재를 상기시켜주는 식이다. 마침내 나는 낡고 헐렁한 수영복을 입은 레지널드도 선베드에 타월을 깔고 누워 빤히 두 사람을 지켜보고 있음을 알아차린다. 그를 향해 걸어가려는데 뾰족한 유리 조각이 엄지발가락을 찌른다.

"씨발!" 내가 소리친다.

나는 유리를 빼내고 나서 절룩거리며 나머지 모래사장을 걸어가 레지널드 옆에 철퍼덕 앉는다. 모래에 피를 흘리며 나는 또 한 번 자연이 요르겐에게 내린 선물을 확인할 수밖에 없다. 북유럽인 특유의 거대한 몸통과 허벅지, 반짝거리며 가슴과 팔뚝을 뒤덮은 금빛 체모. 반박할 수 없는 그의 육체미보다도 더 인상적인 것은 생각 없이 움직이는 스스럼없는 그의 태도다. 팔을 어디 두어야 할지 모르는 듯 해변에서 땀을 흘리며 지켜볼 수밖에 없는 레지널드에 비해 그는 얼마나 대조적인가. 레지널드를 보자마자 싫어져서 나는 그를 보지 않으려 애쓴다. 평소보다도 오늘은 더더욱 나 역시 그와 동급이라는 사실이 뼈저리게 인식된다. 나처럼 그도 머릿속에서 모든 행동에 대한 질문을 던지는 목소리가 있을 것이다. 다만 그의 평소 목소리와 달리 그의 머릿속에서 울리는 목소리는 말을 더듬지 않겠지. 그에게도 몸은 있지만, 지금 그는 보잘것없는 한 쌍의 눈일 뿐이다. 세상을 살아가는 요르겐 같은 사람들은 우리보다 엄청나게 우월한 핏줄로 만들어졌을까? 그들은 자신의 의식을 문장으로 담아낼까? 아니면 그들의 존재 자체가 언제나 복잡하지 않은 편안함과 명분을 선사하는 걸까?

"저 위풍당당한 상반신 좀 봐요." 내가 말한다. "레지, 당신과 나는 사랑을 위해 빚어진 사람들이 아니었어요."

"나-나-남자가 된다는 것은 굳이 누군가를 필요로 하지 않아도 된다는 거죠." 그가 말한다. "하지만 우리한텐 필요해요."

가랑이까지 지중해에 담그고 서 있는 매디는 전혀 인간으로 보이지 않는다. 요르겐은 영광스러운 그녀의 여성성을 최대로 끌어올려 하나의 존재로 빚어낸다. 그와 사랑에 빠져드는 한 여자의 모습이 내 눈에도 보인다. 단순히 대상이 그 남자이기 때문이 아니라, 그와 함께 있을 때면 다른 여자가 되기 때문이다. 매디가 빌어먹을 비키니 상의를 천 번째로 끌어올려 다시 묶자 요르겐이 몰래 물속에서 나타나 등 뒤에서 그녀의 목덜미를 깨문다. 더는 괜한 장난질이 아니라 이제 그것은 전희다. 두 사람은 우리가 빤히 보는 앞에서 정사를 치를지도 모른다. 나는 물속으로 들어가 그들과 합류한다.

"어젯밤에 내가 함께 있는 걸 원치 않았던 이유를 알겠군." 내가 말한다.

"스토킹은 사양이야." 매디가 내 귓가에 속삭인다. 음절 하나하나가 뺨에 닿을 때마다 뜨거운 것이 폭발할 듯 치미는 느낌이다. 남은 하루 내내 나는 그녀의 숨결을 느끼게 될 것이다. 그 누구도 언어가 물질로 만들어지지 않았다고 장담하게 두지 말라.

"나를 따라서 치랄리로 온 사람은 너란 거 잊지 마." 내가 말한다.

"버르장머리 없는 애송이처럼 굴고 있잖아." 그녀가 말한다. "너는 나누는 법을 배울 필요가 있어."

"아니, 그렇지 않아." 내가 말한다. "나는 나눌 게 아무것도 없어."

나는 파도를 발로 걷어차듯 성난 걸음으로 걸어 나와 겨울 동안 사슬에 묶어둔 카약과 소형 보트를 지나 내가 가장 좋아하는 카페로 향한다. 내가 도착하자 주인이 키우는 개 두 마리가 바다에서 달려 나와 축축한 주둥이로 핥으며 나를 반긴다. 카페 주인은 여기서 내가 좋아하는 게 뭔지 알고 있으므로 부탁하지 않아도 터키식 커피와 차가운 간식이 담긴 작은 접시를 내온다. 발이 아프다. 참신한 문장을 더 떠올리는 것도 실패다. 매디의 이름 알파벳 순서를 바꾸어 적는 것만 가능할 뿐이다. 하루가 흘러가면서 펜 자국은 점점 뚜렷해지고 화가 난다. 나는 내가 손수 적은 글귀들을 갈가리 찢기 시작한다. 커피잔 밑에서 종이가 우그러든다. 찢어진 종이는 오래된 담배꽁초처럼 모래 속으로 숨어든다. 여름 여행객들이 떼로 몰려와 손으로 따뜻한 모래를 퍼 올리다 버려진 그녀의 이름 음절을 찾아내는 광경을 상상해본다. 매들, 린, 디, 들. 카페 주인이 다섯 잔째 커피를 가져와 처참한 다이어리의 꼬락서니를 쳐다본다.

"다이어리가 아픈 것 같아요." 그녀가 말한다.

"맞아요." 내가 대꾸한다.

카페 주인은 소피를 떠올리게 하는 사람이다. 내가 이 카페를 줄곧 찾는 이유도 결국엔 그녀가 소피를 닮았고 내가 소피 같은 누군가를 찾고 있었기 때문일 것이다. 섹스를 하는 동안 슬픔이나 체념의 전류가 그녀를 꿰뚫고 지나 내 안으로 들어왔던 것 같다. 격주로 주말마다 소피와 사랑을 나눈 뒤에 다시 집에 돌아와 의붓 누이가 성기를 손으로 만져주면 어쩐지 초현실적인 기분이 들었다. 둘 사이를 오가며 나는 은밀한 손길의 공공연한 표현에 익숙해졌다. 수년 뒤 아버지는 소피가 내가 생각했던 것처럼 터키인이 아니라 세르비아인이라고 말하며 내 기억을 바로잡아주었다. 소피는 소피야의 줄임말이었다. 그때는 아버지가 소피와 이혼하고 세 번째로 결혼하여 국토 반대편으로 이주한 뒤의 일이어서, 나로선 그녀에게 연락할 방법도 이유도 없는 상황이었다.

나는 아내와 아이들이 그립다. 아내와 살던 로스앤젤레스 집에서 쫓겨나 바닷가에 정박해둔 요트에서 흔들리며 자던 때조차도 그립다. 책을 읽다가 마음에 안 드는 책들은 배 밖으로 집어던지며 지내던 날들은 결국 불행이 아니었다. 임시 남매인 우리가 벌인 로맨스 때문에 매디와 나는 다른 사람들의 아이들만 사랑해야 하는 운명을 스스로 짊어진 것이 틀림없다. 아직 도시에 살고 있을 때 매디는 10년간 나를 만난 적도 없으면서 아이들 생일을 절대 잊지 않고 카드를 보내주었다. 자기 아이가 태어나자 매디는 성실하게 아들 사진을 이메일로 보내주었지만 나는 너무 늦은 다음에야 그 사실을 알았다. 내가 알게 되었을 무렵 매디는 이미 공공 놀이터에서 뛰놀던 유아들에게 젖을 먹이려 한 혐의로 수감 중이었다. 내 경우엔 아내가 이전 결혼에서 낳은 아이들이 있다는 사실과 아이를 더 낳을 마음이 없다는 게 전혀 거슬리지 않았다. 나 역시 또 다른 아버지로 대체되고 십 년이 흘러 내 아이처럼 생각하게 된 아들과 딸에 대해서도 양육권이 없다는 것을 알게 되기 전까지는.

나는 계산을 한 뒤 다시 호스텔로 향한다. 저녁 식사 때 사람들과 합류하고 싶은 생각은 별로 없지만 그렇다고 어둠 속에서 폐허를 돌아다니고 싶지도 않다. 최근 홍수로 상당수의 목조 다리가 유실되었고 오솔길 중간중간에 돌이 나뒹굴어 혼자 다니는 건 현명하지 못한 짓이다.

식당엔 아직 음식이 준비되지 않았고 교수만 도착해 있다. 오늘 밤은 그가 매디를 차지하는 날이므로 책에 몰두하고 있는 척 하지만 그가 갈망하는 것이 뭔지 나도 알겠다.

"무슨 책 읽으세요?" 내가 묻는다.

"동화집이에요." 그가 말한다. "그림 형제 동화의 프랑스어 번역본이죠. 어른 세계에서 잡아먹히는 것을 두려워하는 아이에 대한 책을 읽으면 나는 어쩐지 위로가 되더군요."

"어디에서 그런 생각을 갖게 되셨는지 모르겠네요."

"헨젤과 그레텔, 룸펠슈틸츠헨, 빨간모자. 전부 다 고아가 되거나 가족에게 쫓겨나 괴물의 손아귀에 들어가는 두려움에 관한 이야기잖아요. 요즘은 정반대인데 말이죠. 우린 아이한테 잡아먹히는 걸 두려워하는 어른 세계에 살고 있으니까요."

"저는 동화를 좋아하지 않아요." 내가 말한다. "솔직하질 못하잖아요. 하나같이 '그래서 그들은 영원히 행복하게 잘 살았습니다'라고 하는 부분이 불편하더라고요. 그래서 우리 아이들한테 읽어줄 때마다 저는 항상 '그래서 그들은 줄곧 행복하게 잘 살았습니다, 모두가 죽기 전까지는 말이에요.'라고 끝을 냈어요."

"동화를 더 읽으면 당신도 소설을 쓸 수 있을지 모르겠군요.” 교수가 말한다. “말이 나왔으니 말인데, 계속 묻고 싶었어요, 이곳 터키에서 있었던 일을 작품 소재로 이용할 계획이 있습니까?”

“결정 못했어요.” 내가 말한다.

“한번 생각해보라고 강력하게 권하고 싶군요.” 그가 말한다. “문학에서 모유 수유는 상당히 오랜 전통을 갖고 있죠. 그럴만한 가치가 있으니까요. 레오폴드 블룸[제임스 조이스의 소설 『율리시스』의 주인공. —옮긴이]은 아들이 죽은 뒤 아내 몰리에게 젖을 홍차에 짜 넣으라는 이야기를 했어요. 『분노의 포도』 마지막엔 굶주린 남자가 아기를 잃은 여인의 모유로 배를 채우죠. 당신도 알다시피 메리 셸리는 메리 울스턴크래프트의 딸이었고, 그는 어린 딸 메리를 낳은 뒤 세상을 떠났죠. 의사들은 그 여자가 목숨을 걸고 병마와 싸우는 며칠 동안 산욕열을 내려 보겠다는 욕심에 모유를 먹이라며 산모에게 새끼 강아지를 몇 마리 데려갔어요. 소문에 따르면 그 사건이 『프랑켄슈타인』에 영감을 주었다고 해요. 그에 대한 반전으로는 로마의 건국신화에 나오는 로물루스와 레무스가 로마를 세우기 이전 아기 때 숲에서 늑대의 젖을 먹고 자랐다고 하잖아요.”

매디와 요르겐이 바보처럼 미소를 지으며 가벼운 걸음으로 식당에 들어선다. 레지널드도 멀지 않은 곳에서 따라온다. 씻지 않은 팔다리에 묻은 모래와 바닷물의 흔적으로 보아 해변에서 곧장 온 것이 분명하다. 교수가 탁 소리를 내며 책을 덮고는 매디가 그를 알아볼 때까지 음탕한 지팡이 손잡이에 양손을 올리고 앉아 있다. 매디는 힘없이 손가락을 놀려 하얀색 면 블라우스 단추를 풀고 그에게 한쪽 가슴을 내민다. "당신한테서 라 메르 la mer [프랑스어로 바다의 뜻. —옮긴이]의 냄새가 나는군요." 그가 가슴골로 뛰어들기 직전에 말한다. 남자 직원들 중 두 사람, 세르탁과 무라트가 주방에서 김 나는 접시들을 날라오기 시작한다. 우리가 무슨 짓을 벌이고 있든 기억을 최소화하기 위해서 그들은 결연히 음식에만 시선을 고정한다. 요르겐은 원래부터 선량한 채식주의자처럼 가지 퓌레와 후무스를 여러 접시 먹어치우며 교수한테 매디를 빼앗겼어도 짜증나지 않는 것처럼 행동한다. 식사가 중간쯤 이어졌을 무렵 승훈과 리엄이 희미한 대마초 냄새를 풍기며 등장해 얼굴을 보인다. 그들은 음식을 먹는 게 아니라, 별로 내키지 않는 듯 서로에게 케밥을 던지며 이제껏 호스텔에서 먹어본 중에서 최고의 고기라고 말하더니 해지기 전에 우리 모두 키메라의 불꽃 [치랄리 인근 암벽 지대에는 천연가스가 새어나와 곳곳에서 불이 계속 타고 있는데 괴물 키메라가 내뿜는 불꽃의 형상이라는 의미로 붙은 이름. —옮긴이]을 보러 가야 한다고 우긴다.

"키메라 보러 갈 수 있어요, 매디?" 그들이 칭얼거리듯 묻는다. "제발이요. 예쁘니까 꼭이요."

"아, 그러지 뭐." 매디가 말한다.

우리는 영원히 꺼지지 않고 타오르는 불꽃이 있다는 치랄리 정상을 향해 비틀거리며 절벽 옆길을 따라 올라간다. 승훈과 리엄은 들뜬 분위기를 유지하며 앞장서서 걸음을 서두른다. 마음 같아선 나도 그들과 함께 담배를 피우고 싶지만 레지널드와 함께 뒤처질 수밖에 없다. 발을 잘못 디디거나 미끄러질 때마다 찢어진 발가락 상처가 다시 벌어지는 게 느껴진다. 흘러나온 피에 양말이 젖는다. 매디와 요르겐은 숲속에서 서로 껴안고 킥킥대느라 훨씬 더 뒤처져 있는데, 아마도 내 걸음이 늦어진 진짜 이유는 그들일 것이다. 마침내 정상에 당도했을 무렵 두 사람의 모습은 어디에도 없고 말소리도 들리지 않는다. 키메라의 불꽃으로 자기들 방귀에 불을 붙여보겠다는 승훈과 리엄의 시도를 꼬박 20분이나 지켜보던 나는 결국 사라진 커플을 찾아 나서야겠다고 결심한다.

"하지만 여기 방금 왔잖아요." 리엄이 말한다.

"발이 떨어져 나갈 것 같아." 내가 대꾸한다.

"편집증 걸린 애인처럼 굴지 좀 말아요." 승훈이 말한다. "둘이 섹스는 안 할 거예요."

"맞아요, 응석받이 아저씨, 둘이 섹스까진 안 해요." 리엄이 말한다.

나는 등산로를 따라 내려오며 바스락 소리가 나거나 뚝 소리가 나는 곳마다 살펴보며 벌거벗은 인체의 형상이 보이는지 확인했으나 결과는 빈손이다. 두 사람은 이곳에 있지 않다. 호스텔에 돌아와 식당을 둘러보니 그곳엔 한바탕 울었는지 태아처럼 몸을 웅크리고 구석에 처박혀 있는 칼뿐이다. 요르겐의 방은 비어 있다. 나는 매디의 창문 앞 덤불로 숨어든다. 블라인드 틈으로 안을 들여다보며 동시에 스스로에게 이런 짓을 저지르고 있는 사람이 내가 아니기를 거의 비는 심정이다.

매디는 건장한 요르겐의 엉덩이에 깔린 채로 방안에 누워 있고, 그는 매디의 내면에 깃든 짐승과 연결되려는 듯, 혹은 뉴에이지풍의 개똥철학을 전하려는 듯 눈도 깜박이지 않고 그녀의 눈을 응시하고 있다. 시간이 오래 걸릴 것 같다. 요르겐은 정사를 몇 시간이나 지속하며 사정없이 여러 번 오르가슴을 느끼는 법을 안다고 큰 소리를 쳤었다. 내 자신이 혐오스러울 만큼 몸이 딱딱해진다. 속담에서 뭐라고 하더라? 발기한 성기는 결코 거짓말을 하지 않는다. 프로이트였던 것 같다. 프로이트 아니면 사드 후작일 것이다. 나는 더 이상 견딜 수 없을 때까지 지켜본다. 분노와 혐오감과 수치심에 휩싸인 나는 다시 바닷가로 달려간다.

나는 음경을 꺼내 지평선을 향해 미친 듯이 문지른다. 정점에 이른 순간 입술처럼 젖은 모래는 밀려온 파도에 휩쓸려가고, 어느 면에선 그게 변기의 물 내림 같다. 콧물과 뜨거운 눈물이 얼굴에 흘러내린다.

"넌 나쁜 년이야!" 내가 소리친다. 문명의 요람을 향해 나는 주먹질을 해대고, 파도는 아무리 얻어맞아도 다시 솟아오른다. "이 나쁜 년! 나쁜 년! 나쁜 년! 나쁜 년! 나쁜 년! 난 널 사랑해!" 다가오는 발소리가 들려 나는 고함을 멈춘다. 누군가 내 뒤에서 모래사장에 몸을 던지고 훌쩍인다. 그 주인공은 승훈이고 그의 얼굴 역시 눈물 콧물로 뒤범벅이다. 그도 멍청하게 거절당한 아픔을 안고 이곳으로 내려오게 된 것인지 호기심이 인다.

“방금 수연 씨랑 통화했는데 자기가 어떤 사람인지, 그리고 원하는 게 뭔지 알아낼 때까지는 나랑 대화할 수 없겠대. 뿐만 아니라 아버지는 나랑 의절했어.”

“무슨 짓을 했길래?” 내가 묻는다.

“지난번에 방문했을 때, 수연 씨는 실제로 나랑 불장난을 하고 있었어.” 그가 대꾸한다. “우리 둘이 찐하게 엉켜있는데 아버지가 걸어 들어왔지. 난 그냥 그 여자랑 앞으로 영원히 함께하고 싶을 뿐이지만 그 여자는 절대 아버지 말고 나를 선택하지 않을 거란 걸 알아.”

매디와 나에 대해서 모든 이야기를 털어놓으며 승훈의 상황이 특별할 것도 없고 끝일 가능성도 없다는 점을 지적해줄까 고민된다. 그는 아마도 어느 병원 침대에서 오래 앓다 죽어가는 아버지의 임종을 지켜보게 될 테고 친밀함과 향수의 효력이 떨어지면서 수연이라는 여자의 매력도 사라진다는 걸 깨닫게 될 것이다. 궁극적으로 우리를 앞으로 나아가게 하는 것은 수용이 아니라 권태다. 그렇지만 그가 겪고 있는 이 엄청난 개인적인 위기감은 앞으로 펼쳐질 그의 미래에 위안이 될 서사인데 굳이 빼앗을 이유가 없지 않을까?

“매디와 요르겐이 등이 둘 달린 짐승이 되어 엉겨 붙어 있는 걸 목격했어.” 내가 말한다.

"바로 지금?" 그가 말한다. "다른 사람들한테도 알려야 해."

우리는 식당에서 칼을 찾아내고 낮잠 자던 교수를 깨우고, 키메라에서 내려온 리엄과 레지널드까지 다 모아 최근 상황을 전달한다. 그들은 하나같이 이제껏 지켜야 하는 줄도 모르고 있던 규칙을 위반해서 처벌을 받게 된 것 같은 표정을 짓는다.

"아직도 둘이 그 짓을 하고 있을 거라고 생각해요?" 리엄이 묻는다.

"아마도." 내가 말한다.

"가서 확인해보는 게 좋겠어요." 칼이 말한다.

"그래요, 조사해봅시다." 교수가 말한다.

우리 여섯은 까치발로 매디의 창문 앞 덤불로 다가간다. 가장 좋은 위치를 차지하려고 한동안 팔꿈치로 밀고 찌르기를 한 끝에 우리는 모두 좋은 자리를 잡고 훔쳐볼 준비를 마친다. 매디와 요르겐은 내가 둘을 버려두고 갔을 때와 똑같은 자세다. 몇 분간 우리는 말 없이 히피식 성관계를 지켜볼 수밖에 없다. 리엄이 울기 시작하면서 정적을 깬다. 우리 모두 울음을 그쳐야 한다는 사실이 퍼뜩 나를 일깨운다.

"우리 엄마 보고 싶어요." 리엄이 말한다.

"이-이-이런 일이 일어나다니 믿을 수가 없군요." 레지널드가 말한다.

"우리가 저자에게 한 수 가르쳐줘야 해요." 떠오르는 대로 내가 말한다.

“어떻게?” 승훈이 묻는다.

“우리 앞에서 똑바로 설명해보라고 해야죠.” 내가 대꾸한다. “아니면 다 같이 늘씬하게 패줄 수도 있겠고요.” 정말로 그럴 작정은 아니지만, 사람들에게 그걸 알릴 방법은 없다.

“이리 나와서 우리랑 싸우자, 요르겐!” 칼이 소리친다. “덩치만 너무 큰 겁쟁이라서 도전을 받아들이기 싫지 않다면 말이야!”

“우리는 정의를 원해요!” 리엄이 맞장구를 친다. “우린 피를 원합니다.” 대단히 세련된 말투로 교수가 덧붙인다. 우리 중 절반이 “요르-겐, 요르-겐, 요르-겐.”이라고 외치는 동안 나머지 절반은 “겁-쟁이, 겁-쟁이, 겁-쟁이.”라고 외치는 통에 합창의 효과로 소리가 뭉개져 우리의 요구사항이 정확하게 뭔지 잘 들리지 않는다. 누군가, 아마도 승훈이나 리엄일 확률이 높겠지만, 대체 무슨 목적으로 보관해두었는지 모를 케밥을 던져, 매디의 방문 한 가운데 하트 모양으로 축축한 고기 자국이 남는다.

마침내 방문이 열리고 나타난 사람은 요르겐이 아니라 요르겐의 가운을 입고 있는 매디다. 그녀가 자기 가운 대신에 요르겐의 가운을 입고 있다는 사실은 추가적인 모욕이다. 짜증을 내며 매디가 양손으로 골반을 짚자 지독하게 큰 옷소매가 흘러내려 손목을 다 덮고도 남는다. 그 효과는 어른 옷을 차려입은 어린 여자애 같은 달콤한 느낌인데 이내 그녀가 꾸짖기 시작한다.

“대체 뭐 하는 짓이에요?” 매디가 묻는다. “여러분들에게 내 신체에 접근하는 걸 허락했던 건 알지만, 그렇다고 해서 내가 섹스 파트너를 선택하는 데 왈가왈부할 자격을 준 건 아니죠. 여러분 가운데서는 누구도 내가 여기 온 이유를 알아보려고 한 사람이 없었어요. 무슨 일이 있었냐 하면, 내가 아들을 낳았었는데 어느 날 아이가 울지를 않았어요. 아기가 너무 조용한 게 이상해서 잠에서 깨어난 내가 아기를 보러 갔을 땐 차갑게 식어 있었죠. 아들을 출산한 질에선 여전히 피가 흘러나오고 가슴에선 젖이 새어 나와 구역질나는 스웨터를 적시고, 통곡하느라 벌어진 내 입으론 눈물 콧물이 쏟아져 나오는데, 난 우리 집에서 몇 날 며칠을 똑같은 장소에 서 있었어요. 아기를 한 번만 더 안아볼 수 있다면, 분명 난 잘 해낼 수 있을 것 같은데 아이는 이미 불길속에 들어가 사라지고 없었어요. 재로 남은 아이 유골은 정원에 파묻었어요. 온몸의 구멍에서 액체가 흘러나오고 있는데 나는 철저하게 완전히 혼자였죠. 사랑이 필요한 게 당신들뿐이라고 생각해요? 다 끝났어요. 젖을 뗐다고 생각해요. 이제 각자 방으로 돌아가요!”

수치심에 휩싸인 우리가 발을 이리저리 움직이며 서성거리고 있는 사이 매디는 요르겐의 품으로 되돌아가며 방문을 쾅 닫는다. 리엄을 선두로 해서 다른 사람들이 각자 은밀한 죄의식의 소굴로 후퇴하기까지는 긴 시간이 필요 없다. 얼마 후 나 역시 그 자리를 떠난다. 매디의 비통함이 나보다 더 심했다는 사실을 나는 알지 못했다.

다음 날 아침 매디가 가차 없는 노크 소리로 내 잠을 깨운다. “일어나!” 그녀가 소리친다. “안에 있는 거 다 알아!” 나는 그녀가 원하는 게 뭔지 확인하려고 비몽사몽 일어난다.

“내가 대표로 너랑 이야기하려고 온 거야.” 그녀가 말한다.

“무슨 얘기?” 내가 묻는다.

“사람들은 네가 여기 있는 것에 대해서 더는 마음이 편하지가 않대. 하루 시간을 줄 테니까 짐을 싸가지고 나가달라는 얘기야.”

“누가 그런 말을 해?” 내가 묻는다. “레지와 칼과 승훈과 리엄과 교수님이? 난 믿기 어려운데.”

“그게 사실이야.” 매디가 말한다. “그리고 직원들도 마찬가지고.”

“내가 왜?” 내가 묻는다. 나는 문턱에 걸터앉는다. “난 몇 달간 여기서 지내면서 나만의 세상에서 소설을 썼을 뿐이야.”

“다른 사람들도 떠나고 싶다고 말했지만 의논을 좀 해본 끝에 네가 어제 요르겐과의 갈등을 선동했다는 게 드러났어. 공격적으로 행동하도록 네가 그 사람들을 부추겼잖아. 그래서 호스텔 측에도 알리기로 결정했어. 그래서 일이 그렇게 된 거고, 나도 네가 주변에서 얼씬거리는 거 불편해.”

“도움이 될지 모르겠지만 계획을 세울 때까지는 내가 옆에 있어줄게.” 그녀가 덧붙인다.

우리는 호스텔 건물 뒤쪽의 오렌지나무 숲 사이로 걷다가 매디가 멈춰 서서 오렌지를 하나 따며 묻는다. "아테네는 어떨까? 거기 아니면 그리스의 섬 중에서 하나로 가는 건? 안탈리야에서 유람선을 타고 가도 되잖아."

"너무 비싸." 내가 말한다. "게다가 3월 초까지는 유람선이 얼마나 자주 운행하는지도 알 수 없어."

매디는 엄지손톱으로 껍질을 뚫는다. 보석함 뚜껑 아래에서 새어나오듯 과일향이 퍼져나간다. 땅바닥엔 온통 떨어져서 썩어가는 오렌지 투성이다. 여기서 벌어지는 풍요의 손실이 어딘가 다른 곳에서 진짜 결핍으로 나타난다면, 그것이 진정 풍요로움일지 의문이 든다.

"매디, 나도 네 아들을 만나봤더라면 좋았을 텐데."

"네가 있었더라도 할 수 있는 일은 아무것도 없었어."

"애 아버지도 알아?"

"나는 아이 아버지의 정체를 알지 못해. 그게 최선이라고 생각했어. 그렇게 해야 내 아들한테서 내가 아닌 누군가 다른 사람의 모습이 나타나더라도 누구든 내가 원했던 사람으로 상상할 수 있잖아."

"널 따라온 건 내가 미안해." 매디가 설명을 계속한다. "네가 SNS에 올린 포스팅을 보고, 저긴 내가 갈 수 있는 곳 같은데, 라고 생각했어. 아주 먼 곳이고 내 인생과도 완전히 다르지만, 네가 거기 있으니까 안전하겠구나 싶었지."

"나는 아내가 질투하게 만들려고 여행에 관한 포스팅을

했지만 순전히 멍청한 짓이었어. 난 좋은 남편이 아니었던 게 확실해. 그 사람이 질투를 왜 하겠어?"

"너랑 나 사이에, 그리고 너랑 소피 사이에 있었던 일이 사실은 굉장히 해로웠다는 생각 해본 적 있어?" 매디가 묻는다.

"모르겠어." 내가 말한다.

은빛 모스크를 보러 가는 길에 이슬 맺힌 채소가 빽빽이 자라고 있는 비닐하우스의 행렬을 지나며 매디가 제안한다. "사이프러스는 어때? 엄청 가까우니까 누구든 배로 기꺼이 거기까지 데려다줄 사람을 찾는 건 문제 없을 거야."

"섬엔 가기 싫어. 갇혀 있고 싶지 않아."

기도 시보원들[모스크의 입구나 첨탑에서 큰 소리로 기도 시간을 알리는 사람. —옮긴이]이 매일 하루 다섯 번씩 올려야 하는 기도 시간을 외치자 동네 개들이 합창을 하듯이 고개를 들고 함께 울어댄다. 매디도 고개를 젖히고 그들과 함께 울부짖는다. 독실한 남녀 신자들이 신에 대한 고요한 생각을 바치려고 금속 돔을 향해 모여든다.

"난 스스로 현재의 순간만을 즐기는 법을 배우려고 엄청 애썼어." 매디가 말한다. "미래에 대해서 너무 걱정하지 말고 사람들이 말하는 '아이 같은 감탄'을 좀 더 느껴보려고 했던 것 같아. 동물들이 행복한 것처럼 행복해지려고."

"나는 현재의 순간을 즐기는 타입의 인간은 아닌 것 같아." 내가 말한다.

나는 단골 카페로 함께 향한다. 나는 같은 공간에서 매디와 소피-진짜 소피는 아닐지라도-를 보고 싶다. 매디가 계속해서 나라 이름을 권하는 동안 우리는 와인을 마시며 돌마[각종 채소에 다진 고기와 쌀 등을 채워넣어 굽거나 찐 요리]와 피타[지중해와 중동 지방에서 먹는 납작한 빵으로 가운데를 갈라서 다른 재료를 넣어 먹음. —옮긴이]를 먹는다.

"이탈리아." 매디가 말한다.

"싫어." 내가 말한다.

"모로코."

"싫어."

"알바니아."

"이젠 그냥 장소 이름을 대고 싶어서 아무거나 읊고 있군."

"그럼 넌 어디 가고 싶은데?" 매디가 묻는다.

"여기 머무는 건 어때?" 내가 묻는다. "누구든 다른 사람 집에 방을 하나 빌리거나 가까운 다른 호스텔을 찾으면 너 걱정 안 시키게 만나러 올 수 있잖아."

카페 주인이 우리 술잔을 채워준다. 나는 그녀의 손목을 잡는다. "이 사람이 매디예요." 내가 말한다.

"아, 당신이 바로 매들린이군요." 카페 주인이 말한다.

"맞아요." 매디가 말한다. "댁은 누구시죠?"

"나는 쿠브라예요. 여기 주인이죠."

"만나서 반가워요." 매디가 말한다. 두 사람은 악수를 한다. 내가 상상했던 것보다 짜릿함이 훨씬 덜하다.

“두 분 다 어디서 오셨어요?” 쿠브라가 묻는다.

“로스앤젤레스요.” 내가 말한다.

“캘리포니아!” 그녀가 외친다. “저 거기서 20년 살았어요. 아직도 가끔은 그곳이 그리워요.”

“여긴 어쩌다 오게 됐어요?” 매디가 묻는다.

“남편이 죽었어요, 그래서 고향으로 오기로 결정했죠.”

“저는 아기가 죽었어요.” 매디가 말한다.

“아 어떡해.” 쿠브라는 곧장 매디를 꽉 껴안아주며 대꾸한다. “어떡해 어떡해 어떡해 어떡해.” 매디는 뻣뻣해져서 포옹을 받더니 마침내 붕괴되는 고대유적의 파사드처럼 밖에서부터 무너져 내린다. 매디는 흐느껴 울고, 흐느낌이 잦아들자 쿠브라는 눈물과 번진 화장을 닦아준 뒤 마치 축복을 내리듯 매디의 머리칼을 귀 뒤로 단정하게 넘겨준다. 그것은 이유 없이 전한 위안에서 비롯된 눈물이었고 보상을 바라는 생각 없이 건넨 감정적인 응원이었기에, 그동안 나머지 우리들이 얼마나 이기적이고 무감했는지가 별안간 소름 끼칠 만큼 명확해졌다. 매디가 그토록 단순한 손길을 얼마나 기다려왔을지, 그런데 그녀가 그토록 바라던 것이 마침내 완전히 낯선 다른 여인을 만남으로써 이루어지다니.

“나도 마음 아파.” 쿠브라가 자리를 뜨자 내가 매디에게 말한다.

매디는 어딘가 연민 어린 눈빛을 깊숙이 머금은 채로 나를 쳐다보며 말한다. “어쩌면 너는 집으로 돌아갈 때가 됐는지도 몰라.”

“어디로? 요트로?” 내가 묻는다. “그건 아닌 것 같아.”

결국 너무 늦게까지 꾸물댄 우리는 어쩔 수 없이 쿠브라에게 손전등을 빌려 유적지 사이로 걸어간다. 희미한 둥근 빛은 바로 우리 발밑을 비추기에도 부족했으므로 울퉁불퉁한 돌길을 걷기가 만만치 않다. 다리 없는 강둑에 당도하자 매디는 목말을 태워 자기를 건너달라고 부탁한다. 얼음장 같은 물속에 들어갈 용기를 내는 건 우리 중 한 사람만 해야 한다고.

“석관에 감히 머리를 넣어보라고 하고 싶군.” 내가 말한다.

“꿈 깨.” 그녀가 말한다.

“미친 척 하고 한 번 해봐.”

“망자를 깨우는 위험한 짓을 하고 싶진 않아.” 그녀가 말한다.

호스텔에 도착할 때까지도 우린 아직 계획을 확정하지 못했다. 나는 우리 둘의 방 문 밖에서 열쇠를 짤랑거린다. “난 짐을 싸야겠지.”

“잠깐 들어올래?” 매디가 묻는다.

“진심이야?”

“제안하는 거야.”

우리는 침대에 앉는다. 매디가 키스해주기를 바라는 표정이어서 나는 키스를 한다. 얼마 지나지 않아 우리는 애무를 하며 서로의 옷을 벗기고 있다. 브래지어를 벗기자 모유를 짜내지 못한 가슴이 묵직하다. 나는 유두에 입술을 대면서도 빨아도 되는지 불안감을 느낀다.

"매디, 우리 오늘 밤에 아기를 만들면 좋겠다."

"난 오르가슴만으로도 행복할 거야."

그러나 내가 아무리 원해도 내 몸은 준비가 되질 않는다. 매디가 나를 어루만지고 내 물건을 세워보려고 입에 넣어 보아도 소용이 없다. 지금까지도 단단해지지 못했다면 앞으로도 안 된다는 의미라고, 나는 속으로 되뇐다. 매디와의 섹스는 어쩌면 나에겐 불가능한 일인지도 모르겠다. 고맙게도 매디는 내가 포기한 게 분명한 뒤에도 계속 시도한다. 참 너그럽기도 하지.

"뭐가 잘못된 건지 모르겠어." 내가 말한다.

"괜찮아." 매디가 말한다. "그런 건 걱정하지 마."

내가 매디의 가슴에 머리를 기대자 그녀가 나를 안고 앞뒤로 흔들며 속삭인다. "쉿, 마이 달링, 이젠 쉬어." 매디의 심장 박동 소리를 들으며 나는 잠에 빠져들지만, 잠들기 전까지 나는 세상 그 무엇도 지금 내가 느끼고 있는, 모든 세포에서 헐떡이며 살아 숨 쉬는 이 고통을 잠재워주지는 못할 것이라고 두려워한다.

당신은
절대 잊히지
않을 것이다

강간범은 얼마나 영감이 뛰어난 놈인지 자신의 사연으로 뉴스레터를 만들기 시작했다. 촌스러운 미운 오리 새끼에서 백조로 변신하듯, 그는 오늘날 근육질의 사업가가 된 자신의 변모 과정을 연대기로 기록한다. 뉴스레터는 그가 매년 참가하는 자선 트라이애슬론을 위한 동기 부여로 시작됐지만, 점점 훨씬 더 많은 것을 담게 되었다. 뉴스레터는 건강, 기술, 영적인 세계, 문화에 대한 명상, '노no'라는 단어의 한계와 오해를 파헤친다. 여자는 성폭행을 당한 이후 강간범의 SNS를 파악하고 있는데, 공공연하게 자신의 계정으로 그 강간범을 '팔로우'한 건 아니다. 우연히 보게 된 그의 포스팅이 마음에 든다고 느낀 순간, 여자는 강간범이 트라이애슬론 경기에서 개인 최고 기록을 경신한 것처럼 자기혐오 분야에서 개인 최고 기록을 달성했다. 놈의 포스팅에 대한 여자의 호감을 혹시라도 강간범이 알게 된다면, 강간 역시 상호합의에 의한 성관계였다는 증거로 여길 것 같았다. 강간범은 실리콘밸리에서 가장 잘 나가는 펀드 회사에서 일하고 있는데, 돌이켜보면 여자로선 참 웃긴 상황이다. 여자는 창문도 환기 시설도 없는 사무실에서 불행한 인간들과 어깨를 나란히 한 채 온라인 콘텐츠를 관리하는 세계 최고 검색 엔진 기업에서 일한다.

콘텐츠 관리는 영영 끝나지 않는 전쟁이다. 이는 여자의 상사 셰이디 데이브의 말이다. 부대 하나를 박살 내자마자 다른 부대가 그 자리를 차지하므로, 파도가 끊임없이 밀려오듯 전투는 무한히 이어진다. 현존하는 스트리밍 서비스 시간을 숫자로 모두 더하는 것이 가능하다면 그 합은 아마도 우주의 나이를 넘어설 것이다. 이 말은 오리엔테이션에서 셰이디 데이브가 신입사원들에게 했던 것이다. 무엇보다 여자는 강간범의 디지털 페르소나를 파악하느라 다른 일을 미루는 사태를 중단하고 애당초 본인의 참호로 돌아갔더라면 더 좋았을 것이다. 여자는 인터넷 브라우저 창을 내리고 자신이 검열을 맡은 분야에 로그인을 한다. 비명을 질러대는 화면이 소름 끼칠 만큼 가깝다고 여자는 종종 생각한다. 화면이 로딩되는 동안 다운로드 진행 상황을 알리는 가로막대는 앞으로 여자가 삭제해야 하는 것들을 상기시켜준다. 혐오 발언, 유혈 장면, 고문, 성인 및 아동을 상대로 한 포르노, 끔찍한 교통사고 장면, 테러리스트들이 자행한 처형 장면 등이다. 여자가 이 일을 해온 건 꽤 오래전부터여서 평범하게 계절과 휴일로 시간의 흐름을 기억하던 시기뿐만 아니라, 콘텐츠를 삭제하며 트라우마를 남긴 사건으로도 세월의 흐름을 기억하게 되었다.

직원 현황표에는 여자의 공식 직위가 '디지털 미디어 큐레이터'로 적혀 있는데, 이름만 들으면 마치 미술관에서 일하는 보좌관이나 와이너리의 그래픽 디자이너쯤 되는 것 같다.

실제로 여자는 참수형을 골라내는 진정한 소믈리에가 되었다. 비공식적으로 여자와 동료들은 쥐도 새도 모르게 흔적 없이 콘텐츠를 삭제한다는 이유로 '닌자'라고 불렸다. 여자는 비명을 지르는 화면 속에서 퇴직 군인 출신의 구걸 노숙자를 다룬 규정 침해 콘텐츠로 들어간다. 여자가 그 남자에 대해서 알게 된 건 그가 '퇴직 군인 출신입니다, 도와주세요.'라고 적힌 팻말을 들고서 소형 배트맨 피규어로 자위를 하다가 음주운전자의 차에 치여 죽었기 때문이다. 얼핏 화면을 목격한 다른 동료가 외친다. "배트맨 비밀 기지로 보내!" 셰이디 데이브는 최첨단 기술 분야의 핵심 브레인답게 특이한 모습으로 등장한다.

"안녕, 나의 귀여운 방화벽아." 먼지 덮인 화면에 누군가 음경 모양을 그려놓은 벽걸이 스크린을 켜며 그가 말한다. "우리의 소중한 국가적 오락거리에 또 다른 장이 펼쳐질 거야, 총기로 즐기는 재미지." 그는 자기 발언을 잠시 생각해보더니 덧붙인다. "사전 경고 고지가 필요하겠군." 총격 장면이 담긴 동영상이 재생되는 동안 먼지에 둘러싸인 음경 그림이 남근 숭배의 후광처럼 번쩍인다. 매력적인 금발 머리를 기자 특유의 헤어스타일로 자른 지역 뉴스 기자가 어느 지역에서 열리는 음악 페스티벌에 대해서 정장 재킷을 입은 책임자 느낌의 위풍당당한 노년 여성을 인터뷰하고 있는데 총을 든 손이 등장하더니—화면이 심하게 흔들리고 있는 것으로 볼 때 총을 쏜 사람이 그 영상을 찍고 있던 것이 명확해진다—매력적인 기자를 겨냥해 총을 발사하고, 이어 위풍당당한 노년의 여성에게도 총을 쏜 뒤 카메라맨에게 총을 발사한다. 노년 여성은 쓰러진다. 기자는 달아난다. 카메라맨은 카메라를 떨어뜨린다. 피가 난무한다. 총격범은 방송국에서 퇴출당해 불만을 품은 직장동료로, 이 영상을 SNS에 올린 장본인인 것으로 밝혀진다.

“이건 미국인의 비극이야.” 셰이디 데이브가 말한다. “난 사람들이 내일 이걸 기억하지 않으면 좋겠어. 혹시 질문 있나?”

“네.” 누군가 대답한다. “우린 언제쯤 계약자 신분이 아닌 정규직 복지 혜택을 받을 자격을 얻게 되는지 알고 싶습니다.”

“아가리 닥치시지, 아기예수토사물.” 셰이디 데이브가 그 남자 직원을 나름 애정을 담아 꾸짖는다.

아기예수토사물은 눈알을 굴리며 공개 사진 스트리밍 작업을 정리하러 돌아간다. 세계 최고 인기 검색 엔진 사이트의 수많은 디지털 미디어 큐레이터와 마찬가지로, 아기예수토사물은 본인 실명 대신 자기가 맡고 있는 인터넷 작업 분야로 불린다. 또한 수많은 다른 직원들과 마찬가지로 아기예수토사물도 먹고사는 데 어려움이 있으므로 부업을 병행한다. 그는 회사를 대신하여 사용자가 직접 제작한 광고 콘텐츠를 검색한 뒤, “텐더스™사에서는 친환경 생분해 기저귀 브랜드를 광고하는 데 마음 따뜻해지는 귀하의 아기 사진을 사용하고자 합니다. 동의하시면 해시태그 #베이비오케이를 붙여 응답

해주십시오.”와 같은 문구를 복사하기/붙이기를 일삼아 반복한다. 못된년이라는 사용자명을 쓰는 누군가는 성범죄 전과자를 비롯하여 무명용사 묘지를 재미 삼아 파헤쳤으면서도 일자리는 찾고 싶어 하는 사람들을 걸러내기 위하여 온라인 평판 관리를 맡고 있다. 여자는 부업을 하지 않는다는 점과 여성이라는 점에서 겉으로 보기엔 특이한 사람으로 여겨진다.

여자는 강간범의 SNS를 ‘팔로우’하지는 않지만 현실 속의 남자를 따라follow다닌다. 여자가 강간범의 펀드 회사 본부 건물 앞에서 비교적 은밀한 위치에 있는 벤치에 앉아 놈이 떠나는 순간까지 대기하고 있는 자신을 발견하는 이유도 어쩌면 매번 반복해서 저질러지는 다중 살인 사건을 웹 세상에서 숨기는 나날을 매일같이 반복하고 있기 때문인지도 모른다. 놈은 얼간이 같은 동료들과 유쾌하게 대화를 나누다가 한 사람과는 아예 하이파이브까지 한 뒤에 통근열차를 타려고 석양 속으로 걸어간다. 세계 최고 인기 검색 엔진 기업에서 닌자로 알려져 있는 사람답게 여자는 가능한 한 눈에 띄지 않게 놈을 따라 샌프란시스코 통근열차에 올라탔고, 이어 밀브레에서 광역 전철로 갈아탄다. 놈이 거주지인 미션 디스트릭트에서 내리자 여자도 따라 내린다. 강간범은 조깅을 하듯 건물로 뛰어 들어갔다가 개를 데리고 다시 나온다. 강간범이 그토록 착한 반려견의 주인이라는 사실에 여자는 여전히 분노한다. 강간범의 개라면 강간범의 침대라든지 좀 엉뚱한 곳에 영역 표시를 해야 마땅하지 않을까?

그는 개를 산책시키다가 멈춰 서서 개똥을 치우더니, 이내 녹슨 자전거 잔해에 개를 묶어두고서 맥주를 한잔 하러 들어간다. 상쾌하게 맥주를 들이키며 스마트폰 화면을 이리저리 넘기는 동안 강간범은 이따금씩 반려견과 눈을 마주치고 미소를 짓는다. 매번 놈이 미소를 지을 때마다 개는 궁둥이를 쳐들고 꼬리를 흔든다. 여자는 휴대폰에 몰두한 척하면서 혐오감에 젖어 거리 구석에서 그 둘의 사랑스러운 소통극을 지켜본다. 맥주를 다 마신 놈은 묶어놓았던 개를 풀었다가 다시 식료품점 바깥에 묶어둔다. 통로 사이로 놈을 뒤에서 훔쳐보며 여자는 남자가 장바구니에 담는 쇼핑 품목의 목록을 머릿속으로 정리한다. 양파 한 개, 장립종 쌀[쌀의 품종은 쌀알의 길이에 따라 장립종, 중립종, 단립종으로 나뉘며 장립종은 찰기가 없어 동남아시아 및 서양 요리에 적합하다. —옮긴이], 잘게 썬 체다치즈, 쇠고기 간 것, 엑스트라버진 올리브오일. 강간범은 과육이 두툼하고 새빨간 파프리카를 뒤적여 고른다. 그 가게에서 강간범이 구매한 것과 똑같은 품목을 사며 여자는 생각한다. 이건 강간범이 퇴짜 놓은 파프리카야.

새로운 뉴스레터가 발행되었으므로 여자는 돌아오는 길에 그것을 읽는다. 그는 "친애하는 인터넷 일기장에게,"라고 글을 시작한다. 강간범은 공개 발행이면서도 마치 사적인 일기를 끄적거리는 것처럼 매번 뉴스레터의 서두를 시작한다. "오늘은 사람들이 올 한 해 상어에게 공격을 받는 것보다 셀카를 찍다가 죽은 사람들이 더 많다는 통계를 보았다. 여기엔 스페인에서 투우장 황소를 피해 달아나다가 뿔에 받혀 죽은 남자와, 우랄산맥에서 발견된 수류탄을 들고 씩 웃다가 스스로 폭사한 두 남자, 발리의 어느 절벽에서 떨어진 싱가포르인 관광객이 포함된다." 그는 문단을 다음과 같이 이어간다. "내가 셀카를 찍지 않는 이유는 건강 확인용 스마트워치 사용을 거부하는 이유와 같다. 심박수를 모니터링하는 데 집중하다 보면 자신의 심장 박동에 귀 기울이는 것을 잊게 된다. 클라우드 메모리에 사진을 저장하는 것을 멈추고 우리의 생체 기억에 추억을 저장하기 시작하자. 나이가 들어 정신 줄을 놓을 때까지라도 말이다. 하지만 그때쯤엔 바라건대 의학적인 해결책이나 치매를 막아주는 앱이 개발될 것이다. 셀카에게 사망 선고를."

나중에 강간범은 '유명한 가문의 비법으로 채운 맛있는 파프리카 요리'라는 제목이 달린 자기 저녁식사 사진을 SNS에 올리고, 여자는 그 사진을 셀카로 보아야 하는지 아닌지를 두고 고민한다. 여자는 다수의 리뷰어들이 별 다섯을 준 요리법대로 자신도 속을 채운 파프리카 요리를 만들어보지만, 여자가 만든 요리는 채소 속에 똥을 채워 구운 것 같은 맛이다. 그날 밤 극심한 설사병에 시달린 여자는 그 탓을 강간범에게 돌린다. 변기에 앉아 힘을 주는 사이 여자의 언니 아이인 기저귀를 찬 꼬마가 장식 액자의 사진 속에서 여자를 보며 웃는다. 언니의 아기도 베이비오케이 홍보에 좋은 본보기가 될 거라는 생각이 퍼뜩 떠오른다. 언니와 형부와 아기가 해외 사회주의 천국에서 사는 동안 여자는 팰로앨토[캘리포니아주 서부 샌프란시스코 남동쪽에 있는 도시. —옮긴이]에서 지내며 언니 침대에서 자고 언니 양념으로 요리를 해먹고 언니의 전기차를 운전하고 있으므로 고마워해야 마땅하겠지만, 언니는 다음과 같은 문자를 보낸다. 아기는 정부에서 지원해주는 도우미에게 맡기고 우리는 몰디브 해변에 누워 술을 마시다가 방해꾼 없는 섹스를 즐긴단다. 우리한테 온 중요한 우편물은 없니?

설거지를 하는 대신, 여자는 퓨마를 위해 남은 파프리카와 더러운 접시를 베란다 데크에 내놓는다. 마운틴뷰 풋볼팀의 상징이기도 한 퓨마는 밸리 지역을 떠들썩하게 만든 화젯거리였다. 굶주리고 외로운 커다란 야생고양이는 먹이와 우정을 찾아 샌타크루즈산맥 고지대의 자연 사냥터를 벗어나 도시로 내려왔다. 퓨마는 샌프란시스코에서 세계 최고 인기 검색 엔진 기업의 통근버스에 올라탄 천진난만한 소프트웨어 엔지니어의 눈앞에 온전히 모습을 드러냈다. 농산물직판장 쓰레기통을 뒤지는 모습도 발견되었다. 여자는 퓨마가 자신의 영혼을 돌보는 동물인 양, 소름 끼치도록 소음이 없는 언니의 전기차를 졸졸 따라다니고 있는 모습을 분명 보았다고 장담하다 동료들의 가차 없는 조롱을 받았다. 여기저기 쏘다니는 녀석의 부단한 수고 덕분에 퓨마는 단독 SNS 계정을 갖게 되는 호사를 누렸고, 그곳엔 업계의 멋진 소식들이 올라온다. 퓨마가 난폭한 투자자들 사이를 돌아다니는 유치한 게임과 야생 고양이 간식을 위한 크라우드 펀딩 제안 같은 것들.

새벽에 일어나 베란다 데크를 확인하자 흡족하게도 파프리카는 사라지고 없었다. 사라졌다는 것은 정확한 표현이 아니다. 파프리카는 약탈을 당했고, 주정뱅이들의 결혼 파티처럼 냄비와 프라이팬이 뒤집어져 있고 쌀알이 흩어져 있었다. 용의자는 탐욕스러운 다람쥐나 너구리 떼일 수도 있음을 알면서도 여자는 자신의 짐작이 옳다고 느낀다. 그러니까 천천히 진입로를 빠져나가다가 이웃집 악당들이 치명적으로 조용한 언니의 전기차 트렁크에 몸으로 부딪혀오기 전까지는 말이다. 이웃집 아이들은 여자가 한 아이를 거의 치어죽일 뻔했던 때 이후로 여자에게 피의 원한을 품고 있다. 여자가 차를 몰고 그들의 집 앞 큰길로 접어든 순간 꼬마 하나가 스케이트보드를 타고 묘기를 선보이다 나동그라졌고, 차가 스케이트보드를 치고 지나가 박살 내며 아이는 후드 티 끈 하나 차이로 목숨을 건졌다. 이젠 여자가 지나갈 때마다 아이들이 고래고래 험한 욕설을 하고 물건을 집어던지는 상황이라 여자는 자신의 안전을 심히 염려한 나머지 마을 축제나 이웃집 바비큐 파티에 참석하지 않는다. 그래도 아이들이 여전히 물리적인 폭력을 저지르는 걸 보는 게 다행스럽다. 여자는 요즘 아이들이 사이버 폭력만 저지른다고 생각했었다.

지역 뉴스 채널 총격 사건에 대해서 사람들이 까맣게 잊어버릴 만큼 또 다른 총기 난사 사건이 벌어진다. 이번 총기

난사 사건의 동영상은 올라오진 않았지만, 총격범이 자신의 성욕을 풀어줄 여자가 없음을 개탄하며, 대학교 강의실에 걸어 들어가 출세에만 눈이 멀고 너무 잘나서 자기를 무시해 결국 같이 잘 여자도 없는 놈으로 만든 페미니스트들에게 총알을 퍼부어주겠노라고 떠들어대는 자신의 모습을 찍은 동영상을 올렸다. 셰이디 데이브는 이것을 자극적인 혐오 발언으로 분류하고, 해당 팀은 선정적인 동영상으로 분류해 삭제를 명한다. 인터넷에 떠도는 소문을 다루는 인기 칼럼니스트가 총격범의 온라인 소개팅 사이트 프로필 화면을 캡처해 올린다. 여자는 그 프로필에서 총격범이 전갈자리이며, 통계상 다른 남성들보다 더 보수적이고 섹스에 더 관심이 많다는 점, 그리고 꿰뚫어 보는 듯한 파란 눈이 그의 외모에서 가장 매력적이라는 평을 들었다는 점을 확인한다. 그의 프로필 마지막 문구는 "교도소로 나를 보러 와줄래요?"다. 총격범을 공공연하게 비판한 페미니스트들은 개인정보를 해킹당해, 얌전하게 굴지 않으면 최고 수컷들의 분노를 무릅쓰게 될 것이라는 경고와 함께 집 주소와 직장, 휴대폰 번호가 온라인 게시판마다 도배된다.

"#페미니스트를죽여라, 라는 해시태그가 실시간 검색어 1위예요." 누군가 말한다.

"페미니스트들에 대한 일부 혐오 발언은 너무 끔찍해서 얼굴이 붉어질 정도인데, 난 먹고살려고 사람들의 내장이 쏟아지는 광경을 지켜보고 있네요." 누군가 말한다.

셰이디 데이브가 어슬렁거리며 들어와 직원들에게 입을 다물든지, 아니면 자기 음낭을 핥아주든지 하라고 말한다.

"멍청이ASS 상황은 지금 어떻게 되고 있지?"

사무실에 있던 사람들은 어쩌라고, 하는 표정으로 그를 쳐다본다.

"아기예수토사물? 못된년? 누구 없어? 그놈의 멍청이 상황 좀 보고하라고!"

대문자로 적는 '나는 멍청이다I AM ASS'는 개인이 아니라 복수가 소속된 단체다. 멋진 닌자 이름 대신 스스로 '멍청이'라는 이름을 붙인 그들은 정보국을 위해 일하는 엘리트 해커 집단으로 러시아에 본거지를 두고 미국 내에서 온갖 혼돈의 씨앗을 뿌려 전반적인 골칫덩이를 야기하는 고도의 온라인 비밀 선전기구이며, 일명 허위정보 전투 부대, 혹은 괴물 농장으로 불린다. 멍청이는 무작위로 가짜 화면 캡처와 사진을 이용하거나, 뉴스 자료 영상을 무차별 스팸 메일로 발송하여 정치인이나 전직 리얼리티쇼 연예인 같은 속기 쉬운 여론 주도자들을 겨냥해 콜로라도주에서는 가스 폭발을 일으켰고, 매사추세츠주에서는 에볼라 바이러스 발생을 야기했으며, 미주리주에서는 진짜 경찰의 가혹행위로 인해 촉발된 폭력 경찰의 가혹행위 사건을 일으켰다. 또한 그들은 사용자명에 대한 특별한 제재 없이 글을 등록할 수 있는 곳이라면 언제 어디서든 게시판에 인종차별과 여성 혐오 발언, 말도 안 되는 헛소리를 떠들어댄다.

강간범을 만난 이후로 여자는 온라인 소개팅 사이트에 접속할 엄두가 나지 않았지만, 충격범의 프로필과 '나는 멍청이다' 덕분에 다른 때 같으면 생각도 못 했을 속임수가 떠오른다. 여자는 그 강간범에게 자신을 소개해주었던 소개팅 사이트에 들어가 예전 계정을 탈퇴하고 새로운 신분을 만들어낸다. 어떤 사람이 강간범의 환상을 자극할까? 똑똑하지만 잠재적인 경쟁 상대는 아니면서 매력적이되 위협적이지 않은 누군가일 것이다. 베이비오케이처럼 여자는 공개된 사진들을 훑어보며 훔쳐낼 인생을 검색한 뒤 스탠퍼드 대학교에 다니는 귀여운 2학년 여학생으로 결정한다. 사이트에 올려둘 가짜 프로필을 완성하자마자 여자는 강간범이 자신의 관심을 알아차리도록 '당신이 관심 있음을 상대방에게 알림'이라고 적힌 버튼을 클릭한다. 강간범은 '안녕.'이라고 답한다. 그러고는 이어서 멋지게 묻는다, 어떻게 지내요?

여자는 강간범을 너무도 잘 알고 있기에 계속 그의 관심을 끄는 건 어렵지 않다. 그가 가장 좋아하는 밴드는 킹크스이므로 여자는 그에게 자신이 가장 좋아하는 밴드가 킹크스라고 말한다. 그는 겨울을 좋아하고 여름을 싫어하며, 욕조 목욕을 좋아하고 샤워를 싫어하고, 양장본 책을 선호하고 문고판 책을 싫어한다. 그는 위스키와 개, 가죽 벨트, 에스컬레이터, 회중시계를 좋아한다. 테킬라와 고양이, 향수나 그 밖에 인공 향, 엘리베이터, 손목시계를 싫어한다. 강간범은 독특한 취향의 소유자로 인습 타파주의자다. 여자가 그의 취향을 거의 그대로 읊으며 호불호를 밝히자 그는 외동아들이라든가 끊임없이 놀림을 받았다든가 하는, 이미 여자가 알고 있는 사실들을 대답해준다. 그는 여자가 미처 모르고 있던 것들도 더러 이야기해준다. 그는 정신적으로 불안정한 중독자 어머니의 아들이어서 외조부모 밑에서 컸는데, 두 분을 엄마 아빠라고 부른다고 한다. 그가 아이를 원치 않는 것도 그 때문이다. 강간범은 지금 현재 곁에 있는 사람들에게 잘하려고 노력하는 것이 낫다고 믿는다.

둘의 대화는 과거 여자가 자기 자신이었을 때 주고받았던 대화보다 훨씬 더 친밀한 느낌이다. 분개한 여자는 그가 알아차리는지 보려고 진짜 정보들을 소개하기 시작한다. 친어머니가 전이된 유방암으로 세상을 떠난 뒤 여자는 학교를 중퇴했고, 현재는 언니 집을 무단 점유한 채 세계 최고 인기 검색 엔진 기업에서 콘텐츠 관리 일을 하고 있다. 아버지는 재혼해 플로리다로 이주했는데, 여자가 아버지의 소식을 듣는 건 주로 그의 새 부인이 우스꽝스러운 디자인의 십자수 작품을 파는 공예품 가게에서 전해주는 이메일 덕분이다. 보내준 쿠션 한 개에는 실버타운 골프장에서 네 사람이 각기 캐디들을 거느리고 골프채를 만지작거리는 그림 위에 필기체로 '난 차라리 골프를 치겠어!'라는 글귀가 수 놓여 있다. 다른 쿠션에는 식인종 둘이 인간의 잘린 팔다리를 토핑으로 얹은 피자를 먹고 있는 모습이 묘사되어 있고 위쪽에 '고기 애호가들의 피자'라고 적혀 있다. 강간범은 둘이 언제 만날meet 수 있겠는지 묻는다. 그러나 둘이 여자의 계모 작품 속 식인종들이었다면 두 사람이 언제 육식meat을 할 수 있겠느냐고 물었을 것이라고 그가 익살을 부린다.

거듭된 속임으로 난처해진 여자는 며칠간 답신을 하지 않는다. 여자의 길어진 침묵에 대하여 강간범은 외로운 물음표 하나만 보낸다. 거짓 프로필을 지워버리려는 결심을 하려던 찰나, 악마적인 우연의 일종인지 고함을 질러대는 여자의 화면에 매디슨이 나타난다. 그 동영상에 매디슨이라는 별명이 붙은 건 스캔들이 발생한 곳이 위스콘신주 매디슨이었기 때문인데, 익명의 대상들 역시 매디슨으로 불리게 되었다. 매디슨은 여성의 이름이다. 실제로 그 여성의 이름이 매디슨일지도 모르겠다. 매디슨이라는 동영상은 파티에서 만취해 정신을 잃은 여성의 성기에 미식축구 선수들이 차례로 손가락을 집어넣으며 그 여성이 완전히 강간당한 것이라는 농담을 주고받는 내용이다. 매디슨시의 판사는 매디슨이라는 그 여성이 강제 성폭행을 당한 것으로 보고 미식축구 선수들에게 디지털 강간 혐의로 실형을 선고했다. 어쩌면 못된년은 그들이 감옥에서 출소했을 때 검색 결과에서 끊임없이 언급되지 않도록 도움을 줄 수도 있을 것이다. 매디슨 스캔들이 아무리 오래된 검색 역사를 갖고 있더라도 그걸 보는 여자의 분노는 변함없이 생생하다. 지난번에 마지막으로 매디슨을 맞닥뜨렸을 때 여자는 심신이 불편해진 상태로 집에 가야 했다.

못된년 아이디를 쓰는 남자 직원은 마치 누군가의 인격을 구하는 데 자신의 도움이 필요할지 모른다는 사실을 초자연적으로 감지한 것처럼 여자의 등 뒤로 나타나 커피를 홀짝이며 무심히 매디슨을 흘끔거린다.

“매디슨이 아직도 활발히 돌아다니고 있다니 놀랍군.” 그가 말한다.

여자는 비명을 질러대는 컴퓨터 화면의 규정 침해 항목으로 매디슨 동영상을 옮긴다.

“혹시라도 내가 결혼을 해서 내 여자가 자식을 낳게 된다면 맹세컨대 난 애들을 아미시 교인으로 키울 거예요.” 여자의 등 뒤에 붙어 서서 꿈쩍도 하지 않고 영상을 훔쳐보는 주제에 그는 단순히 아내를 위함일 뿐만 아니라 가족 전체를 위함이라고 떠벌인다. “저 여자가 자기 딸이라면 어떨지 상상이 가요? 절대로 인터넷으로 내 딸의 질을 들여다보면서, 딸아이 질은 해킹으로 유출된 연예인의 보정 안 한 질만큼 매력적이진 않구나, 라고 속으로 생각하는 처지가 되고 싶진 않아요.”

“진짜 조심해야 해요.” 아기예수토사물이 대꾸한다. “인터넷은 영원하거든요.”

“우리가 죽어서 땅속에서 썩어가고 있거나 화장을 해서 재로 변한 뒤에도 우리 질은 여전히 모든 사람이 볼 수 있는 서버 어딘가에 남아 있을 거예요.” 못된년이 말한다.

비명을 질러대는 스크린 앞에서 너무 오랜 시간을 보내고 나면 가끔 여자는 유사 죽음을 체험한 사람들이나 강간 같은 범죄 희생자들의 증언처럼, 결국 끝날 것을 알지만 끝날 때까지 억지로 기다려야 하는 상황에서 자기 몸 위에서 빠져나와 둥둥 떠오르는 기분을 느낀다. 여자는 그렇게 똑같이 둥둥 떠 있는 기분 속에서 소개팅 사이트에 로그인해 강간범에게 답을 남긴다. 솔직히 여자는 데이트할 준비가 되었는지 모르겠다. 불과 얼마 전에 여자는 이 사이트에서 누군가를 만났다. 몇 번 데이트한 뒤 남자는 여자에게 자기 집으로 오라고 청했다. 그 남자에게 관심은 있었지만 그렇게 빨리 섹스를 하는 데는 관심이 없었다. 싫다고 말하자 그는 여자의 부탁을 존중해 주었지만 두 번째 거절은 받아들이지 않았다. 강간범은 한 손으로 여자의 양손을 결박한 채 별 어려움 없이 옷을 벗기더니 이내 여자의 레이스 팬티를 찢어버렸다. 여자는 빈티지 송아지가죽 스커트에 꽃무늬가 프린트된 실크 블라우스를 입고 있었다. 갖고 있는 옷 중에 가장 값비싼 의상인데 이제 더는 그 옷을 걸칠 수조차 없다. 놈에게 강간을 당한 후 그곳을 빠져나오려는데 강간범이 뭔가 빠뜨리고 간 게 있다고 말하며 찢어진 속옷을 여자의 얼굴에 던졌다. 결론적으로 여자는 묻고 싶다. 당신은 나를 기억하는가?

보내기 버튼을 클릭한 후 초조해진 여자는 무언가 일이 벌어지기를 기다리며 자신의 메시지를 응시하는 동안 과연 이 가짜 프로필과 메시지 왕래 작전으로 얻고 싶은 것이 무엇인가 결론을 내려 한다. 놈이 강간범임을 인정하기를 원했던가? 사과? 사랑 고백? 놈이 스스로 목숨을 끊겠다고 하는 것? 여자가 얻는 것은 아무것도 없다. 강간범의 유령들. 못된 말이라도 응답을 바라는 여자의 욕구는 점점 급박해질 뿐 줄어들지는 않는다. 여자는 강간범을 더 집요하게 온라인과 현실에서 따라다닌다. 강간범이 남긴 모든 디지털 단서를 재독한 뒤, 재독한 내용을 다시 또 읽는다. 점심을 먹고 음료를 마시고 사교활동을 하는 그를 지켜본다. 그가 다음번 자선 트라이애슬론 경기를 위해 기차를 타고, 여자도 사고 싶지만 살 수는 없는 선명한 빛깔의 새 커튼을 구입하고, 커튼에 어울리는 맞춤 가리개를 들여놓고, 개를 산책시키고, 재활용품을 내놓고, 소속된 사회에 잘 적응한 귀중한 구성원으로 살아가는 모습을 지켜본다. 강간범의 아파트 문을 두들겨 놈이 문을 열고 나오면 대뜸 "안녕, 당신은 나를 강간했어."라고 말하는 대면의 순간은 여자의 환상이다.

강간범에 대한 끈질긴 감시에서 유일하게 긍정적인 부분은 그가 그 도시에서 가장 유행에 앞서가는 기득권층에 속한 동료들과 어울리고 있음에도 섹스 상대도 없이 맥 빠지게 지내고 있다는 것이어서 그 사실은 여자로서도 크게 기뻐할 부분이지만, 좋은 일은 나쁜 일과 마찬가지로 언젠가는 끝나게 마련이고 여자로선 나쁜 일이 언제 끝나게 될지 확실히 알 길이 없다. 적어도 여자에겐 그렇다. 강간범이 유별나게 흥분한 발걸음으로 아파트를 나서더니 머잖아 누군가를 자기 집으로 데려오는 광경을 여자는 지켜본다. 그의 집 전등이 꺼지는 걸 본 여자는 너무 화가 나서 제자리에 가만히 있을 수가 없었지만, 그렇다고 무슨 일이 벌어지고 있는지 생각해볼 수도 없다. 여자가 당한 강간 이후에 벌어지는 강간은 여자의 잘못이다. 여자가 너무 어리석게 굴지 않았다면, 면봉으로 흔적을 채취하고, 빗을 사용해 강간범이 남긴 체모를 확인하고, 사진을 찍고 서류를 작성해 자신이 당한 강간의 증거를 남겨두어 테스트가 필요한 성폭력 확인 용품과 함께 언제 누가 되었을지 모를 순간이 올 때까지 보관해두었더라면, 그 이후 이어지는 이런 강간을 멈출 수도 있었을 것이다.

언니 침대에서 잠을 이루지 못하고 이리저리 뒤척거리는 동안 죄책감은 거의 물리적인 무게처럼, 강간범이 여자의 몸을 짓누르는 것처럼 느껴진다. 해도 뜨지 않았는데 여자는 또다시 강간범의 건물 앞에 서서, 진지하게 달리기에 심취한 타입의 사람들이 하나라도 나타나 열린 문으로 슬며시 들어갈 수 있을 때까지 기다린다. 강간범의 아파트 문을 막 두들기려는 참인데 막상 그가 문을 열러 나오지 않는다면 어쩌지? 놈이 지금 막 그 짓을 하던 중이라면? 성관계가 상호 합의에 의한 것이라면? 강간범의 개가 여자를 문다면? 그간의 조사 결과 스페어키는 문 앞에 놓인 도어매트에 테이프로 붙여져 있다. 물론 강간범이 열쇠를 거기 붙여둔 건 누군가 자신을 공격할 거란 염려를 할 필요가 전혀 없다고 느끼기 때문이다. 어쩌면 복수 삼아 그의 물건을 훔치거나 살림을 망가뜨리는 것이 나을지도 모른다. 지금 이렇게 망설이는 순간은 여자의 굳은 결심을 흩어버리기에 충분하다. 노크를 하는 대신 여자는 문에 머리를 기댄 채 울고 또 운다. 여자의 살갗이 나무 표면에 당자, 그녀는 그 온기를 확신할 수 있었다.

세계 최고 인기 검색 엔진 기업의 콘텐츠 관리부서는 이직률이 항상 높다. 비록 누군가 신경쇠약에 걸리거나, 도처에 만연한 구역질 나는 불의에 대해서 열변을 토하며 극적인 퇴사를 단행한 뒤 단 1초도 더는 이 구린내 나는 기업의 악랄한 흔적을 깨끗하게 삭제하느라 자리에 엉덩이를 붙이고 있진 않겠다고 선언하면 약간 소란이 이는 경향이 있기는 하지만 말이다(누군가 믿어지지 않을 정도로 분노의 폭언을 담은 편지를 최고경영자에게 보내는 방법을 선택해 그게 입소문이 난 적도 있다). 최근 사내엔 그들의 일자리가 마닐라로 이전된다는 소문이 돌고 있다. 실리콘밸리에선 일주일 치 브런치 값과 요가 수강료로도 모자라는 봉급의 지극히 일부분만으로도 다섯 식구 한 가족이 먹을 식료품을 살 수 있는 곳이라나. 아기예수토사물과 못된년은 누가 마지막까지 버틸 닌자가 될지 내기를 한다. "그쪽은 말이죠." 그들이 여자에게 말한다. "우린 그쪽이 일주일도 못 버틸 거라고 예상해요."

셰이디 데이브는 그들의 일자리가 해외 온라인 노동착취 공장으로 이전된다는 소문에 맞서느라 상황 보고 회의를 주재한다. 그렇다, 인원 삭감이 결정되기는 했지만, 그렇다고 해서 당장 그들이 이력서를 고쳐 쓰거나 스스로 몸을 낮춰 경쟁업체에 지원해야 한다는 의미는 아니다. 경영진에서는 극단적인 방법을 채택하기보다는 측은지심을 발휘하여, 1과

0으로 구성된 나무[컴퓨터 언어인 이진법에 대한 은유. —옮긴이]에서 죽은 가지가 저절로 떨어져 나가듯이 각 부서가 축소되다 사라질 때까지 두고 볼 예정이다. 어느 정도 사실인지는 모르겠으나 그는 타깃 광고팀으로 옮겨갈 예정이다. 거긴 "귀하는 이 항문 윤할제에 관심이 있으시군요. 항문 윤활제를 구입한 고객님들은 이런 콤부차도 구입하셨답니다."라는 식으로 일하는 곳이다. 게다가 그리 멀지 않은 미래의 어느 시점이 되면 이런 일자리는 그들뿐만 아니라 필리핀인들에게도 존재하지 않게 될 것이다. 알고리즘은 인간이 저지르는 최악의 상황까지도 스스로 감독할 만큼 충분히 진화할 테니까.

너무 길군. 여자는 귀담아 듣지 않았다. 솔직히 지금 당장이라도 그들 중 누군가 총기난사 사건을 벌여 각자 비명을 지르고 있는 팀 전체의 스크린을 자신들의 모습으로 채울 수도 있는 상황이었다. 강간범이 연애 중이라는 사실을 여자가 알게 되었다고 해서 왜 신경을 써야 하지? 상황 보고 회의 직전, 강간범은 모든 SNS의 프로필과 상태 메시지를 수정했다. 소개팅 사이트에 로그인을 해보니 그의 계정이 사라졌고, 여자는 그제야 깨달았다. 놈이 메시지에 답을 하지 않은 이유는 죄책감이라든지, 강간을 인정하는 경우 여자가 고소를 할 것이라는 두려움이라든지, 혹은 살을 파먹는 박테리아에 감염되어 죽어간다든지 하는, 놈을 대신해 여자가 떠올렸던 여러 가지 다른 핑계 때문이 아니었다. 강간범이 굳이 답장을 하지 않은 건 여자 친구가 생겼기 때문이었다. 강간범의 여자 친구는 그의 포스팅마다 하트를 쏟아부으며, 다음과 같은 댓글로 그런 직감을 확인해준다. 인터넷에 올리기 전까지는 진짜가 아니라고 하더군요. 우리 사귀어요!

강간범의 여자 친구는 매력적이다. 강간범의 여자 친구는 아마도 강간범이 또 다른 여자를 강간하고 있다고 생각했던 날 밤 비명을 질렀던 여자일 것이다. 강간범의 여자 친구는 쌍방향 통신을 연구 중이고 최첨단 앱으로 박사 학위를 받았다. 강간범의 여자 친구가 개발한 앱의 제목은 텐더 버튼스 Tender Buttons이고, 그 앱은 어플을 다운로드한 사람이 GPS를 통해 지정된 또 다른 다운로드 사용자와 함께 지시된 절차를 진행하도록 이끈다. 강간범의 여자 친구가 만든 앱으로 내릴 수 있는 지시 사항의 예를 든다면 이런 것이다. "필을 찾아서 그 사람에게 소중한 사람이라고 말하시오." "낸시와 함께 골든게이트 공원에서 물구나무서기를 하시오."라든지, 특이하게 자극적인 문구로 "게리와 승마용 채찍을 번갈아 사용하여 길가에 폐기된 소파를 때리시오."도 가능하다. 강간범의 여자 친구가 운영하는 웹사이트에는 앱의 기원에 관하여 극단적으로 긴 설명이 올라와 있다.

텐더 버튼스는 누구든 앱을 활용하여 다른 사람에게 사소한 일이나 '임무'를 완수하도록 시켰던 태스크래빗 TaskRabbit과 '죽은 토끼에게 그림 설명하는 법'이라는 요셉 보이스 Joseph Beuys의 전설적인 행위예술 공연을 접목하여 탄생된 가상 사생아 격인 앱이다. 우리에겐 집까지 고급 요리를 배달시키는 앱도 있고, 섹스를 위해 참신한 성기를 찾아주는 앱도 있으며, 투자를 최대로 늘려주는 앱, 허리 사이즈를 최소로 줄여주는 앱, 미화된 삶의 모습을 담은 사진을 올려 지인들보다 우월하게 만들어주는 앱도 있지만, 실제로 보상에 대한 희망 없이 무작위로 만남을 가능하게 해주는 앱은 없다. 이 앱은 순전히 외로움 문제를 해결하기 위하여 시장에 선보이는 유일한 앱이다. 강간범은 첨단기술을 이용하여 사람들이 포옹을 더 많이 누릴 수 있도록 하려는 섹시한 프로그래머 예술가와 사랑에 빠져 있는데, 여자는 언니의 아기가 쏟은 오물이 묻어 있는 소파에서 여전히 강간범에게 집착해 스트레스성 폭식을 이어가며 상당히 멋진 앱이라고 생각한다.

여자는 강간범이 왜 자신을 성폭행했는지, 그리고 짐작건대 강간범의 여자 친구는 왜 성폭행을 당하지 않았는지 이유를 깨닫는다. 강간범의 여자 친구는 쿨해서 성폭행 이전에 성관계를 하지만 여자는 평범하고 쿨하지 못하다. 강간범의 여자 친구와 여자는 강간범을 공통점으로 두지 않았고 혹시 파티나 우연한 모임에서 만났더라면 친구가 되었을 가능성도 있다. 하지만 어차피 상관없다고 여자는 생각한다. 더는 친구 사귀는 기술을 갖고 있지도 못하고, 예를 들어 킹크스 같은, 여자가 좋아하는 것들은 강간범을 감시하면서 알게 된 취향이어서 누군가 싫은 인간이 가끔은 멋진 취향을 가졌다는 사실이 혐오스럽다. 강간범은 취향도 형편없어야 마땅하다. 여자는 자기 혼자 정했더라면 무엇을 좋아했을지, 심지어이 '좋아요'의 시대에 무엇을 '좋아요' 해야 하는지 알지 못한다. 성폭행당한 적이 없다면, 여자는 어떤 사람이 되었을까? 성폭행 이전에 여자는 예술사를 공부했다. 제니 홀저와 야스마사 모리무라를 좋아했다. 방에서 스케치를 하거나 자기 자신에 대해서만 생각하며 몇 시간씩 보낼 수도 있었다. 성적과 일자리, 색채 이론, 박물관, 하루에 걸은 걸음 수 같은 것들에 관심이 있었다. 그러나 그랬던 여자의 모습은 사기꾼 같다.

"좋아요" 항목에 관해서 언급해보자면, 《샌프란시스코 크로니클》지에 강간범과 강간범의 여자 친구를 둘 다 인용한 기사가 실리고 두 사람이 보란 듯이 그 기사를 공유해 좋아요를 누르자, 두 계정 모두 인기가 폭발한다. 기사의 내용은 이러하다. "미션 디스트릭트는 이 도시에서 가장 오래된 지역으로, 스페인인들의 정복 이전엔 원주민 올론족의 터전이었다가 이후 전 세계에서 온 이민자들의 정착지가 되었는데 특히 이탈리아인과 독일인, 아일랜드인, 라틴아메리카인들의 구역이다. 그러나 최근 들어 상황이 달라져 용감한 정착민들의 새로운 세대가 도래하였으니, 즉 인상적인 학벌과 스타트업 자본으로 무장한 최첨단 기술 엘리트들이다. 특권을 누리며 지역의 상승세를 이끌고 있는 이들 신세대 주민들 덕분에 임대료가 올라가면서, 부동산 개발업자들은 종종 윤리적으로 의심스러운 방법을 동원하여 불법 퇴거명령을 내리거나 은밀하게 건물을 매입하여 장기 세입자들을 강제로 몰아내고 있다. 평생 쌓아온 추억이 간직된 지역을 고수하려는 그들의 몸부림은 연민이 뒤섞인 잡다한 감정에 맞닥뜨리는 경우가 잦다." 강간범과 강간범의 여자 친구가 기사에 등장하는 대목은 바로 이 지점이다. "IT전문가들은 아메리칸드림에서 렘수면 사이클의 가장 최신 단계입니다."라고 강간범은 영리하게 주장한다.

"우리는 이 사람들의 삶을 더 좋은 쪽으로 향상시키고 있습니다."라는 그의 주장은, 강간범이 여성을 의미하는 '아가씨들'이라는 단어를 사용한 방식과 유사하게 모욕으로 읽힌다. "제 친구 하나는 굶주림과 음식물 쓰레기를 동시에 해결하는 앱을 발명했습니다. 지금까지 그 친구의 앱은 하마터면 버려졌을 오십만 끼니 이상의 음식을 분배했죠." 물론 기사에서 그를 강간범이라고 지칭하지는 않지만, 강간범은 미션 디스트릭트 한 가운데인 폴섬가의 리모델링된 고급 아파트에서 자칭 동거 중인 여자 친구와 함께 살고 있다고 기사는 밝힌다. 두 사람은 콘서트에 갔다가 밤늦게 귀가하다 그들이 살고 있는 건물 외벽에 스프레이 페인트로 '일자리 창조자JOB CREATORS'라고 적힌 그라피티를 발견했다. "저는 오래된 건물 벽을 새로 입히는 방식을 선호합니다." 강간범의 여자 친구가 영리하게 불쑥 끼어든다. 그들은 참으로 영리하다. 강간범의 여자 친구는 강간범과 강간범의 여자 친구가 환하게 웃으며 '일자리 창조자' 글귀를 가리키는 셀카 사진을 올린다. 강간범은 그리 마음에 들어 하지 않을지 몰라도 강간범의 여자 친구는 셀카 사진을 전적으로 신봉하는 인물이다. 여자는 그 건물 앞으로 지나며 히스패닉 남성이 건물 전면에 그려진 그라피티를 지우고 있는 광경을 본다.

강간범과 강간범 여자 친구는 기념일을 맞아 멕시코식 타코 트럭과 일본식 길거리 음식에 대한 오마주로 고급 음식점 콘셉트를 잡은 '동양과 서양의 만남'이라는 곳에서 축하 파티 겸 외식을 계획한다. 사랑에 빠지면 시간이 얼마나 쏜살같이 지나가는지, 둘이 꼭 붙어 지낸 지 벌써 6개월이다! 여자는 일찌감치, 사실은 가게 오픈 시간에 맞춰 도착해 훔쳐보기에 최적인 자리를 차지한다. 강간범과 강간범의 여자 친구가 예약 시간인 8시에 왈츠를 추듯 우아하게 나타났을 때쯤 여자는 이미 알딸딸한 상태다. 샴페인을 한 병 주문하는 것으로 둘만의 파티를 시작하지만, 술은 거의 건드리지도 않은 채 테이블 아래에서 무릎을 맞대고 앉아 강간범의 여자 친구는 손을 뻗어 강간범의 허벅지 안쪽을 쓰다듬고 강간범은 여자 친구의 손끝을 애무하는 데만 집중한다. 강간범과 강간범의 여자 친구는 행복에 취해 있고 여자는 보드카에 취했다. 초밥처럼 말아놓은 타코와 타코처럼 펼쳐진 초밥이 놓인 이동식 조리대는 마치 카니발 축제를 문화적으로 전용하여 초미니 무대를 꾸며놓은 듯 다채롭고 요란한 모습으로 등장하여 구불구불 테이블 사이로 행진해 의기양양한 강간범과 강간범 여자 친구의 식도로 들어간다.

강간범이 혀를 쏙 내밀어 입술에 남은 음식의 뒷맛을 핥은 뒤 꿀꺽 삼키느라 목울대가 솟아올랐다 내려앉는 모습에 정신이 팔린 여자는 문득 궁금해진다. 강간범의 여자 친구가 고가의 한입 크기 요리와 샴페인을 아무 생각 없이 맛보는 대신에 기념일 특별식으로 강간범을 잡아먹는다면 어떨까? 그러면 강간범의 여자 친구는 참치 회의 특별 부위라도 된다는 듯이 무료로 제공된 전채 요리로 강간범의 목울대를 한입에 날름 먹어 치우는 것으로 정찬 코스를 시작할 것이다. 다음 코스는 살짝 조린 혀를 세 점 올린 타코. 메인 요리를 준비하느라 강간범의 여자 친구는 강간범의 음낭을 잡아 퍽 소리가 날 때까지 꽉 누른다! 테니스공이 터지는 소리와 똑같은 소리를 내며 강간범의 음낭이 통통 튀기며 바닥을 굴러간다. 종업원은 푸짐한 국물에 라면과 강간범의 고환을 끓이기 위해 음낭을 쫓아 이리저리 뛰어다닐 것이다. 주요리는 요리용 바나나인 플랜틴처럼 십자로 칼집을 낸 뒤에 살짝 튀겨 입안에서 살살 녹도록 연유에 푹 절인 강간범의 페니스 디저트다.

건배! 앞으로 보내게 될 놀라운 6개월을 위하여! 강간범과 강간범의 여자 친구는 열정적인 키스를 나눈다. 둘의 키스 때문인지, 아니면 보드카 탓인지, 아니면 의붓어머니가 보내준 쿠션에 새겨진 인물처럼 강간범의 여자 친구가 놈을 잡아먹는 상상을 한 때문인지, 아니면 이 세 가지 이유가 복합적으로 작용한 것인지 짐작은 불가능하지만 구역질이 파도처럼 연이어 여자를 위협한다. 여자는 일본식 정원에 옮겨놓은 요란한 킨세아녜라 quinceañera[만 15세를 기념하는 라틴계 성년 축제. —

옮긴이] 세트장 같은 화장실 변기에 대고 헛구역질을 한다. 공허함 그 자체로 속이 비어 토할 수도 없어서 완전 기진맥진한 상태로 여자가 화장실 칸에서 나오자, 강간범의 여자 친구가 세면대에 기대서서 화장을 고치고 있다. 여자가 수상쩍게 여겨질 정도로 그 자리에 서서 상대를 너무 오래 빤히 쳐다본 게 틀림없다. 강간범의 여자 친구가 거울 속으로 여자와 시선을 마주치고는, 이봐요 소름 끼치는 구경꾼 아가씨 셀카나 찍어요, 그게 더 오래갈걸, 이라고 말하는 듯 눈썹을 들어 올렸기 때문이다. 여자는 떨어지지 않는 발을 비칠비칠 옮겨 강간범의 여자 친구 옆쪽 세면대에서 손을 씻으며 성대를 쥐어짜 목소리를 낸다.

"멋있으시네요." 여자가 말한다.

"고마워요." 강간범의 여자 친구가 대꾸한다.

"특별한 날인가 보죠?"

"기념일이에요."

"운이 좋은 남자분이네요."

"운 좋은 사람은 나예요."

강간범의 여자 친구는 자기가 강간범과 사귀고 있다는 사실을 알지 못한다. 여자가 뭐라고 얘기를 해줘야 할까? 강간범이 아직은 여자 친구를 강간하지 않았을지도 모르지만, 앞으로 그러지 않으리라는 보장은 없다. 뭔가 일을 당하게 된다면 적어도 지금 나눈 대화를 떠올리고 부디 자신을 너무 많이 탓하지는 않기를 바랄 뿐이다.

“너무 스토커처럼 굴고 싶진 않지만, 텐더 버튼스 앱 개발하신 분 맞죠?”

여자는 스토커처럼 행동하고 있지만 강간범의 여자 친구는 그 사실을 모른다.

“우와, 텐더 버튼스를 아시네요. 개발자 맞아요!”

강간범의 여자 친구의 자부심이 이미 거대한 그린치[동화작가 닥터 수스의 작품에 등장하는 캐릭터로 심장이 작아서 크리스마스를 싫어한다고 전해짐. —옮긴이]의 심장처럼 세 배쯤 부풀어 오르는 것 같다.

“축하드려요.”

“앱은 마음에 드세요?”

“어떻게 말씀드려야 할지 잘 모르겠는데, 그 앱으로 만난 사람한테 강간당했어요.”

방귀를 뀌어놓고 반려견 탓을 하는 것처럼, 아마도 강간범 역시 익숙해 있을 상황과 강간 사건을 강간범의 여자 친구가 만든 앱 탓으로 돌리며 여자도 기분이 좋지는 않지만, 진실에는 의문의 여지가 없다. 강간범의 여자 친구는 여자의 말을 믿지 않을 것이다. 아니, 믿더라도 여자의 행동에 너무 언짢아진 나머지 믿지 않으려 들 것이다.

“댁한테 벌어진 일은 유감이에요.”

강간범의 여자 친구는 씁쓸한 표정으로 눈썹을 축 늘어뜨리며 자매애를 드러낸다. 위로하듯 여자의 양손을 지그시 잡아준다.

"댁이 만든 앱이 사악한 목적으로 사용될지도 모른다는 건 걱정되지 않으세요?"

"개발 초기 단계에선 그 점을 많이 걱정했어요. 현실적으로 소개팅 앱 같은 모든 앱은 타인을, 특히 여성들을 교묘히 이용하거나 상처를 줄 수 있어요. 그래도 인간관계를 돈독하게 만드는 시도를 하는 편이 안 하는 것보다는 낫지 않을까, 라고 생각했어요."

여자는 강간범의 여자 친구의 눈빛에 담긴 끝 모를 참회와 회한과 연민을 빤히 응시한다. 진지한 마음이란 걸 여자는 알 수 있다. 강간범의 여자 친구는 자신과 강간범이 세상을 더 나은 곳으로 만들고 있다고 진심으로 믿는다.

"저는 다른 사람들과 연결될 도구가 왜 더 필요한지 모르겠어요. 때로는 우리가 이미 알고 있는 사람들도 잘 모르잖아요. 당신이 사귀는 그 남자가, 당신이 운 좋게 사랑에 빠졌다고 생각하게 만드는 바로 그 남자가 알고 보니 강간범일 수도 있죠."

깜짝 놀란 강간범의 여자 친구가 여자의 손을 놓는다.

"댁이 받은 고통이 크다는 건 알겠는데 그 사람은 절대 그런 짓을 할 사람이 아니에요."

"그 사람이 바로 나를 강간한 장본인이라면요?"

"내 사생활은 당신과 상관없는 일이고, 화장존[john은 속어로 화장실을 뜻함. ―옮긴이]에서 이런 괴롭힘을 당하기 싫군요."

"전 인간관계를 돈독하게 만들려는 거예요!"

그 말은 잘 먹혔다. 나중에 생각해보니, 강간범의 여자 친구가 별명처럼 부른 화장존은 겉으로 보기에 대수롭지 않아 보이는 대결을 펼치기엔 최적의 장소가 아니었다. 강간범의 여자 친구가 강간범에게 여자의 존재를 알리는 위험을 원치 않는다면, 강간범의 여자 친구가 계산을 하고 나가 다른 곳에서 기념일을 자축하기를 기다려야 할 상황이기 때문이다. 화장실에서 시간을 보내며 여자는 인간에게도 화면 뷰어에 소스를 입력하는 기능이 있으면 좋겠다고 얼마나 바랐는지 모른다. 괄호 사이에 "이 사람은 강간범입니다"라는 글귀를 적어 넣고 적절한 때에 강간범의 여자 친구에게 보여주도록 소스를 심어놓는 것이다. 여자에겐 연옥에서 보내는 것과 같은 괴로운 시간이 흐른 뒤 마침내 제자리로 돌아가자, 강간범과 강간범의 여자 친구는 처음 여자가 자리를 떴을 때 봤던 그대로 앉아 있다. 강간범의 여자 친구가 강간범에게 무언가 속삭이고 강간범이 여자를 쳐다보고는 일본식 정원에 마련된 킨세아녜라 세트장의 과자 단지에 갇힌 만화 주인공처럼 소스라치게 놀라는 표정을 짓지만 금세 평온을 되찾는다. 미친 여자라고 그는 말한다, 틀림없이 놈은 그렇게 말할 것이다. 둘이 데이트했었고 꽤 친해졌는데, 놈은 분명 친해졌다고 표현할 것이 틀림없다, 그러다 놈이 여자한테 관심이 시들해지자 여자가 미국 국가안전보장국NSA처럼 인터넷에서 남자를 추적하기 시작했고, 그의 모든 인터넷 계정의 클릭 수 절반은 여자의 IP 주소로 확인되고 있으며, 여자는 그에게 말을 걸기 위하여 소개팅 웹사이트에 거짓 프로필을 올려놓았을뿐더러, 그로선 여자가 설마 미친 정체를 직접 드러낼 거라 생각하진 않았지만 지금 그들이 여기 와 있는 곳까지 여자가 따라온 건 우연이 아니라고.

여자는 콘셉트 레스토랑에서 재빨리 달아난다. 강간범의 거짓말에 보인 여자의 반응은 제대로 식대를 정산하거나 신용카드를 돌려받지도 못한 채로 부리나케 그 현장을 벗어나는 것뿐이고, 세계 최고 인기 검색 엔진 기업에서 출시한 자율주행 자동차라도 된다는 듯 미션 디스트릭트의 도로를 요리조리 체계적으로, 한번은 서쪽으로, 다음번 사거리에선 동쪽으로 방향을 꺾어 빠져나간다. 달리다 보니, 눈썰미가 있는 사람이라면 '일자리 창조자들'이라고 적힌 그라피티의 형체를 여전히 알아볼 수도 있는 어느 아파트 건물 앞이고, 여자는 엘리베이터에 올라 강간범의 아파트 앞 발 매트 밑에서 열쇠를 빼내는 자신을 발견한다. 발 매트엔 웰컴이라는 글귀가 적혀 있지만 거긴 확실히 여자가 환영받을 곳이 아니다. 여자는 완전히 나체로 이 모든 모험담이 시작된 강간범의 침대 속으로 기어든다. 강간범의 개가 침대로 뛰어올라 여자의 얼굴을 핥는다. 강간범의 개가 여자의 배에 자리를 잡고 몸을 누이자 포유동물이 전하는 위안이 너무도 감미롭다. 과연 언제였는지 기억도 나지 않을 정도로 이런 애정을 느껴본 적이 없었던 여자는 잠이 든다.

"이 도시의 노숙자 현황은 역겨울 정도야. 노숙자가 되는 걸 불법으로 만드는 법을 만들었으면 좋겠어." 두 사람이 강간범의 강간현장으로 들어오며, 강간범의 여자 친구가 불평하는 소리를 들은 여자가 잠에서 깨어난다. 그렇다, 강간범의 여자 친구는 끔찍한 존재이고, 그 사실에 여자의 기분이 조금 나아지기는 하지만 이내 자신의 곤란한 상황에 당황한다. 목숨이 걸린 일인 것처럼 여자가 재빨리 옷을 입는 사이, 강간범의 여자 친구가 "당신이 누군지 다 알아!"라고 소리치더니 권총집에서 총을 빼듯 가방에서 휴대폰을 꺼내 녹화를 시작한다. 반면에 강간범 본인은 막 산에서 내려온 퓨마를 맞닥뜨린 사람처럼 뒷걸음질을 친다. 강간범의 여자 친구에게 자신의 사연을 들려주지 않은 것은 여자의 실수였다. 이제 강간범은 서사를 제 맘대로 꾸며댈 것이다. 용기를 끌어모아 "이 강간범!"이라며 가해자를 비난할 만한 유일한 기회는 지금 이 순간뿐이다. 그러나 그러는 대신에 여자는 수치심에 사로잡혀 또 한 번 그곳을 주춤거리며 빠져나가고, 이곳을 찾는 건 이것이 마지막일 것이다. 그러나 집을 벗어나기 전 강간범의 여자 친구가 여자에게 하는 협박이 들려온다.

"똑똑히 기억해요, 이거 경찰에 보여줄 수도 있어요. 아니, 내 마음대로 어디든 이 동영상 올려버릴 수도 있다고요."

마운틴뷰 퓨마의 출현은 여자를 제외한 모든 사람들의 뇌리에서 잊혔다. 눈에 띄는 일 없이 몇 주일이 지나자 다른 고양이들의 밈이 인터넷 대중의 마음을 대신 사로잡았다. 여자의 감으로 볼 때 마운틴뷰 퓨마는 암컷이다. 그 암컷 퓨마는 덫에 잡혀 어딘가 먼 곳에서 방사되었을 것이다. 아니면 누군가의 사유지에서 어슬렁거리다 총에 맞았을지도 모른다. 혹은 누군가 독을 묻힌 고기로 퓨마의 내장부터 썩어가게 만들었을 수도 있지만, 마운틴뷰 퓨마가 살아 있다는 걸 여자는 느낀다. 여자가 알몸으로 당황스러워하는 모습을 강간범의 여자 친구가 찍은, 폭소를 자아낼 만큼 우스꽝스럽고도 수치스러운 동영상이 언제라도 참혹한 장면으로 점철된 사무실 스크린에 나타나는 걸 기다리느라 평소의 공포심은 깡그리 잊고 지내며 여자는 세계 최고 인기 검색 엔진에 왜 우리는 선한 모든 것들을 파괴할까요? 라고 타이핑한다. 집단 지성의 힘으로 질문에 대한 해답을 올려주는 사이트에서 누군가 답을 올려두었다. 우리가 갓 내린 새하얀 눈밭을 어지럽히고 싶어 하는 이유와 같아요.

자체 콘텐츠를 검열하는 팀이 최초로 알아차릴 것이다. 이 난국을 타개하려면 각종 SNS나 리벤지 포르노 사이트 같은 곳에 혹시 강간범의 여자 친구가 그날 경찰에 신고하겠다고 협박했던 동영상을 올렸는지 추적해야 할까? 그러다 걸리면 퇴사 감이고, 직업상 포르노를 꼭 봐야 하는 일자리에서 포르노를 보다 걸려 해고된 최초의 직원이 되고 말 것이다. 여자는 어떤 걸 보게 될지 아무것도 모른 채 열심히 일하고 있는 다른 닌자들을 둘러본다. 누군가 채팅 프로그램 테이Tay로 유명 로봇 제조회사에서 만든 인공지능에 인터넷용으로 목소리를 더빙한 타타스와 대화를 나누고 있다. 다른 사람들과 소통하며 진화를 거듭한 타타스는 만 하루도 되지 않아, 홀로코스트를 인정하지 않는 시체성애애호가가 되었다. 못된년과 아기예수토사물은 업무상의 진실게임에 연루되어, 자신들에 대해서 당황스러운 사생활을 상세하게 노출하거나 그곳에 고용되어 일하는 동안 시청한 동영상 하나를 지인 중 아무에게나 보내야 하는 선택의 기로에 놓인다. 점수는 콘텐츠의 극단성뿐만 아니라 인물의 민감도에 따라 매겨진다. 관람객 위로 뛰어오르는 돌고래 동영상을 친목 모임에서 형제처럼 지내는 이에게 보내는 것으론 1점도 얻지 못하는 반면 자살폭탄 테러 장면을 어머니에게 보내면 100만 점인 식이다.

여자는 곧 그들이 서로 장난을 칠 때 써먹는 놀림감이 될 것이다. "귀하는 최신 IT 기술 성능 확인을 위한 베타테스터 고객으로 선정되셨습니다! 귀하에게만 독점적으로 드리는 이 제안을 수락하시려면 링크를 눌러주세요."라거나 "귀하의 지인 추천으로 뜨거운 반응을 보이고 있는 최신 스타트업 기업의 면접 기회를 드립니다! 더 알아보려면 이곳을 클릭하세요."라고 주장하는 인터넷 링크를 가장한 이메일을 전달받은 뒤, 혹시라도 확인을 시도하면 짜잔! 여자의 동영상이 재생될 것이다. 휴대폰으로 직접 찍은 동영상 속에서 여자가 벌거벗은 몸으로 등장하겠지. 이런 운명에 대한 고민을 회피하기 위하여 여자는 진저에일을 한잔 먹으려고 자리에서 일어난다. 다행히도 모퉁이만 돌면 간식 코너가 있다. 세계 최고 인기 검색 엔진 기업에는 30미터 반경 안에서 어떤 종류든 먹거리와 마주치게 된다는 룰이 있기 때문이다. 여자는 간식 코너를 지나 가장 가까운 구내식당을 지나쳐, 그 다음번 구내식당마저도 외면하고 걸어간다. 체력 단련장을 지나 1인용 엔드리스풀[소형 수영장에 프로펠러로 물살을 만들어 제자리 수영이 가능하게 한 시설. —옮긴이]이 줄지어 놓인 곳을 지나 걸어간다. 당구대와 탁구대를 지나쳐 걸어간다. 낮잠 전용 의자가 놓인 공간도 지나친다. 오락실을 지나 볼링장과 골프 연습장을 지나 걸어간다. 다른 팀에서 또 다른 획기적인 성과를 거두었는지 어디선가 환호성이 들려온다.

여자는 세계 최고 인기 검색 엔진 회사를 걸어 나오지만, 그 전에 구내식당에서 쓰레기봉투를 훔쳐 구내식당에서 무료로 제공되는 먹거리를 비롯하여, 누군가 먹다 남은 마살라 커리를 담아 냉장고에 넣어놓은 밀폐용기 같은 다른 것들까지 닥치는 대로 쓸어 담는다. 여자에겐 뭐든 좋은 일이 생겨야만 한다. 우주가 그녀에게 빚진 그 작은 것을 내면 가장 깊숙한 곳에 비밀로 꽁꽁 감추어두었다가 찾아보면서, 혐오 발언과 유혈 장면, 고문, 성인 및 아동 포르노, 끔찍한 교통사고 장면, 테러리스트들이 자행한 참수 장면 등을 계속해서 검열할 힘을 낼 수 있도록. 여자는 사랑하는 사람의 장례식이 끝난 뒤 조문객들이 허공을 날아가는 새를 바라보며 고인이 평화롭게 영면에 들었다고 생각하는 방식으로 일종의 가슴 저미는 일화를 남기듯 마운틴뷰 퓨마를 보러 갈 작정이다. 언니 집 베란다 데크에 자리를 잡은 여자는 쓰레기 비닐에서 가져온 먹거리를 꺼내 커리와 초콜릿 바와 베이글과 캐서롤과 파스타를 펼쳐놓은 다음, 진저에일 한 병을 따들고서 기다린다. 해가 저물기 시작해 밸리에 어스름이 깔릴 때까지 여자는 기다린다.

풀숲에서 부스럭거리는 소리가 들리더니 뒷마당을 둘러싼 나무 틈새로 다리 하나가 모습을 드러내고 곧이어 다리 하나가 더 등장한다. 이웃집 아이들 중 하나인 사춘기 소년이 문제의 현장으로 어슬렁거리며 다가온다. 언니의 끔찍한 전기차로 거의 칠 뻔했던 그 아이인가? 기억나지 않는다. 벤처 투자가들의 아이들은 다 비슷비슷하게 생겼다. 뷔페처럼 차려진 먹거리를 살피던 아이는 치즈버거를 집어 들고 냄새를 맡고는 내던져버리고, 감자칩 봉지를 뜯어 와그작거리며 먹기 시작한다. 아이는 집안을 들여다보다가 미닫이 유리문 반대편 벽에 기대앉아 마운틴뷰 퓨마를 관찰하듯 아이를 지켜보고 있던 여자를 발견한다. 의기양양 우쭐한 미소를 지으며 아이는 지퍼를 내리고 청바지와 트렁크 팬티를 내리더니 미닫이 유리문을 향해 엉덩이를 내민 채 똥을 싼다. 아이는 데크에 거대한 똥 덩어리를 떨어뜨린다. 자연은 여자의 간청을 듣고 여자에게 필요한 영적 교감을 제공했지만, 여자가 원했던 영적 교감은 아니었다. 그것은 계시다. 그 누구도 여자를 구원해 주지 않을 것이다. 마법처럼 여자의 삶을 더 낫게 만들어줄 것은 아무것도 존재하지 않는다. 여자는 자신의 삶을 스스로 헤쳐 나가야 한다.

인터넷 괴물들의 회복을 위한 재버워키 캠프

클레이턴 휠러는 집에 가서 마리화나를 한 대 피우며 해외에 있는 여자 친구에게 손 글씨로 간지러운 러브레터나 써 보내고 싶을 따름이지만, 지금은 이곳 여름 캠프에서 달아난 사이버폭력 문제아를 추적하고 있는 상황이다. 마사 포도원에 마련된 여름 휴양지에서는 SNS 관련 사회 부적응 및 문제를 일으킨 청소년들을 위하여 재버워키Jabberwocky[루이스 캐럴의 『거울 나라의 앨리스』에 나오는 언어유희 시의 제목으로, '알아들을 수 없는 무의미한 말'을 뜻함. —옮긴이] 캠프가 개최되고 있는데, 최근 들어 평소보다 차를 타고 이곳을 스쳐가는 아이들이 더 많아졌다. 범인들은 주로 인피니티 승용차나 그 외 GPS와 내비게이션이 탑재된 신형 자동차를 타고 나타나, 루이스 캐럴의 유명한 시 구절과 함께 외설스러운 욕설을 뒤섞어 외쳐대는 대도시 출신의 얼간이 운동선수나 섬 출신의 쓰레기 같은 청소년들이었다. 말하자면 그들은 트롤짓[악의적인 장난이나 엉뚱한 실수로 타인에게 피해를 주는 행위를 가리킴. —옮긴이]을 한 괴물들을 조롱하는 합창을 즐기고 있었다. "접접새 조심해![재버워키 시의 한 구절. —옮긴이] 내 고추나 빨아라!"라고 소리치는 식이었다. "쫌팽이들은 다 보로고브야!['보로고브': 우스꽝스러운 생김새의 멸종 앵무새의 일종이며, 이 역시 재버워키 시의 구절. —옮긴이] 씨발 놈아!” 이런 사건이 벌어지면 렉스 하셀바흐가 특히 타격을 받았는데, 이 친구가 바로 문제의 탈주자였다. 나중에 침대에 누워 투덜거리거나 지역 특산물인 야생 칠면조한테 돌을 던져 가죽을 벗기는 시합을 선동하며 스트레스를 풀 수도 있겠으나, 그건 동물을 사랑하는 렉스답지 않은 짓이었다. 그날 인터넷 세상의 문제아들은 근방의 유기 동물 보호소로 체험 학습을 떠났고, 나머지 아이들이 밖에 나가 휴식을 취하는 동안에도 렉스는 신부전증을 앓고 있는 고양이 치료를 돕고 스포이트로 아기 다람쥐에게 분유를 먹이며 천상의 행복을 누리고 있었다.

촉각을 자극하는 여러 활동은 캠프에 온 청소년들이 딴 데 정신을 팔지 못하게 하고 감정을 긍정적인 방향으로 분출시키는 기회를 제공하기 위한 일상적인 프로그램이었다. 신뢰를 쌓고 팀워크를 강화하는 운동도 시간표에 들어 있고, 오후 시간은 미술과 만들기 수업으로 채워졌다. 하지만 어떤 종류의 전자기기도 엄격하게 금지되어 있을 뿐만 아니라 캠프엔 합법적으로 전파 교란 장치까지 설치되어 있는데도, 여전히 망나니들은 어떻게든 괴물 짓거리를 계속할 교묘한 방법을 찾아냈다. 예를 들어 억만장자 제약회사 거물의 딸로 청소년들 사이에 합성마약 소동을 일으킨 주범이었던 미셸 갤런트는 몇 주일째 마카로니를 하나하나 색칠해 캔버스에 접착제로 붙여 화려한 꽃밭을 꾸미고는 그 위에 **못생긴 년들은 꺼져**,

라고 새기는 중이었다. 미 동부의 엘리트 사립학교에서 최고 인기를 누리는 여학생이었던 미셸은 외모를 주제로 반복해서 모욕 발언을 하고 자살의 종류에 대한 온라인 백과사전 위키피디아 링크를 올려, 결국 가엾은 어느 여학생이 손목을 긋게 만들었다는 후문이었다. 캠프 아이들 사이에서도 권력 집단이 빠르게 생겨나는 걸 피할 수는 없었다. 아이들은 저마다 자기편이 누군지 알아보았다. 인기 여학생들은 다른 인기 여학생들과 어울리며 인기 없는 여자애들을 모욕했고, 정치에 관심이 있는 아이들은 식탁과 건물 벽에 나치 표식이나 욕설을 새겨놓았으며, 자기가 다니던 고등학교의 독수리 상징 대신에 '이글크레스트의 작은 젖꼭지'를 그려 넣은 허술한 비밀 웹사이트를 시작했던 사악한 MMORPG 게임 중독자 녀석을 중심으로 게임을 좋아하는 아이들은 완전히 새로운 게임 언어를 발명해냈는데 자기들끼리는 웃기다고 난리지만 대부분 끔찍하고 낯 뜨거운 성행위를 가리키는 말이었다.

신화에 등장하는 실제 괴물이 걸어 나온 것처럼 놀라운 신체를 지니고 있지만 렉스 하셀바흐는 그 계급 조직도에서 가장 밑바닥에 있었다. 그는 키가 198센티미터에 몸도 근육질이었다. 게다가 불행히도 등에는 똥 모양 이모티콘을 닮은 어두운 자주색 점도 갖고 있었다. 특정한 각도에서 보면 귀엽다고 여길 수 있을 정도의 괜찮은 외모이므로 똥 이모티콘 모양의 점도 자부심의 상징으로 여겨야 한다고 이야기할 사람들도 있겠지만, 현재로선 그의 외톨이 성향과 특정 집단 어디에도 어울리지 못하는 처지가 결합하여 스마트폰 사용을 금지당한 상황에서 소시오패스로 자라나고 있는 문제아들에겐 물어뜯기 좋은 장난감이 되고 말았다. 클레이턴은 공포 영화에 대한 애정을 공통점으로 렉스와 친해졌다. 그들은 공포 영화에서 가장 마음에 드는 최후의 여성 생존자로 〈나이트메어 A Nightmare on Elm Street〉의 낸시 톰슨을 꼽는 데 의견이 일치했다. (렉스: "가끔은 내가 최후의 여성 생존자가 된 것처럼 막막한 기분이 들어요. 하지만 낸시는 문제투성이 가정에서도 생존하는 법을 알아내고 프레디 크루거를 속여 넘기죠. 난 그런 적이 없는데!" 클레이턴: "그 얘기 좀 더 해봐. 우리 집도 정말로 나를 가족으로 원하는 것 같지 않은데, 나도 낸시 같은 사람은 되지 못하거든.") 듣기로는 렉스 본인도 착한 아이는 아니었고 온라인에서 엄청나게 나쁜 짓을 저질렀다는데, 다른 인솔 교사들은 그 얘기를 속속들이 알려주질 않아서 클레이턴을 엄청 짜증 나게 만들었다. 사소한 것이라도 흥미진진한 소문을 언제나 가장 마지막에 알게 되는 건 그의 짜증을 유발하는 요인이 되고 있었다. 그는 모두가 원하는 사람이 되어 소속감을 느끼길 원했다, 아니 그럴 필요가 있었다. 그래서 아침 식사 출석 점검 때 렉스가 대답을 하지 않아 수색대가 소집되자 함께 가겠다고 자원했다. 물론 베브와 레어 베어는 일요일부터 수억 번쯤 섹스를 즐기는 사이라서 나란히 즉각 희생양을 자처했다. 유별난 훼방꾼이 되고만 클레이턴은 폭발하는 두 중년의 호르몬을 잘 다스려, 결국엔 비밀 정보에 접근하고야 말 작정이었다. 대체 이 덩치 큰 녀석은 얼마나 멀리까지 도망을 갔을까?

아무튼 그들은 정오까지 헤이븐 포도원 전 지역을 샅샅이 뒤졌지만 쓸모없는 짓이었다. 베브는 의무감에 젖어 두 사람을 이끌고 출입문에 달린 종을 울리며 관광객을 겨냥한 싸구려 기념품들을 파는 가게마다 찾아 들어갔다. 자신들이 처한 곤경을 설명하며 베브는 '실종'이라는 표현 대신 '일시적인 무단이탈'로 렉스를 묘사했다. 클레이턴은 베브를 좋아했다. 몇 년 뒤엔 볼품없는 잡종견 같은 인생을 살 것 같은 부류의 여자가 되겠지만 지금은 그의 농담에 웃음을 터뜨려주었고, 한편으로는 약간 미친 이모 같은 쿨한 감각을 갖고 있었다. 그는 레어 베어 역시 좋아했다. 우울한 분위기를 띄우는 법을 배울 필요는 있어 보였지만 그는 그래도 신기하게 호감형 인간으로 남아 있었다. 그들은 여객선 터미널 주차장에서 빈둥거리는 중이었고, 남루하고 음료수 얼룩이 덕지덕지 묻은 베브의 폭스바겐 자동차에선 육지 지역방송국에서 틀어주는 록 음악이 요란하게 흘러나왔다. 아빠들은 곧 출발하려는 큰 여객선의 화물칸으로 BMW 자동차를 몰고 들어가 차곡차곡 싣는 중이고, 서로 팔짱을 낀 채로 유명 잡지를 챙겨든 연인들은 짐 가방을 끌며 트랩을 건넜다.

"우리도 시내를 벗어나 혹시 렉스가 인근 알파카 농장에 간 건 아닌지 찾아봐야 할지도 몰라요." 클레이턴이 의견을 냈다.

"애가 거기 가보고 싶다는 말을 한 적 있어?" 베브가 물었다.

"아뇨, 근데 렉스는 은신처 같은 데서 엄청 행복해했거든요. 알파카랑 노는 게 재미있을 거라고 여겼을 수도 있어요."

"알파카 농장엔 들르지 않을 거야." 래리가 말했다.

"이보세요, 찰스 다윈 어르신, 선생님은 딱히 계획도 없잖아요." 클레이턴이 쏘아붙였다. 이어지는 차 안의 정적이 너무나도 편파적이어서 클레이턴이 그걸 깨는 수밖에 없었다. "궁금한 게 하나 있어요. 동물도 자기 새끼한테 실망할 수 있다고 생각하세요? 예를 들어서 선생님이 알파카라고 치고, 짝꿍 알파카가 새끼를 낳았는데, 혹은 갓난 알파카가 생겼는데 그 새끼를 딱 보기만 하면, 와, 어떻게 저런 한심한 놈이 다 있나, 뻥 차서 없애버리자, 이런 생각이 떠나질 않는 거죠."

"클레이, 진지하게 이번 일에 임하지 않을 거면 마음 편히 그냥 돌아가도 좋아." 베브가 말했다.

"사자들은 새끼를 잡아먹기도 한대요. 하지만 그건 암사자를 강제로 발정기로 몰아넣기 위함이라고 하더군요." 클레이턴이 집요하게 물고 늘어졌다.

"친애하는 클레이턴 씨, 무의미한 농담에 말려들고 싶진 않지만, 신경과학계의 최고 전문가가 내세운 이론에 따르면 놀라울 정도로 발달된 호모사피엔스의 대뇌 피질과 전두엽 덕분에 우리가 동물의 왕국에서 살아가는 나머지 짐승들과 구분되는 것이고 미래를 예측하는 것이 가능하다고 했어. 알파카는 좋고 나쁜 자질을 구별하는 데 필수적인 정도의 복잡한 논리력을 갖출 수가 없기 때문에, 삶은 무의미하다는 근본적인 진리를 우리보다는 더 잘 받아들일 거라고 말해도 좋을 거야."

"맙소사, 그거 참 대단한 허무주의적 견해로군요, 리처드 도킨스 선생님."

여객선이 떠나가고 있었다. 배가 지나간 흔적이 길게 포말로 남으면서 갑판 위에서 서로 껴안고 있던 백인 커플의 모습이 점점 작아졌다. 창밖으로 담배 연기와 함께 죄책감을 내뿜으며 베브가 운전석에서 몸을 움찔거렸다. 공감하듯 다른 이들도 모두 움찔했다.

"어떡해요, 레어드!" 베브가 말했다. "렉스가 배표를 샀으면 어쩌죠? 지금 바로 저 배에 타고 있다면? 그럼 우린 개를 절대 못 찾을 거예요."

"탐문을 해보는 게 좋겠어요."

여객선 터미널에서는 우즈홀로 가는 배표를 산 렉스의 모습을 기억하는 사람이 아무도 없었다. 그런데 매표소 직원이 점심시간에 밖에 나갔을 때 베브의 아이폰으로 보여준 사진 속 청년과 아주 닮은 젊은이가 길 건너에서 자전거를 빌려 타고 오크블러프 방향으로 맹렬하게 페달을 밟았다고 자신 있게 말했다.

레어드 헌터는 가장 말단 지도원인 클레이턴 휠러가 자

신을 한 번만 더 '레어 베어'나 '레어마이스터'로 부른다거나, 코지오이스터 민박집에 잡은 숙소를 '레어드의 소굴'이라고 또다시 놀려대면, 놈의 세포가 크레브스회로[생체 내에서 탄수화물, 지방, 단백질이 대사되어 완전 산화하여 이산화탄소와 물로 변하는 과정. —옮긴이] 과정을 까먹을 정도로 바닥에 패대기를 쳐주겠다고 속으로 다짐했다. 어린 괴물들한테 받는 시달림도 어느 정도까지는 참아내야 했지만 어디까지나 그건 그의 일이었고 동료의 괴롭힘까지 견딜 이유는 분명 없었다. 게다가 명문대인 건 확실하지만 아이비리그에서도 급이 좀 떨어지는 대학교에서 1학년을 겨우 마친 주제인 클레이턴은 동료라는 말의 정의에 조금도 부합하지 못했다. 물론 입양 가정의 맏이로 최고의 인성을 지닐 순 없을 것이다. 클레이턴이 원래는 시베리아에서 저체중으로 태어났음을 감안하더라도, 놀이공원 마스코트를 따라 그린 아이들에게 팬 아트 일러스트 문제로 저작권 침해 중지 요구서로 협박을 해대는 법정 변호사의 아들로 자라났으므로 여전히 출생과는 상관없이 특권층의 아들임은 틀림없는 사실이었다. 그것은 고등학교에서 생물을 가르치는 교사로서 긍정적인 측면 가운데 하나였다. 학생들은 그를 '헌트 선생님'이라고 부르라는 요구를 받았다. 가끔씩 그가 듣고 있지 않다고 생각될 때는 학생들이 헌트라는 그의 성과 하필 운율이 맞아떨어지는, 여성의 인체에서 가장 민감한 성기 부분을 가리키는 낱말로 그를 멸칭하기도 했지만 그래도 그는 존중받는 교사라는 착각 속에서 안도감을 느낄 수 있었다.

문제아들 중에서도 가장 겁이 없으면서 어떤 형태의 권위에 대해서든 최고로 무관심한 아이들은 좋은 의도와는 아무 상관 없이 선생의 코앞에서 똑똑히 들리도록 그를 그런 별명으로 부를 만큼 배짱이 두둑했다. 아이들은 배움이 엄청 빨랐다. 소등 이전까지 주어진 자유 시간을 인터넷 괴물들이 모여 있는 십 대 또래들이 쓴 공동 화장실을 청소하는 데 허비하고 나면, 그들도 그와 같은 멸칭 사용 문제를 고치는 경향을 보였다. 가끔씩 남몰래 맥주도 마시게 해주고 집에 불러다가 최신형 IT 게임기를 함께 갖고 놀게 해주는 친근한 이웃 아저씨 같은 이미지 대신에 해병대 훈련 교관처럼 재미없는 사람으로 아이들에게 비치는 건 그도 원치 않았다. 아주 오랜 세월 그는 남들에 대한 관심을 끊었고, 결혼생활과 직업, 자존심을 잃는 것으로 그 대가를 치렀다. 그가 이곳에 온 이유도 그 때문이었다. 마음을 비워 쓸모없는 명분에 전념하면서 남들에게 관심을 쏟는 능력을 되찾기 위하여. 그러나 보아하니 그가 할 수 있는 표현은 인상을 찌푸리는 것밖에 없는 듯했다. 한번은 게임 중독자 녀석을 붙잡은 적이 있었는데, 가만, 걔가 정치광이었던가? 레어드로선 문제아들 영역 구분이 어려웠다. 아무튼 캠프 내에서 유일하게 벽에 직접 연결된 랜선으로 인터넷 접속이 가능한 컴퓨터가 구비되어 있던 교사 숙소에서, 젠트리피케이션[도심의 낙후 지역에 자본과 외부인이 유입되면서 본래 거주하던 원주민이 밀려나는 현상. —옮긴이] 현상에 관한 《뉴욕 타임스》

기사 댓글 창에 페미니즘이 암을 유발한다고 주장하는 글을 적다가 현행범으로 걸린 아이에게 그가 보일 수 있는 반응이라고는 “가서 자라, 이선.”이라는 말뿐이었다. 진심으로 개과천선을 시킬 작정이었다면, 혐오 발언을 일삼는 이선 풀러를 조용히 다른 곳으로 데려가 마음을 열게 하고, 그의 분노가 어디에서 비롯된 것인지 물으며 스스로 여성의 입장이 한번 되어보라고, 가족을 부양하느라 힘겹게 애쓰다가 컴퓨터 앞에 앉아 명망 있는 언론 기사를 접하며 긴장을 풀려다가 도리어 그의 끔찍한 댓글을 마주하게 된 싱글맘의 입장에서 상상해보라고 아이를 달랬어야 할 것이다. 그러나 그러는 대신 그는 아늑한 방으로 돌아가 넷플릭스를 시청했다.

렉스 하셀바흐는 남달랐다. 그는 레어드와 얼굴을 마주할 때마다 공손하게 “안녕하세요, 헌트 선생님.”이라고 인사를 건네고 꼬박꼬박 “네, 선생님.” 혹은 “아니에요, 선생님.”이라고 대답했다. 렉스는 캠프에서 어울리는 친구가 없었지만 레어드는 별걱정을 하지 않았다. 녀석은 말이 없고 행동이 어색했지만 내성적이고 생각이 깊어, 동물 보호소 견학을 자청한 것만 보아도 위험한 아이는 아니었다. 렉스가 저지른 비행이 무엇이든 그건 어디까지나 인터넷에 한정되어 있었다. 게다가 아이는 호기심이 많았는데, 레어드는 그 부분에 후한 점수를 주었다. 천문학의 밤 행사로 레어드가 인근 언덕 꼭대기에 뉴턴식 반사 천체 망원경을 설치하자, 렉스는 너무 오래 망원경을 독차지한 나머지 차례를 기다리던 다른 아이들과 싸움을 벌였을 정도였다. "고양이 발 성운 보이니?" 레어드가 물었다. "우와, 귀여워요." 렉스가 대답했다. "플레이아데스 성단도 있을 거야." 레어드가 방향을 짚어주었다. "멋져요!" 렉스는 탄성을 질렀다. "정말 멋지지." 레어드는 껄껄 웃으며 말했다. 그는 우주가 엄청나게 커서 우리가 상상 가능한 것보다도 더 거대하며, 시시각각 점점 더 확장되고 있다고 설명했다. 과거 우주는 대단히 뜨거웠고 천체는 다닥다닥 붙어 있었다. 그러다 결국엔 모든 천체가 멀리 흩어져 밤하늘은 일정하게 깜깜해 보이는 지경에 이르렀다. 레어드는 아버지 같은 인물이 등을 두들겨주면서 다 괜찮다고 말해주기만 한다면 렉스의 내면에서 망가진 것이 쉽사리 교정될 수 있을 것이라는 인상을 받았다.

그러다가 레어드는 레크레이션 장소로 쓰이는 창고 뒷문 근처 으슥한 곳에서 클레이턴과 베브가 한통속이 되어 자신을 조롱하는 대화를 듣게 되었다. "오늘 밤엔 아주 칼 세이건이 납시어 대활약을 펼치더군요! 저쪽을 보렴, 소음순 별자리가 보일 거야." 클레이턴이 빈정거렸다. 그러자 베브가 킥킥거리며 웃어댔다. 두 사람은 농땡이를 치며 밤마다 의식처럼 클레이턴이 가져온 마리화나를 피우고 있었다. 베벌리와 사랑에 빠지는 일은 절대 없으리라는 것을 알고 있었으므로 자신을 안주 삼은 조롱에도 레어드는 별 신경이 쓰이지 않았다. 이제 그는 베브의 몸을 구석구석 다 기억하고 있었다. 확대수술을 받은 유방 아래쪽에 남은 못마땅한 튼 살 자국과 거의 새끼손가락 길이와 정확하게 일치하는 허벅지 위쪽의 진분홍빛 흉터까지. 그는 베브에게 끝없이 다정한 마음을 품었지만, 그건 과거 전처에게 느꼈던 폭발적인 열정과는 비교가 되지 않는 감정이었다. 하긴 이렇게 나이가 들면서 감정이 잦아드는 것이 아마도 자연스러운 일일 것이다. 그래야 삶이 끝나는 날, 다 타버린 별들의 묘지를 걸어가듯 과거에 누렸던 사랑의 추억 사이를 방황할 수 있을 테니까. 이는 단지 피곤하다는 이유로 그가 주변 모든 것에 관심을 덜 기울이게 된 것에 대한 타당성 있는 이론이었다.

“빈야드 타투 숍을 운영하는 주인한테 물어보는 게 낫지 않겠어요?” 클레이턴이 가게 차양 쪽을 가리켰다. “바로 지금 렉스가 새로 문신을 새기느라 저 안에 있을지도 모르잖아요.”

“원래도 렉스한테는 문신이 있을 것 같지 않아.” 레어드가 대꾸했다.

그들은 진저브레드를 연상시키는 파스텔 톤의 임대주택이 줄지어 서 있는 주택가 옆에 차를 세웠다. 알려진 바로는 보도步道와 보도가 끝나는 곳에 관한 책을 낸 적도 있는 유명한 동시 작가가 실제로 그 근처에 살며 죽기 전까지 일본식 가운을 입고서 환각제를 피워대며 발코니에서 욕설을 해댔다고 한다. 세 사람은 번화가와 아이스크림 노점상을 향해 걸어갔다.

“그건 나도 알아요, 크릭 교수님[프랜시스 크릭은 생리학·의학 부문에서 노벨상을 수상한 영국의 저명한 생물학자. —옮긴이], 아니지 이왕이면 왓슨에 비교해드리는 게 좋을까요? 그냥 웃자고 한

소리잖아요." 클레이턴이 말을 이어갔다. "아무튼 그런 얘기가 나왔으니 말인데, 인터넷 괴물들은 팔뚝에 어떤 종류의 문신을 새길 것 같아요? 나 같으면 빨간색 하트 안에 대문자로 **엄마**라고 새길 거예요."

"클레이, 누군가 자랑스럽지 못한 짓을 저질렀다고 해서 반드시 그들이 인간이 아니라는 의미는 아니야." 베벌리가 그를 나무랐다.

"걔가 인간이 아니란 뜻으로 말한 적 없어요." 클레이턴이 콧방귀를 꼈다. "렉스가 왜 달아난 것 같아요? 내가 듣기로는 익명으로 보낸 메시지를 또 받았기 때문이라던데요."

재버워키 캠프의 누군가 렉스의 비밀을 알아내, 그의 베개 밑이나 우편함에 쪽지를 남기고 있었다. 두꺼운 종이로 만든 정사각형 우편함의 면마다 조악하게 그린 똥 이모티콘 입에 말풍선이 달려 있었다. 각각의 말풍선 안엔 렉스가 인터넷에 올렸던 비뚤어진 혐오의 표현이나 문장들이 적혀 있었다.

"함부로 이유를 추측하는 건 부적절한 것 같은데." 레어드가 대꾸했다. 그는 꼬리를 물고 이어지는 질문이 끝나기를 바라는 태도를 표하듯 팔짱을 꼈다.

"렉스는 똥멍청이 장학금을 받아서 여기 온 거 아니에요?" 클레이턴이 말을 이어갔다. "괴물들 중에선 그래도 걔가 가장 자격이 있죠."

레어드는 묵묵히 머릿속에 새겨두었다. 다음번 교사 모임 때 캠프에서 사용하는 용어 문제를 거론할 것. 실제로 재버워키 캠프엔 덜 유복한 집안 아이들을 위한 기금이 있었고, 렉스는 교사들이 똥멍청이 장학금이라고 부르는 바로 그 기금의 지원을 받아 캠프에 참석한 아이였다. 물론 교사 휴게실에서 끔찍한 학생들의 시험지 답안에 적힌 보석 같은 문구들을 인용하곤 했던 것처럼 그것 역시 저급한 농담의 형태라는 건 레어드도 인정하는 바였다. 하지만 다른 성인들도 모두 사용하는 비속어를 이유로 클레이턴을 나무랄 수는 없지 않을까? 그러니 공감을 모두 없애버리는 과정에서 차라리 각자 주어진 인생의 몫에 대해 울분을 터뜨리고 속이나 후련해지자.

“난 회전목마를 확인해보고 싶어요.” 베브가 주장했다. “백도어 도너츠 가게에 애들 데려갔을 때 렉스가 회전목마를 구경하면 마음이 안정된다고 말했던 게 기억나요.” 클레이턴은 누군가 백도어[‘뒷문, 뒷구멍’이라는 뜻. —옮긴이] 도너츠라는 말을 언급할 때마다 늘 그러듯이 낄낄거렸다.

백도어 도너츠 가게에도, 회전목마에도 렉스는 없었다. 그들이 나타나 목마의 갈기를 붙잡고 놀란 말의 눈과 헤벌린 채 얼어붙은 주둥이를 손바닥으로 쓰다듬어주자 회전목마를 타던 아이들은 깔깔 웃어댔다. 레어드는 베벌리와 클레이턴이 달콤한 분위기에 빠져들도록 내버려둔 채 근처 구경꾼들에게 다가가 수소문했다. 형광 주황색 수영복을 입은 어린 딸을 안고 있던 엄마는 해마다 열리는 스토로우 수영장 파티에 좀 전에 다녀왔는데, 렉스가 그곳 다이빙대에서 물을 요란하게 튕기며 몇 번이나 수영장에 뛰어들더라는 목격담을 들려주었다.

베벌리 그린은 렉스 하셀바흐와 자신이 다른 사람은 알지 못하는 유대감을 갖고 있다고 확신했다. 영화를 상영하거나 시기와 어울리지도 않는 '재버워키 무도회'가 열리는 레크레이션 용 헛간 건물 뒤에서 울고 있었다든지 하는, 유독 마음이 약해진 순간에 렉스는 우연히 그녀를 발견했고, 인터넷 괴물 청소년에게 자신의 문제점을 드러내는 위험에 대해서 짐작하면서도 동시에 렉스는 자신을 배신하지 않을 것을 직감적으로 알았다. 그래서 그녀는 렉스에게 속마음을 털어놓았고, 캠프가 소집된 이번 여름 초입에 엄마를 요양원에 입소시켰다고 설명했다. 사실은 굳이 그렇게 극단적인 결정을 내릴 필요는 없었다. 베벌리의 어머니는 물려받은 유산이 어마어마했었고, 골드먼삭스 부사장이었던 베벌리의 아버지와 오래전 이혼하면서 받게 된 위자료 덕분에 또 다른 수입 역시 두둑했으므로, 24시간 간병인의 보살핌을 받게 할 수도 있었지만 베벌리는 그걸 감당하고 싶지가 않았다. 알츠하이머병에 걸리지 않았을 때도 엄마는 상대하기 힘든 사람이어서, 베벌리는 엄마보다 성장할 때 늘 곁에 없었던 골드먼삭스 출신 아버지가 차라리 더 좋았다. 초등학교 때 지갑에서 20달러짜리 지폐가 사라졌다는 이유로, 반 아이들이 다 보는 앞에서 친구와 카풀을 하던 자동차 안에서 베벌리의 바지를 내리고 엉덩이를 때렸던 사건은 어머니의 전형적인 모습을 보여주는 시절이었는데, 물론 당시에도 문제는 돈이 아니었다.

어머니 아멜리아는 과도하게 경쟁심이 높았으나 베벌리는 딸로서 그에 부합하지 못했다. 베벌리가 학교 무도회에 갈 준비를 마친 뒤 머리부터 발끝까지 한껏 꾸민 모습으로 거실에 나타났을 무렵, 술 마시기를 좋아하던 어머니는 이미 만취하여 분홍색 드레스를 입은 딸의 모습이 욕조 안에서 뀐 방귀 정도로 매력적이라고 말하더니, 옛날 사진첩을 꺼내와 베벌리의 데이트 상대가 도착하기를 기다리는 동안 무도회 날에 찍은 자신의 예전 사진을 보여주며 과거를 회상했다. 피겨스케이트 대회에 나간 베벌리가 한 번도 아니고 두 번이나 엉덩방아를 찧자, 6학년 딸의 실패가 낳은 당혹감은 아멜리아가 감당할 수 없는 수준이었다. 어머니는 "어떻게 해야 하는지 딸에게 직접 보여주기" 위해서, 베벌리의 개인교습 시간보다도 먼저 시작되는 개인교습에 등록했다. 어머니의 스케이트 교습 장면을 지켜보던 기억을 떠올리자 베벌리의 속이 뒤틀렸다. 두 모녀는 똑같은 타이츠 연습복을 입고 있었는데, 아멜리아가 의기양양하게 빙판에서 다리를 뻗고 앉은 자세로 스핀을 시연하는 동안 베벌리는 스케이트화 끈을 묶으며 아이스링크가 진짜 얼음이어서 빙판이 깨져 엄마가 물에 빠져 죽으면 좋겠다고 빌었다. 못된 짓으로도 엄마에겐 아무런 타격을 입히지 못했다. 오히려 매를 벌었을 뿐이었다. 세상 그 누구도 베벌리가 이미 견뎌내야 했던 것들보다 더 큰 해를 입히는 것은 불가능했다.

심지어는 아멜리아가 치매 진단을 받은 이후, 앞으로 어떻게 해야 할지 생각하느라 포도원에 있는 가족 저택으로 이주했을 때에도 베벌리는 어머니의 뭐든 이겨야 하는 습관에 자신도 젖어 있음을 깨달았다. "진정하고, 그냥 내버려둬." 매주 나가던 미니골프장에서 함께 골프를 치며 베벌리는 숨죽여 혼잣말했다. 어머니는 자신의 공으로 베벌리의 공을 쳐내 가장 멀리 있는 바람개비에 맞춰 코스 밖으로 아예 몰아냈다는 사실을 자랑하듯 또 한 번 승리의 춤을 추고 있었다. "엄마는 너의 셴파shenpa[티베트어로 트리거trigger를 뜻함. —옮긴이]야. 너의 트라우마를 유발하는 트리거라고. 부정적인 생각에 굴복하지 마." 물론 그건 배회 증상이 시작되기 이전의 일이었다. 때로는 바지를 입지 않은 채로, 가끔은 바지를 입은 채로 아멜리아가 말도 없이 집을 나가 방황하면서 두 모녀의 역할은 뒤바뀌었고 더 이상 미니 골프는 생각할 수도 없게 되었다. 이제 어머니는 샤워기 헤드 같은 물건에 무작위로 공포감을 느꼈으므로, 단순히 깨끗하게 씻기는 데만 오후 내내 씨름을 벌여야 하는 지경이었다. 베벌리는 욕조에 물을 채우고 자매처럼 둘이 함께 물에 들어가 PJ 하비의 노래를 불러주며 아멜리아의 등을 씻겨야 했다. 인간적인 결점도 있었고 모욕적이고 멸시하는 태도로 일관하기는 했지만, 아멜리아는 베벌리를 사랑해준 단 한 사람이었고 아마도 영원히 딸을 사랑할 것이 분명했으므로, 베벌리는 신경전달물질 때문에 어머니의 사랑을 빼앗긴 기분이 들었다. 우주에게 감사를. 나마스테.

그 말을 들은 렉스 하셀바흐는 머리를 뒤로 젖히고 웃음소리 같은 소심한 한숨을 내뱉었다. "그래요, 나마스테." 그가 눈가를 닦으며 말했다. 이윽고 그가 다시 말했다. 있잖아요, 저도 이해해요, 선생님 어머니 참 별로네요. 어쩌다 제가 재버워키에 오게 됐는지 알고 싶으세요? 베벌리는 고개를 끄덕였다. 아빠가 죽어라고 나를 때렸어요, 렉스가 대꾸했다. 최악의 순간은 영화 〈에이리언〉 시리즈 3편을 보던 도중이었다. 렉스는 80년대 배우 시고니 위버에게 엄청난 선망을 품고 있었고, 그에겐 완벽한 연인이었다. 영화가 클라이맥스 장면에 이르러 작은 에이리언이 리플리의 가슴을 뚫고 나오는 순간 동료들을 위해 자신을 희생해 용암으로 뛰어드는 모습이 나오자, 렉스의 아버지는 너무 뻔하고도 멍청한 연출이라는 둥 그 장면을 조롱하기 시작했다. 무례하게 영화감상을 방해당해 분노한 렉스는 아버지에게 개 같은 입 좀 다물라고 말했다. 아버지는 렉스를 집 밖으로 끌고 나갔지만, 렉스는 맞서 싸우고 싶지 않아 주로 양팔로 머리만 감싸고 버텼다. 아버지가 팔꿈치와 주먹으로 너무 세게 두들겨 팬 나머지 렉스는 갈비뼈가 부러지고 폐에 구멍이 뚫려 입원하는 신세가 되었는데, 병원에서 그는 형들과 미식축구공을 던지고 받으며 놀다가 사고로 나무를 들이받아 혼자 다쳤다고 거짓말을 했다. 그가 아버지의 인생을 망가뜨려야겠다고 결심한 것은 바로 그 암흑의 시간을 지날 때였다. 아버지의 이름과 사진으로 렉스는 다수의 가짜 계정을 만들고 자신이 상상할 수 있는 가장 끔찍한 내용의 콘텐츠를 인터넷에 올리기 시작했다. 인종차별 발언, 강간과 살해 위협, 아동포르노 링크까지. 그의 아버지가 일자리를 잃고 체포되자, 렉스의 어머니는 재버워키에 아들을 받아달라고 간청했는데 부분적으로는 그를 보호하기 위해서였다.

"테드 케네디[존 F. 케네디의 형제 중 막내로 유력한 차기 대통령 후보로 떠올랐으나 채퍼퀴딕섬에서 열린 파티 참석 후 암살당한 형 로버트의 선거 운동원이었던 여성과 함께 귀가하다 다리에서 차가 바다로 추락한 후 혼자 빠져나왔고 여성은 익사체로 발견되었다. —옮긴이]가 그 여자를 죽인 곳도 여기 아니에요?" 클레이턴이 물었다.

"메리 조 코페니, 맞아." 레어드가 말했다. "술에 취해서 자동차를 운전하다 다리에서 떨어져 해협에 빠졌지."

"멍청하기는." 클레이턴이 대꾸했다. "이거 끝나면 바닷가재 샌드위치나 먹으러 가죠?"

"렉스부터 먼저 찾아야지, 클레이." 베벌리가 말했다. "앞으로 두세 시간 안에 우리가 못 찾으면, 애 부모와 경찰에 알리는 수밖에 없어. 그렇게 되면 끔찍한 악몽이 펼쳐질 거야."

그들은 채퍼퀴딕섬으로 건너가 스토로우 대저택으로 향하는 길에 해변의 판잣집을 지나쳤다. 그곳은 사람들이 "우리 집은 죽은 소나무 숲 사이로 조지 왕조풍의 석조기둥이 도드라져 보이는 왼쪽에서 세 번째 단독주택이에요."라는 식으로 말하는 지역이었다.

"괜히 주의만 딴 데로 돌리는 헛발질일지도 몰라요." 클레이턴이 말했다.

"무슨 뜻이야?" 베브가 물었다.

"야생 괴물 거위 추적 작전에 나섰던 건데, 걔가 이렇게 멀리까지 왔을 것 같지 않다고요. 괜한 헛발질이라고요."

"우린 탐정 소설 속 등장인물이 아니야." 레어드가 말했다. "살인범을 찾아 여기저기 뒤쫓아 다니다가, 어이쿠, 범인이 집사였다고 밝혀지는 상황이 아니라고."

애석하게도 날짜는 점점 지나갔고, 캠프에서 보내는 시간도 얼마 남지 않은 상황이었다. 렉스는 아버지와 대면해야 하는 순간이 두려워져서 달아났을지도 모른다. 집에 영영 돌아가지 않는다면 아버지를 마주하는 일도 결코 없을 것이다. 베벌리가 어머니를 요양원에 모셔둔다면 앞으로 괴로운 모녀의 역학관계를 상기할 필요가 없는 것과 마찬가지다. 렉스가 이토록 무모한 짓을 저지를 정도로 필사적이었다면 집에 가는 것이 더는 선택지가 아니라는 뜻이기에 베벌리는 극심한 공포에 사로잡혔다. 렉스를 꼭 찾아야 했다.

"어떻게 할까요?" 스토로우 저택의 현관에 서서 초조하게 발을 움직이다 한 번 더 초인종을 누르며 레어드가 물었다.

"뒤쪽엔 사람들이 있을지도 몰라요." 베벌리가 말했다.

뒤쪽으로 돌아가자 스토로우 수영장은 비어 있었다. 범

고래 모양의 수영장엔 감자칩과 부유물이 떠다니고 콘크리트 바닥엔 쓰레기가 버려져 있었다. 온수 욕조에는 노신사 세 명만 남아 있었는데 모두들 부글부글 거품이 솟아오르는 수면 위로 잿빛 체모와 가죽 같은 퉁퉁한 가슴을 내놓고 있었다. 마지막 손님들은 한 시간 전에 작별 인사를 하고 떠나갔다고 했다. 그래도 한 사람은 제니 반스의 결혼식에서 신랑 들러리를 맡았다는 청년이 새 친구를 사귀었는데 이름이 렉스라고 했던 걸, 아니 새 친구 이름이 백스였던가 하던 말을 기억해냈다. 제니는 그날 오후 게이헤드 등대 근처의 야외 텐트에서 결혼식을 올릴 예정이었다. 렉스 하셀바흐도 초대장 없이 함께 가기로 결정했을지도 모를 일이었다.

"헛발질일 거라고 했잖아요." 자동차로 되돌아가며 클레이턴이 중얼거렸다.

클레이턴 휠러는 페스트리 파이를 몇 개 더 입에 쑤셔 넣고는 음식을 나르는 웨이터의 쟁반에서 새우 샐러드가 담긴 컵을 두어 개 집어 들었다. 제니 반스의 결혼식 피로연에 들른 것은 이제껏 세 사람이 온종일 생각해낸 것 중에 최고의 아이디어였다. 베브와 레어 베어가 힘든 일을 하는 동안 그는 사기극을 구경하며 뒤로 물러나 있을 수 있었다. "피가 물보다 진할 리가 없어." 피를 포함해서 생명의 모든 것들은 물로 만들어졌다. 존재하기 위해서는 피도 물이 필요했다. 15분 전만 해도 신부는 어머니에게 분노의 폭언을 쏟다가 쿵쾅쿵쾅 레이스를 펄럭거리며 걸어 나가 마치 성난 아이스크림 모둠이 출렁거리는 걸 지켜보는 것 같았는데 지금은 아양을 떨며 새신랑의 팔짱을 끼고 있었다. 이 중에서 서로 미워하면서도 의무감에 참석한 사람들은 얼마나 될까? 평생을 함께할 동반자를 의식적으로 선택해야 하기 때문에 낭만적인 사랑은 좀 더 진실된 형태의 사랑이었다. 클레이턴은 봄 학기 동안 2주짜리 고고학 답사를 떠났다가 만난 불가리아인 여자 친구 나데즈다를 친형제자매보다 더 좋아한다고 해도 별로 틀리지는 않은 말이었다. 불가리아에는 밝혀지지 않은 트라키아 보물이 많았다. 전문가들이 천 년 전에 죽은 가엾은 인간의 안구뼈를 발굴하느라 붓질을 하는 사이, 클레이턴은 하루 종일 파낸 흙을 수레에 담아 나른 뒤 새로 생긴 절친들과 아직 그들에게 신분증 검사를 요구하지 않은 술집을 찾았다. 맥주 거품 위로 고개를 든 순간 클레이는 길고 탐스러운 백금발 머리채를 마주했고 즉각 매혹되고 말았다.

클레이턴이 나데즈다의 가슴 사이에 성기를 문질러대는 정사를 끝낸 뒤 서로 껴안고 있던 어느 날 밤, 그는 여자 친구에게 신문 기사 얘기를 들려주었다. 엄마의 친구분이 엄마에게 이메일로 보내준 기사를 엄마가 다시 그에게 전달해준 것이었는데, 라오스의 어느 동굴에서 발견된 벽화에는 황무지에 버려진 아기를 나중에 발견해 구조한 부족이 입양해 키운다는 내용이 담겨 있다고 했다. 엄마 친구분의 이메일엔 "너희 집 같은 가족들의 역사가 선사시대까지 거슬러 올라가나

봐."라고 적혀 있었다. 기사는 고대 그리스와 로마인들도 입양을 했다는 내용을 이어갔다. 아우구스투스 황제 본인도 입양된 아이였다. 나데즈다의 반응은 클레이턴의 뺨에 입을 맞추며 "아름다운 얘기다."라고 중얼거리는 것이었지만 클레이턴은 여자 친구의 반응이 멍청하다고 생각했다. 여자 친구 옆에서 발기한 성기와 애정이 약간 시드는 느낌을 받은 것은 그게 처음이었다. 그러나 클레이턴이 렉스에게 그 기사를 들려주었을 때, 렉스는 어깨를 으쓱하더니 말했다. "나는 입양이 꽤나 멋진 일이라고 생각해요. 왜 쓸모없는 존재라고 여기세요? 선생님은 수천 명 중에 의도적으로 선택된 사람이잖아요. 다른 사람을 고를 수도 있었는데 부모님이 선생님을 선택한 거예요. 때로는 진짜 가족이 우릴 원치 않아서 포기하는 경우도 있어요. 우리 형이랑 아빠는 내가 얼마나 쓰레기 같은 놈인지 끊임없이 알려주려고 해요. 그러니까 어쩌면 선생님은 본인을 축복받은 사람이라고 생각해야 할지도 몰라요." 처음 그 말을 들었을 때 클레이턴은 판에 박힌 위로라고 생각했지만 한참 지나고 생각하니 렉스의 통찰력이 꽤나 위로가 되었다. 그의 양부모는 다른 아이를 요구할 수도 있었지만 계속 그를 키웠다. 그리고 니제르 출신의 엘레노라와 에콰도르 출신의 길을 추가로 입양하기 전까지는 그가 두 사람의 첫아기였다.

클레이턴은 신부 들러리들한테 인기 있는 바닷가재 수프와 바삭하게 튀긴 스프링롤을 찾아 나섰다. 어쩌면 문제는 요즘 세상에 외톨이들이 너무 득시글거리기 때문이 아닐까. 라오스에서 발견된 동굴 벽화 속 사람들처럼 인류가 움막에 사는 떠돌이 부족사회에 속해 살았을 땐 모든 사람들이 다른 모든 구성원들의 이름을 알고 지냈을 것이다. 누군가 아프거나 그 달에 멧돼지 고기가 추가로 더 필요했을 때 부족민들은 동료를 대신해 도움의 손길을 내밀었겠지만, 만약에 그 환자가 마을의 골칫덩어리였다면 사람들은 일제히 달려들어 그가 죽을 때까지 돌을 던졌을 것이다. 그건 친밀한 행위였다. 공공의 적으로 찍힌 멍청이들은 함께 어울릴 수도 따뜻한 보금자리에서 당신을 꼬여낼 수도 없고, 그리고 눈을 똑바로 쳐다봐서도 안 된다. 아무런 제재 없이 포토샵으로 누군가의 입안에 핫도그를 합성해 넣거나, 가짜로 시트콤 〈올 인 더 패밀리〉의 롭 라이너 감독인 척 연기하며 〈올 인 더 패밀리〉의 롭 라이너에 대한 줄거리로 자신을 계속 언급하는 트위터 활동을 할 수 있는 인터넷 괴물은 없을 것이다. 우리는 어딘가에 소속되어 있다. 그 이면에는 그곳에 소속된 사람들과도 끈끈하게 엮여 있다. 현대 세계에서 우리는 쉽게 잊힐 수도 있겠지만, 자신만의 공간을 만들고 그 안에 숨어들 수도 있다. 어디든 속할 곳을 찾을 수 있다는 뜻이다. 고고학에 대한 그의 관심은 바로 그런 논리를 바탕으로 삼았다. 불가리아의 항구도시 바르나 외곽에서 대퇴골과 구리 바늘 발굴 작업을 도우며, 그는 자신의 친부모에 대한 것만큼이나 까마득히 오래전에 그곳에서 죽은 자들의 역사에 대해서 잘 알게 되었다. 익명의 인골

들은 어딘가 품격 있고 심지어 친숙한 구석까지 있었다. 그가 렉스를 찾으려고 함께 따라나선 궁극적인 이유는 아마도 그것이라고 짐작했다. 클레이턴은 렉스에게 "고맙다"는 말을 빚진 상태였다. "넌 계속 내가 올바른 시각을 갖도록 도와주었어." 그는 비아냥거리지 않고 진지하게 이렇게 덧붙일 것이다. "그리고 너희 아버지와 형들은 머저리야. 누구든 널 쓰레기 취급하게 내버려두지 마. 피가 물보다 진할 리는 없어."

"레어드 봤어?" 베벌리가 그의 옆으로 다가오는 길에 샴페인을 한 잔 집어 들며 물었다.

"두 분이 같이 있는 줄 알았는데요."

"같이 있었지, 근데 신랑 들러리한테 렉스에 대한 걸 묻다가 돌아보니 사라지고 없더라고."

"그분이랑 렉스를 둘 다 찾아다니고 싶진 않네요." 클레이턴이 대꾸했다. "놀이공원에 갔을 때처럼 혹시 서로 헤어지는 경우 만날 장소를 미리 정해놨어야 했나 봐요. 무슨 일이 있어도 오후 4시까지 유령의 집 앞에서 보자고요."

"그런 건 별로 중요한 문제가 아니야." 베브가 말했다. "결혼식 하객들은 렉스에 대해서 별 단서가 없어. 걔는 여기 안 왔어."

"어쩌면 와 있을지도 모르죠." 클레이가 대꾸했다. "신부 들러리랑 눈이 맞아서 덤불 숲 뒤에서 재미를 보고 있을지도 모르잖아요."

"렉스는 그런 애 아니야." 베브가 말했다.

"팔팔한 십 대 남자애예요. 그런 애 맞다고요. 어쩌면 갠 선생님 엄마랑도 잘지 몰라요."

"헛소리하지 마." 베벌리는 두 잔째 샴페인을 단숨에 마셔버렸다. 젠장, 오늘 유난히 예민한 건 확실했다.

"그나저나 레어드 선생님이랑 공식적으로 사귈 거예요?"

"어휴, 관둬." 베브가 말했다. "레어드의 고장난 분젠 버너를 다시 타오르게 할 수 있는 여자는 우주에 한 명도 남아 있지 않아."

"차에서 기다리면서 담배나 피우시죠?"

"그래, 가식적인 건배사 이어지기 전에 빠져나가는 게 좋겠어."

야외 결혼식장의 하얀색 텐트에서 멀어져 주차장까지 언덕을 내려가는 동안 클레이턴은 방문 흔적을 남기듯 담뱃가루를 흘리며 헐렁하게 마리화나를 말았다. 두 사람이 기분 좋게 연기에 취해 베벌리의 폭스바겐에 당도하자, 운전석엔 레어드가 공중파 TV 과학 전문가처럼 빛나는 이마를 운전대에 기댄 채 축 늘어져 있었다. 클레이턴의 짐작과 달리 그는 심근경색으로 사망한 것이 아니라 깊이 잠들어 햇빛에 익어가는 중이었다.

레어드 헌트는 다른 사람들을 좌지우지하는 권력을 손에 쥐었을 때 실험대상의 가학적인 행동 변화를 관찰했던 스탠

퍼드 대학교 감옥 실험의 결과를 혹시라도 의심한 적이 있다면, 제니 반스와 결혼한 남자의 직계 가족을 보면 될 거라고 속으로 코웃음 쳤다. 선의를 지닌 철저한 악당에 관해서 이야기해보자. 아마 서브프라임 모기지 사태가 벌어진 동안에도 그들은 여전히 자기네들끼리 수백만 달러가 넘는 보너스를 나눠가지며 뿌듯해하고 있었을 것이다. 날 음식이 차려진 뷔페 코너에서 후루룩 소리를 내며 고개를 뒤로 젖히고 생굴을 먹는 그들의 모습에선 특히 뭔가 기괴한 분위기가 풍겼다. 그걸 보고 있자니 레어드의 속이 뒤집히는 것 같았다. 정력 식품을 즐기는 잘난 체하는 부자들이나 구경하려고 자아 발견의 여정 같은 이번 수색에 자원한 것이 아니었다. 캠프에 온 아이들은 상위 1퍼센트 부유층의 자식들이었지만 어차피 그들은 허풍쟁이 부모들이 수치스러워하는 존재였고, 투자 집단 무리들에게는 알려지길 바라지 않는 더럽고 작은 비밀에 속했으므로 레어드는 아이들에 대해선 거부감이 없었다. 그러나 헤벌쭉 웃으며 상위 1퍼센트 족속들의 뻔한 축하 파티를 견딜 마음은 결단코 없었다. 누군가 또 한 번 더 스마트폰으로 유치한 인증 사진을 찍으려는 포즈를 취하는 걸 보게 된다면 그는 차라리 등대 쪽으로 산책을 나설 생각이었다. 고용된 사진사 이외에는 일반 카메라로 그 순간을 남기는 사람이 어떻게 단 한 사람도 없을 수가 있을까? 결혼식이 엔트로피로부터, 우리가 망했다는 사실로부터 주의를 돌리는 것 말고 다른 역할을 하는 것 같지는 않았다. 하지만 굳이 매력적인 자기 아내에게 그걸 들이미는 게 좋을까? 스프링클러 장치는 마음에 들까? 췌장 기능이 멀쩡한 건 마음에 들까? 참 안타까운 일이다. 그런 것들은 우리가 '욥기'를 암송하는 것보다도 더 빠르게 변할 수도 있기 때문이다.

그게 전부였다. 사람들은 술에 취해 흐트러진 양복 차림으로 신부를 둘러싼 채 환호하며 우정의 순간을 기록하느라 핸드폰 액정을 두들기고 있었다. 비닐 휘장을 펄럭이며 천막을 지나쳐 눈이 부시도록 찬란한 바깥 공기를 쐬던 그는 그 섬의 분위기가 어딘가 이상할 정도로 평화롭다고 생각했다. 세상을 뒤로하고 도망친 사람의 전신을 가득 채우는 듯 충만한 느낌. 마음을 아늑하게 달래주는 것 같은 기분이었다. 이젠 그도 집에 갈 준비가 된 걸까? 서류 정리는 끝났지만, 그의 전처 셰리와 아들은 둘의 합의 이혼서류에서 그가 원할 때는 언제든 집으로 돌아와도 좋다는 점을 강조하고 있었다. 그러나 그는 애당초 배에서 뛰어내려 마사 포도원이 있는 고상한 항구를 향해 개헤엄을 쳐 가야겠다고 자신을 부추긴 충동을 온전히 분석하지 못하고 있었다. 한 가지 그가 아는 것이라곤 돼지 배아 사건과 뭔가 관련이 있다는 점이었다. 그는 그해 2학년 학생들에게 새끼 돼지 사체를 젤라틴에 넣어 보존하도록 지시하고 해부학 실습을 마무리하며 평소처럼 느긋하게 수업을 진행하고 있었다. 교사 생활을 20년이나 했으므로 그는 거식증이나 자해 기미가 보인다거나 마약에 손을 대는 십 대들의 징후를 알아차리는 데 전문가가 되었다. 그래서 해부 실습 날 에버렛 존슨이 권총을 들고 난입했을 때, 그는 본능적으로나 이성적으로 모두 충격을 받았다. "에버렛, 늦었구나." 그가 말했다. "실습 가운과 장갑을 착용해라." 둔해 보이는 두툼한 티셔츠를 입은 남학생이 레어드의 보안경 렌즈 사이에 총구를 들이대며 대꾸했다. "입 다무세요, 헌트 선생님."

총기가 등장한 돌발 상황은 단숨에 사방으로 전달되지는 못했다. 뒤쪽에서 실험을 진행하던 팀은 아무것도 모르고 계속해서 내장을 들어내고 있었다. 스테이시 와이즈먼은 울음을 터뜨렸지만, 어차피 그 애는 외과용 메스로 처음 질깃한 피부를 절개한 순간부터 울고 있던 중이었다. 에버렛 역시 부들부들 떨며 눈물을 흘리기 직전이었다. "잘 들어 봐, 에버렛." 레어드가 간청했다. "이건 너답지 않아. 총만 내려놓으면 아무 문제도 없을 거라고 약속할게." 에버렛은 비명을 지르더니 권총을 새끼 돼지 배에 대고 총알을 세 발 발사했다. 몇 달 뒤쯤 레어드는 강철 테이블에 튕겨 날아간 총알이 진열된 비커 뒤쪽 벽에 박혀 있는 걸 발견하게 될 것이다. 그로선 운이 좋았다고 여겨야 마땅했다. 아무 일도 일어나지 않았다. 그렇지만 그는 자신의 직업과, 더러운 팬티로 가득한 냄새나는 아들의 방과, 아내가 연이어 내놓는 우울함 가득한 캐서롤 요리에 구역질을 내는 자신을 깨달았다. 그의 머릿속엔 두 가지 생각이 떠나질 않았다. 하나는 에버렛이 총을 어디에서 구했을까 하는 것이었다. 어디서든, 총 한 자루쯤은 어디서든 쉽게 구할 수 있었을 것이다. 두 번째는 지난 10년간 가르친 학생들 중에서 이름과 얼굴을 확실하게 기억할 수 있는 학생이 에버렛 존슨뿐이라는 점이었다. 새끼 돼지를 훼손한 것에 대한 대가를 톡톡히 치르고 있을 에버렛 존슨을 구하기엔 너무 늦어버렸다. 그러나 렉스 하셀바흐는 구할 수 있을 것이다. 레어드가 렉스 하셀바흐를 구할 수 있다면, 어쩌면 자기 자신도 구할 수 있을 테고 집으로 돌아갈 수도 있을 것이다. 어쨌거나 지금 그는 등대에 와 있었다. 등대는 근사하고 등대다웠다. 거대하고 오래된 등대. 이제 그만 자동차로 되돌아가는 것이 좋겠다.

"그만 일어나시죠, 공주님." 클레이턴이 이마 위로 뾰족하게 내려온 레어드의 앞머리를 헝클어뜨리며 말했다.

"내가 평범한 과학 선생처럼 보인다는 건 알지만, 옛날에 아마추어 권투선수였다는 말을 굳이 밝혀야 할 의무가 있을 것 같군." 레어드가 대꾸했다.

"어디 한 번 해봐요!" 클레이턴이 외쳤다. "실력 좀 보여달라고요. 자꾸 짜증 유발하는 사람이 누군데 그래요? 번데기 앞에서 주름잡는 게 누군데?"

"자극하지 마."

"둘 다 그만 해요." 베벌리가 말했다. "레어드, 알다시피 피로연장에선 별 볼 일 없었어요. 이젠 신고해야 해요."

"다시 한 번 말하지만 접근 방향이 잘못됐다니까요." 클레이턴이 대꾸했다. "이를테면 사건 해결을 위해선 살인범의 머릿속으로 들어가야 하잖아요. 선생님들이 렉스라면 어디로 갔겠어요? 괴물 입장에서 생각해요."

"클레이턴, 계속 물어보고 싶은 게 있었어." 레어드가 말했다. "넌 왜 재버워키에서 일을 하는 거지? 정말이지 넌 전혀 관심 없는 것 같은데." 레어드가 하고 싶은 말은 따로 있었다. 분자의 원소 무게 계산법은 아니? 우리가 하는 일에 대한 너의 이해력은 수소 분자 무게로도 측정이 안 될 것 같은데?

"나 캠프 애들한테 엄청 관심 많아요." 클레이턴이 반박했다. "부모님과 한 지붕 아래에서 사는 한 여름방학엔 반드시 지역 봉사의 형태로 일을 해야 한다는 게 우리 엄마의 원칙이거든요. 등록금을 부모님이 대주시고 있으니 아직은 나도 거기 맞춰드려야 하고요. 엄마는 우리가 사회에 돌려주는 것의 가치를 배우길 원하세요. 여기서 내가 뭘 희생하고 있는 건지 생각해보세요. 지금쯤 멋진 회사에서 인턴으로 일하거나 요트를 타고 돌아다닐 수도 있었다고요. 하지만 아이들도 점점 나를 마음에 들어 했어요. 나도 렉스를 좋아하고요."

"소명 의식 넘치는 순교자 나셨네." 레어드는 기가 막혀서 눈알을 굴렸다.

레어드는 운명의 문제와 영원한 반복, 빛의 속도를 잠시 고민했다. 태양빛이 지상에 도달하는 데 걸리는 시간은 8분이다. 만약 우리가 항상 약간 과거에 살고 있다면 어떨까, 하고 그는 생각했다. 아주 먼 과거가 아니라 8분 정도만 늦어지는 과거에 산다고 쳐보자. 재버워키 캠프의 괴물들이 괴물 짓을 벌이고, 렉스가 달아나고, 베벌리가 어머니를 시설에 보내고, 레어드가 아내와 아들을 버리고 가출한 것과 같은, 우리가 내린 모든 결정이 운명으로 정해진 것이었다면, 그래서 모든 희망의 총량과 마찬가지로 개개인이 받아야 할 비난의 총량도 사라진다면.

"차에나 타, 클레이. 캠프로 돌아갈 시간이야." 베벌리가 말했다.

"포기하지 말아요, 베브!" 클레이가 대꾸했다. "영화관이라든지 보통 사람들이 평범한 삶을 살 때 찾아가는 곳처럼, 어쩌면 렉스도 어딘가 예측 가능한 곳에 갔을 거예요. 렉스가 영화나 백사장을 좋아한다는 건 나도 알아요. 그런 장소를 뒤져봐야 해요."

"어디부터 시작하는 게 좋겠어? 이 섬엔 사방팔방 다 백사장밖에 없을 텐데."

"게이헤드 해수욕장이 바로 근처예요. 게이헤드엔 꼭 가봐야 해요."

레어드는 폭스바겐에서 빠져나왔다. 신경통이 욱신거리는 골반을 문지르며 그는 바닷가로 이어지는 길을 향해 느릿느릿 걸어갔다. "어디 가요, 레어 레어 선생님?" 클레이턴이 물었다. "어디로 가는 거예요, 레어드?" 베벌리가 다시 물었다. "젊은이가 권한대로 하려는 거잖아요." 레어드가 대꾸했다. 베브와 클레이는 그를 따라잡으려고 뛰어왔다. "우리도 같이 가요! 잠깐만 기다려요!" 두 사람이 소리쳤다. 클레이턴의 말은 틀리지 않았다. 렉스라면 혼자라는 사실을 되새기려고 대서양 바닷가에 앉아 있고 싶어 했을 법했다.

베벌리 그린은 말라붙은 게 껍데기를 백사장에서 파내며 자유로운 영혼으로 산다는 것의 최고 장점은 예술가인 척하는 동료나 마약 흡입, 스포츠 대회에 나간 것처럼 상대를 가리지 않는 우연한 섹스 따위가 아니라 계획을 세울 필요가 없는 상황이라는 사실을 마침내 깨달았다. 그런 부분이라면 그녀도 자신이 있었다. 베벌리는 결코 아이를 갖지 않을 것이다. 처음부터 경력이라는 것이 없었고, 사람들에게 떠벌릴 만큼 삶의 이정표가 될 만한 경력도 갖지 못할 것이다. 반면에 조그만 인간을 낳아서, 기껏해야 결국 이선 풀러처럼 리벤지 포르노 클럽을 만들거나 미셸 갤런트처럼 여자애들을 자살로 인도하기 위해서 의식이 깨어나는 성장과정을 어쩔 수 없이 지켜보아야 하는 일도 결코 없을 것이다. 또한 이탈리아어 배우기에 실패한다거나 잔지바르로 떠난 여행에 대해서, 혹은 퓨전레스토랑을 연 것에 대해서 후회한 적도 없었다. 인생은 아마도 불굴의 의지와 열정으로 주어진 결과를 추구하며 사는 것보다는 손쉽게 손에 넣을 수 있는 즐거움을 소비하며 사는 편이 더 나았을 것이다. 그러나 자유로운 영혼으로 살면서 그녀가 잘하지 못하는 것이 있다면 바로 내려놓기였다. 베벌리의 어머니는 다른 방과 모두 똑같이 생긴 선다운 요양원의 치매 병동 병실에서 겁에 질려 죽어갈 것이다. 베벌리는 심호흡을 하고 '옴'이라고 참선 주문을 외우며, 마치 아무것도 상관없다는 듯이 그 사실을 받아들여야 했을까? 하긴, 받아들임은 그 자체로도 엉망이 될 수 있다. 그녀는 받아들임을 혐오했다. 멀리 바다 너머를 바라보며 그녀는 생각했다. 적어도 파도는 늘 내 것이겠군.

열일곱 살 때 베벌리는 캘리포니아 행 그레이하운드 버스에 올라, 지정된 휴게소가 나타날 때까지 소변을 보러 자리에서 일어나진 않으려고 애를 썼다. 그 결과 금전적인 지원이 끊겼지만 그건 해방이었다. 새 출발 삼아 교육열이 높은 엄마들과 배우자를 잃은 서글픈 가장들에게 향과 힐링 에너지를 발산하는 수정 같은 것들을 진열대에 놓고 파는 히피 서점에서 일을 했다. 그러다 할리우드 언덕에 있는 단독주택으로 이사를 해 여러 기타 연주자들과 집을 나눠 쓰며, 유명 배우들에게 온수 욕조를 팔았다. 그들은 소규모 영화에 나오던 시절의 옛날 버릇을 여전히 갖고 있는 전직 B급 배우들이었다. 눈처럼 새하얗게 표백한 치아와 인공 선탠 피부로 무장한 채 베벌리에게 미소를 지으며 그들은 목재 욕조와 아크릴 재질의 차이점에 대해서 몇 가지 질문을 던졌다. 그날 오후 가족이 함께 쓰는 5인승 자동차에서 술을 마시던 부유한 남자 노인들도 그리 다르지 않았다. 온수 욕조 판매는 그녀가 다시 서핑보드에 오르기 위한 방편이었다. 모두 빠짐없이 베벌리와 잠자리를 즐긴 룸메이트들은 그녀에게 기본기를 가르쳐주었다. 일단 일어서는 법과 짠 바닷물을 삼키지 않는 법을 배우고 나자 그녀는 자신이 서핑을 사랑한다는 사실을 알게 되었다. 아멜리아는 결코 시도해본 적이 없는 일이었다. 베벌리는 아직 요양원에 대한 결정을 되돌릴 수도 있었다. 그녀의 결심은 취소 불가능이 아니었다. 재버워키에서 일하기로 계약서에 서명을 한 이유는 자신에게 결정을 취소할 기회를 주면서 동시에 정신을 딴 데 팔기 위함이었다. 게다가 그녀는 장래성이 없는 직업에 익숙했다. 하지만 정말이지 어머니의 악의의 제단에 자신을 갖다 바치고 싶지는 않았다. 결과적으로 모든 것이 끝이 났다는 건 축복일지 몰랐다. 우리는 사랑에 대한 자신의 역량을 믿지 못하더라도 사랑을 할 수 있다.

먼바다에서 돌고래들이 반짝거리는 괄호처럼 곡선을 그리며 수면 위로 뛰어올랐다. 돌고래에 올라타고 그 매끄러운 피부와 교감하는 느낌은 얼마나 멋질까. "흑해에 사는 돌고래들이 있대요." 클레이턴이 말했다. "뿐만 아니라, 바르나 돌고래 수족관에선 돌고래 쇼도 해요. 불가리아 시월드 같은 곳이죠." 레어드는 주먹으로 그의 팔을 가볍게 쳤다. "불가리아에 대해서 엄청 많이 아네. 요번 선거 결과 해킹한 거 너 아니었어?" 그가 물었다. "그건 러시아였고요." 클레이턴이 대답했다. "너 러시아 태생이라며?" 레어드가 베브에게 윙크를 했다. "괜찮은 공격이었어요, 레어드. 훌륭한 트롤짓이네요. 엄청 웃겨요." 클레이턴이 발끈했다. "하 하 하, 여러분, 저는 입양아입니다!" 트롤짓이라는 주제가 나오자 베벌리는 렉스에게 쪽지를 보낸 사람이 누구였을지 또다시 궁금해졌다. 누구 짓인 것 같으냐고 렉스에게 묻자 그는 이렇게 대답했다. "우리 아빠요. 형들이 등에 있는 내 점에 대해서 놀려대는 걸 좋아했으니까 그림은 형들이 그렸을 거고, 나머지는 아빠가 썼을 거예요. 이번 일이 끝나지 않았다는 걸 내게 알려주려는 거겠죠." 베벌리는 회의적이었다. 쪽지엔 우표가 안 붙어 있었는데! 누구든 캠프에 있는 사람이 용의자인 건 확실했다. "상관없어요." 렉스가 말했다. "그 사람을 내가 통제할 순 없잖아요. 나는 내 자신만 통제할 수 있어요. 그리고 그 사람이 나를 얕잡아 보든 말든 더는 거기에 시간을 쏟고 싶지 않아요." 렉스는 참으로 현명했다. 사람들에게 신뢰 쌓기 연습을 주도해야 할 사람은 바로 렉스였다. 이 세상의 수많은 아멜리아들은 고칠 수가 없다. 우린 자신만 고칠 수 있을 뿐이다. 그러므로 베벌리는 더 이상 죄책감이나 회한에 빠져 괴로워하지 않을 작정이었다. 마치 그 생각이 렉스를 나타나도록 한 것처럼, 베벌리는 그를 발견했다. 드넓은 어깨와 자줏빛 똥 이모티콘 모양의 점으로 보아 틀림없었다. 노란색 고무오리 그림이 들어간 반바지 수영복을 입고 이마엔 스노클용 물안경을 얹은 렉스 하셀바흐가 조개껍데기를 찾으며 파도를 따라 걷고 있었다.

"저기 그 애예요." 베벌리가 속삭였다. "렉스 하셀바흐. 나 미친 거 아니죠?" 베벌리가 가리키는 곳으로 클레이턴과 레어드가 동시에 고개를 돌리더니 벌떡 일어섰다.

"렉스! 렉스! 이쪽이야!" 그들이 소리를 질렀다. "우리 여기 있어, 렉스!"

깜짝 놀란 렉스가 사방을 두리번거리다가 그들을 알아보았다. 그는 작게 비명을 질렀다. "안 돼요!" 그가 고함쳤다. "아직 안 돼요! 난 돌아갈 준비가 안 됐어요!"

그는 바닷물로 뛰어들어, 최대한 빠르게 팔다리를 움직여 아득히 먼 곳까지 헤엄을 쳐 달아났다. 베벌리와 레어드와 클레이턴은 물가로 달려가 걸음을 멈추었다. 셋 다 옷을 입고 있었고 수영복을 가져온 사람은 아무도 없었으므로, 과연 누가 홀딱 벗고 물에 들어가거나 옷을 다 입은 채로 뛰어들어 렉스를 따라갈 것인가 계산하기 시작했다.

"아무래도 인명구조요원을 데려오는 게 낫겠어요." 레어드가 제안했다.

"짜식, 진짜 빠르네요." 클레이턴이 말했다.

"우와." 베벌리가 대꾸했다. "저기 가는 것 좀 봐요."

우주를 구하기
위해서는 우리 자신도
구해야 한다

우리는 스타십 업라이징Starship Uprising의 팬들로서, 역대 최고 인기 드라마 시리즈에 대한 애정을 공유하고 이따금씩 정치에 대한 욕설을 토로하기 위하여 팬들 사이에선 신적인 존재로 통하는 운영자의 느슨한 감독하에 행동하는 집단이다. 우리는 컴퓨터 스크린 뒤에 웅크리고서 좋아요와 싫어요를 누른다. 우리는 뜨끈뜨끈해진 노트북 컴퓨터를 배 위에 올려둔 자세로 댓글을 남긴다. 총공격도 감행한다. 우리는 이모티콘을 사용한다. 실제 회원 수를 짐작하는 것은 어려운 일이다. 우리는 수천 명에 달하는 막강한 집단일 수도 있고 어쩌면 불면증에 시달리는 해커 한 명일 수도 있다. 드라마 시리즈를 한 편 한 편 보면서 우리는 발효 음료의 달콤한 위안을 갈망하던 재활 치료 기간과, 실직당한 뒤의 자기혐오와, 어머니가 돌아가셨을 때 이 세상에 홀로 존재하는 것 같은 절망을 견뎌낼 수 있었다. 그렇지만 우리 같은 버림받은 사람들 사이에도 계급은 존재한다. 독자적인 문법과 어휘를 갖춘 완벽한 체계적 언어인 킬라디Kil'aathi어를 유창하게 구사하는 능력을 입증하면, 그 사람은 우리의 존경과 경탄을 한 몸에 받는 대상이 될 것이다. 가장 좋아하는 등장인물이 혹시라도 가장 어색한 순간마

다 끊임없이 매출을 올리려고 애를 쓰며 손님들에게 괜한 충고를 일삼는, 언제나 사고를 몰고 다니는 로봇인간 바텐더 스팸봇이라고 주장한다면, 그 사람은 가차 없는 조롱과 놀림감의 대상이 되어 패배자로 여겨질 것이다. 늦은 밤 우리를 괴롭히는 질문이자, 팬이라면 꼭 대답을 해야 하는 질문들은 대개 이런 식이다. 순간이동 장치가 작동하여 당신의 몸을 원자 단위로 쪼개 옮겨 다른 공간에서 재조립한다면, 그것은 복제 인간이라는 의미일까? 그 복제 인간이 쓰레기를 영양분으로 전환한다면, 그는 쓰레기를 먹는다는 뜻일까? 초민감자[엠패스 empath, 정신과 전문의 주디스 올로프 Judith Orloff가 제시한 새로운 인간 유형으로, 남들보다 민감하게 주변의 에너지를 흡수하고 자신의 내면보다 외부의 느낌을 더 잘 아는 사람을 가리킴. —옮긴이]가 동료의 감정을 감지한다고 할 때, 그 말은 우리가 자위를 하고 있을 때도 알아차린다는 의미일까? 물론 페이스 매시가 맡은 역할인 디나라 고룬 사령관이 이상적인 여성의 현신이라는, 적어도 우리가 만장일치로 동의할 점도 있기는 하다. 거칠지만 상처받기 쉽고, 아름다우면서도 자랑스러운 전투의 흉터를 간직한 디나라는 우리의 첫사랑이었다. 우리는 그녀와 자고 싶어 하거나 그녀가 되고 싶어 하거나, 그 둘 다를 원했다. 디나라는 현재의 우리를 만들어준 사람이었다.

대다수 팬들의 경우, 작품에 대한 이와 같은 열광은 '우리 성운의 과거'라는 제목으로 방영되었던 시즌1의 마지막 화로 거슬러 올라간다. 행성을 오가는 밀수꾼들의 정교한 우주선

오대서티Audacity[‘대담성, 용감무쌍함’의 뜻. —옮긴이]’호는 운이 나빠져 보이달Voydal족의 추격을 피해 달아나는 중인데, 우주 정복 임무에 나선 그들은 전쟁에서 맞닥뜨린 모든 생명체를 노예로 만들거나 전멸시킨 무자비한 종족이었다. 적이 바짝 추격 중인데다 우주선도 심하게 손상을 입은 상황이라 선장은 오대서티호를 근처 성운으로 몰고 들어갔다. 그러나 그곳은 평범한 우주 현상이 펼쳐진 곳이 아니었다. 그 성운은 지각知覺이 있는 공간이어서 일단 다른 존재들과 함께 지내게 되면, 떠나보내고 싶어 하질 않았다. 우주선 탑승자들은 하나같이 세상을 떠난 사랑하는 사람들의 환각으로 고통을 받기 시작했다. 환각이 워낙 강렬하고 생생한 현실처럼 보였기 때문에, 환각에 가장 영향을 많이 받은 승무원들은 환각이 시키는 대로 순종했다. 그들은 엔진을 끄고 내비게이션 시스템을 파괴했다. 복종을 거부한 자들은 모두 광양자 감옥에 갇혔다. 단 한 사람, 두려움을 모르는 직설적인 2인자 디나라 고룬 부사령관만이 저항할 의지력을 갖고 있었다. 그녀는 광양자 감옥을 부수고 나와 보초들을 제압한 뒤 오대서티호의 기본적인 성능을 되살렸다. 우주선이 그 성운을 빠져나오는 순간, 그녀는 딸의 머리를 쓰다듬으며 자장가를 불러주는 어머니의 품에 안겨 누워 있었다. 디나라는 환각의 영향을 받지 않았던 것이 아니라 사이렌의 유혹에 굴복하지 않았을 뿐이었다. 보이달족의 포로수용소에서 온 가족이 살해당하여 그 누구보다도 큰 상실을 겪었음에도 디나라는 여전히 은하계에서 가장 악독한 여자였다.

안타깝게도 여배우 페이스 매시는 공백기 동안 이상적인 여성상에서 크게 멀어져 있었다. 대형마트에서 식료품을 계산대 컨베이어벨트에 올려놓으면서 사람들은 고무줄처럼 변동이 심한 그녀의 허리 사이즈를 다룬 선정적인 대중지 기사를 흘끔거린다. 신문엔 비키니 수영복 차림으로 하와이 마우이 해변에서 조개껍데기를 주우려고 허리를 숙인 페이스의 사진이 실려 있고, 혹시라도 일부 독자들이 문제점을 놓치거나 제대로 보지 못하는 경우를 대비하여 기사는 여배우의 복부를 빨간색 동그라미로 강조해 놓는다. 하필 그녀는 체중 감량을 위한 완제품 냉동식을 생산하는 기업인 스키니프렌드의 홍보대사 역할도 맡고 있었는데, 그런 식품은 절대 우리 쇼핑카트에 들어 있을 리가 없다. 사람들이 '디나라 고룬 사령관의 더 바디'라는 제목으로 배우의 운동법을 담은 비디오테이프를 틀어놓고, 몸에 착 달라붙는 운동복에 레그 워머까지 완벽하게 차려입은 그녀의 눈부신 모습을 거실에서 선망의 시선으로 바라보던 전성기 시절에 비해 페이스는 얼마나 달라졌는가. 수영장에 떠다니는 부유물처럼 우스꽝스럽게 퉁퉁 부어오른 입술과 킹사이즈 침대 매트리스에 퀸사이즈 커버를 억지로 당겨 씌운 것처럼 누군가 확 잡아당겨 놓은 듯 너무 심하게 부풀린 이마 탓에 알아보기 어려운 얼굴로 성형외과 병원을 나서는 페이스의 모습이 언론에 포착되었을 때, 우리는 가혹한 비난을 퍼부었다. 디나라 고룬 사령관은 거짓을 멸시한 인물이었으므로, 차라리 죽음에 이를지라도 그녀가 맞닥뜨릴 유일한 칼날은 철천지원수의 칼뿐이었을 텐데 성형이라니. 담당 성형외과의를 찾아보니 그는 기분 나쁠 정도로 예쁘장한 외모를 지니고 있다. 이미지 검색에 걸려든 그의 병원 대기실은 화사한 장밋빛 조명이 아늑한 안방처럼 화사하게 실내를 비추며 벨벳처럼 부드럽고 푹신한 연분홍색 천 소파가 구비되어 있다. 만약 여성의 질을 병원 진료실로 형상화했더라면 질의 내부가 바로 그렇게 생겼을 것만 같은, 여성의 성기를 연상시키면서도 세련된 분위기다. 백조 조각품과 병원 로고에 붓 펜으로 그려 넣은 백조 문양, 여성의 허벅지 위로 길쭉한 목을 휘감고 있는 백조를 그린 유화 모작을 포함하여 벽에 걸린 백조 그림들까지, 백조를 테마로 삼은 인테리어라는 점 또한 두드러진다.

성형외과 의사의 웹사이트 홍보 문구는 다음과 같이 주장한다. "백조는 변신 과정에 대한 완벽한 상징입니다. 널리 알려진 대로 미운 오리 새끼는 우아한 백조로 성장하죠. 그레이스 켈리와 알렉 기네스 주연으로 1956년에 발표된 불멸의 영화 〈백조〉에서 언급했던 것처럼, 육지에서 백조는 느릿느릿 움직이는 볼품없는 짐승이지만 물속에선 최고의 우아함을 지닌 그림 같은 존재가 됩니다. 신화에 따르면 역사상 가장 매혹적인 여성인 트로이의 헬렌은 백조로 변신해 레다를 유혹했던 제우스의 뒤를 이어 백조 알에서 태어났다고 합니다." 우리는 담당의사의 병원 홈페이지에 별 1개짜리 신랄한 후기를 작성한다. “차라리 페이스 매시가 버스에 치인 얼굴이 더 나아보이겠다.”고 우리는 주장한다. “페이스는 코를 뚫고 뇌에 침입해 숙주를 죽인 다음 시체가 부패할 때까지 시신을 소생시켜 움직이는 외계 기생충인 돌로스포어Dolospore에 감염됐을 것이다.”라는 가설도 제기된다. 우리는 페이스 매시가 손해 배상 소송을 걸어야 한다고 생각한다. 팬들 중 좀 더 교양 있는 사람은 “당신은 돌팔이 의사이자 협잡꾼이다.”라고 비난한다. 교양이 좀 덜한 사람은 “백조랑 씹할 놈.”이라고 모욕하지만 그 후기는 곧 삭제된다. 우리는 어린 시절이 끝났음을 애도한다. “우리의 어린 시절을 망가뜨려줘서 고맙다.”라고 우리는 적는다. 페이스 매시는 SNS로 우리 행동을 비난하지만 우리는 끄떡도 하지 않는다. “디나라 고룬 사령관은 권력에 맞서 핍박받는 사람들을 보호했습니다. 그는 결코 어둠 속에 숨어 악의적인 중상모략을 퍼부을 사람이 아닙니다.” 해당 포스팅에는 영웅답게 양손을 허리에 올리고 당당히 서 있는 디나라 고룬 사령관의 사진이 첨부되어 있다. 우리는 이렇게 댓글을 단다. “썅년아. 우리 어린 시절을 망가뜨려줘서 고맙다.”

어쨌거나 우리는 여전히 그 작품 몰아보기(엄밀히는 다시 몰아보기)를 지속한다. 우리는 계속해서 스타십 업라이징에 관련된 기념품과 승무원 유니폼이나 다양한 외계인 복장, 머그잔, 세 구멍짜리 링 바인더 파일, 현란한 만화체로 가슴이 도드라지게 그려진 도시락통, 페이스 매시가 직접 착용했던 크롭 서클[곡물 밭에 나타나는 원인 불명의 원형이나 기하학적 무늬로, 어떤 이들은 이것을 외계인들이 만든 것이라 주장함. —옮긴이]이 새겨진 인공 실리콘 이마 분장 따위를 수집하고, 경매 사이트에서 (진짜 가치를 기준으로) 고룬 사령관 액션 피규어와 인형들을 헐값에 사들이는데, 일부는 해부학적으로 정확하게 제작된 성인 크기의 인형이어서 인기가 아주 높다. 드라마 컨벤션 행사에 대한 팬들의 열광도 여전하다. 저마다 작품 의상을 갖춰 입은 우리들은 스판덱스와 가죽으로 무장한 채 셀카봉으로 서로의 등을 찔러대는 난폭한 군단이다. 그날 행사가 끝나면 우리는 근처의 값비싼 식당이나 트렌디한 술집으로 몰려가 각자 의상 배역에 맞는 화려한 칵테일을 주문한다. 그러나 불타는 밤을 보내기 전까지, 우리는 40달러를 내고 페이스를 직접 만나 사인을 받거나 앞서 언급한 기념품 아이템을 사기 위해 줄을 서서 기다린다. 약간 더 괴짜 유형의 팬이라면, 태어나지도 않은 아기의 초음파 사진을 내밀며 이렇게 외칠지도 모른다. "딸이라서 아기 이름을 디나라로 지을 거예요!" 그러면 페이스는 보나 마나 감동을 받아 눈을 한참이나 깜박거리다가 "영광이에요."라고 털어놓을 것이다. 페이스는 실제로 보면 체격이 더 아담한데, 바로 그 점이 우리의 보호 본능을 일으킨다. 헤어지기 전 우리는 손바닥에 땀이 찬 양손으로 그녀의 손을 부여잡고 진지하게 감사 인사를 전한다. "고맙습니다." 진심 어린 말투로 우리는 말한다. "우리 어린 시절을 함께 해줘서 고마워요."

종종 우리는 컨벤션 행사가 스타십 업라이징의 내용 중 '표면'이라는 단순한 제목이었던 에피소드와 비슷하다는 농담을 주고받는다. 그 에피소드에서 오대서티호는 보이달족이 장악하고 있는 지역의 은닉처에 무기 배달을 성공시킨 뒤 콘큐피센스Concupiscens행성을 방문 중이었다. 콘큐피센스는 다양한 동식물로 유명한 쾌적한 행성일 뿐만 아니라, 원주민인 인조인간 센세이트Scensate들이 방문객에게 베푸는 요란한 파티로도 명성이 높았다. 주변에 파라다이스가 펼쳐져 있음에도 디나라 고룬 사령관은 긴장을 풀지 못하다가 성적인 일탈을 시도한다. 캡슐형 숙소로 고급요리 복제품인 우주식량을 가져온 건장하고 매력적인 웨이터는 그녀가 짝짓기를 원한다고 짐작해 옷을 벗지만, 페이스는 그를 말리며 묻는다. "노인들은 어디 있죠?" 센세이트 사회는 미모를 기반으로 하는 계급사회임이 드러난다. 가장 매력적인 사람들만이 난잡한 파티의 은밀한 곳에서 아이를 만들고 정부를 주도한다. 죽음보다 끔찍한 것이 뭐가 더 있겠냐는 이유로 노인을 포함하여 가장 매력이 떨어지는 사람들은 자손을 낳는 것이 금지되고, 눈에 띄지 않도록 행성의 표면 저 아래 깊은 지하에서 강제 노동에 시달려야 한다. 이상하게도 나머지 승무원들은 못생긴 주민들이 사라져 노예가 되었다는 사실에 아랑곳하지 않는다. 모두들 어깨를 으쓱하며 즐거운 시간을 보냈다고 토로한다. 우리는 과연 센세이트족보다 조금이라도 나은 게 있을까? 사실 우리들 대다수는 특별히 외모가 뛰어나다고 생각할 수 없지만, 우월감에 젖어 요란한 의상을 입고 행진하듯 돌아다니며 우리보다 열악한 옷차림을 한 사람들을 헐뜯는다. 그러면서 우리는 더 좋은 팬이 되겠다고 맹세한다.

그러나 놀랍게도, 아니 어쩌면 그리 놀라울 것도 없겠지만 우리들 가운데는 더 좋은 팬이 되고 싶어 하지 않는 사람들도 더러 있다. 그들은 진정한 패배자들로, 혐오에서 희열을 느끼고 혼란을 이용하는 사람들이다. 그들은 아이피 주소로 이어지는 논란의 교량 밑에 숨어 도끼를 연마하고 밈을 만들어낸다. 그들은 보이달족을 이끄는 장군이자 고문을 적극 옹호하는 인물인 초쿠트 사르Chokut Sar를 마스코트로 삼는다. (입도 없는 주제에) 마치 웃는 것이 가능하다는 듯이 초쿠트 사르는 작은 네모 안의 프로필 사진 속에서 우릴 보며 웃어댄다. 디나라 고룬 사령관처럼 평화를 사랑하는 보라색 히피 집단이어서 어쩔 수 없이 전쟁에 참여한 킬라디족에 비해, 보이달족은 사마귀 같은 다리와 유리알처럼 튀어나온 눈알을 지닌 곤충 같은 생김새다. 맹목적인 사고를 지닌 그들은 무기로도 사용되는 가시 달린 더듬이로 텔레파시를 통하여 서로 소통하며 따로 입이 없다. 입이 있어야 할 자리에 그들이 갖고 있는 것은 항문처럼 생긴 구멍이다. 일종의 입 겸 항문인 그 구멍은 오므리고 있다가 다른 이의 생각에 자신의 생각을 투사할 때 열린다. 무시무시한 생김새라는 설정이지만, 우리는 놈들의 주둥이를 축 늘어진 페니스 다발 정도로 우습게 여긴다. 이들을 추종하는 악의 집단은 반군을 심문하며 포로들의 관자놀이에 더듬이를 꽂는 초쿠트 사르의 캡처 화면을 포스팅한다. "널 부서뜨릴 것이다."라고 초쿠트 사르는 장담한다. 또는 전신에 피를 뒤집어쓴 채 포로수용소를 찾아가 "열등한 종족은 복종할 수밖에 없다."고 주장한다. 한심스러운 지구 밖 생명체의 가면을 쓰고 나타난 이들 분노한 청년들 패거리(그들은 언제나 분노한 청년들이다)는 행사장에서도 일부러 못되게 굴며 몸을 부딪치고 화장실에서까지 우리를 괴롭힌다. 그러는 동안 내내 그들은 보이달족의 주문을 합창한다. "우리는 신이다. 복종하지 않으면 죽는다."

우주 공간을 떠도는 쓰레기를 먹고 사느라 심해 물고기처럼 창백한 몰골에다, 성관계를 소름 끼친다고 여기는 까닭에 은하계에서 멸종하고 만 천재 종족인 셀레보Celebo족의 생식기만큼이나 성기를 사용할 일이 드문 존재, 이것이 바로 우리가 상상하는 보이달족을 숭배하는 팬들의 모습이다. 그들의 계정을 차단하는 것은 꽤나 쉬운 일이었지만, 우호적인 팬들 중 한 사람으로서 자신만의 도메인까지 소유하고 있는 유명한 팬이자 갱그린피트GangrenePete[gangrene은 살이 썩어들어가는 괴저병을 뜻함. —옮긴이]라는 닉네임으로 활동하는 게이머가 무심코 그들이 무시하지 못할 논란을 선동하게 되면서 상황이 반전되었다. 갱그린피트는 수백만 명의 구독자를 지닌 동영상 크리에이터인데, 그는 캐슬바니아: 밤의 심포니라든지 좀 더 최근에 출시된 스타십 업라이징: 보이달족의 종말 같은 빈티지 컴퓨터 게임기를 다루는 동영상을 자신의 계정에 올린다. 어느 시점엔가 갱그린피트는 닉네임을 왜 갱그린피트로 정했느냐는 질문을 받았고, 자신이 "원초적이고 역겨운" 사람이기 때문에 갱그린피트라는 닉네임을 정했다고 대답했다. 몇 시간 동안(나중에 15분짜리 동영상으로 나누어 플레이리스트를 올리긴 했지만) 갱그린피트는 디나라 고룬 사령관의 앙증맞은 픽셀 형 아바타를 조정하며 그녀의 광선검으로 보이달족을 신나게 무찔렀고, 그와 동시에 과거 페이스 매시가 얼마나 매력적이었는지, 그래서 사춘기 때 자신이 그녀의 포스터나 운동법을 담은 비디오테이프 디나라 고룬 사령관의 더 바디 표지를 보며 얼마나 자위를 많이 해댔는지 모른다는 말을 언급했다. 게임 아바타가 죽어버려서 같은 레벨을 재시작할 수밖에 없게 될 때마다 그는 이렇게 소리쳤다. "보이달족 놈들이 페이스를 강간하고 있어!" 그에 대한 반응으로 범생이 여자들은 저항한다! 라는 제목으로 인터넷에 시리즈로 페미니스트 웹페이지를 올렸던 여성 운영자는 갱그린피트가 성폭행을 함부로 일반화시켰으며 근본적으로 무분별한 머저리라고 맹렬히 비난했다.

보이달 군단은 즉각 갱그린피트 방어에 뛰어들며 범생이 여자들은 저항한다!가 보이는 갱그린피트에 대한 과잉반응 탓에 실제로 성폭행을 당했던 여자들의 경험이 오히려 과소평가되었으며, 페이스가 제대로 살을 뺐더라면 독단적인 태도도 중단되었을 것이라고 주장했다. 범생이 여자들은 저항한다!

측에서는 게임 산업에서 잔혹하게 다루어진 여성 캐릭터들의 무수한 사진 목록과 함께 여성에게 자행된 폭력 사건을 수치로 첨부함으로써 반격에 나섰다. 그러자 보수 언론의 전문가가 이 논란에 편승해 '요즘 젊은이들'이라는 자신의 칼럼에다, 페이스 매시는 전화 회선 모뎀을 쓰던 시대부터 활동한 한물간 여배우로서 도저히 무시할 수 없는 체중 증가로 이젠 아무도 관심을 갖는 이가 없으므로, 그 '건방진' 여성 웹사이트 운영자는 함구하고 그 입을 더 좋은 일에 써야 한다고 주장했다. 우리는 즐거워하면서도 충격에 휩싸여 각자의 전자기기 앞을 떠나지 못한 채, 입안에 다량의 마시멜로 쑤셔 넣기라든지, 새끼 바다표범을 한입에 삼키는 대형 상어의 입 등등, 그 입으로 할 수 있는 일이 대체 어디까지인지에 대해서 진지하거나 우스꽝스러운 아이디어를 수도 없이 제시했다. 팬들 중 한 사람은 "입이 없다면 어쩌죠?"라는 질문과 함께 보이달의 입이 괄약근 같은 움직임으로 춤을 추고 있는 gif 사진을 공유하는 극단까지 치달았다. 마지못해 우리는 모두에게 "입을 지닌 특권을 돌아보라."고 상기시켜야 할 것만 같은 의무감을 느낄 정도였다.

또한 이번 갱그린피트 소동을 겪는 동안 우리 팬들 중 일부는 범생이 여자들은 저항한다!가 명시했던 대로 스타십 업라이징의 팬들이 모두 이성애자 백인 남성은 아니라는 사실을 다른 이들에게 일깨워줄 의무감도 느꼈다. 우리는 모든 인구 집단에서 호응을 받았으며, 우리가 페이스 매시를 숭배했던 이유는 그 사람 안에서 텔레비전에 나온 우리 자신을 보았기 때문이었다. 그렇다, 디나라 고룬 사령관은 굉장히 매력적이었지만 외모는 인물의 특징과 맞아떨어지지 않았다. 그녀는 거칠면서도 상처받기 쉬운 인물이었고 보라색이라 기묘했지만 여전히 비현실적으로 섹시해서, 기존의 틀에는 전혀 맞지 않았다. 그래서 마치 이십 대를 넘긴 여성들을 대뜸 우주선 감압실 밖으로 내던져 폐기해 버리듯이, 페이스 매시가 하나의 몸으로 (단순하게 더 바디라고 이름 붙은 비디오 테이프로) 폄하될 때마다, 디나라 고룬 사령관은–따라서 우리도–절대 조금도 신경 쓰지 않을 것처럼 생각되었다. 본의 아니게 자신들은 셀레보족이나 콘큐피센스행성의 노예 계급이었을 거라며 불평하는 팬들 중에서도 그와 상관없이 페이스의 외모에 사로잡혔던 사람들이 있다는 걸 우린 알고 있었다. 페이스의 성형수술이나 체중이나 가슴에 관한 걸 누가 상관한다고? 우리는 어쩌다 보니 기적적으로 만들어진, 우리가 사랑하는 대상을 축하하기 위해서 여기 모인 것이라고 생각했다. 입을 닥치라는 말을 들은 우리는 모두 앞으로 나아갔다. 우리는 생리라도 하는 듯 심하게 짜증을 부렸다. 그러나 직접적으로 관련된 사람들은 앞으로 나아가지 못했다. 겉모습만 썩어빠졌을 뿐 그 내면은 선량한 사나이라고 계속해서 맹세한 갱그린피트도 그렇고, 보이달족 추종자들에게 끊임없이 살해 위협을 받고 있던 범생이 여자들은 저항한다!의 운영자도 제자리였고 특히 페이스 매시 본인은 더욱 그러했다.

페이스 매시는 디 알코브The Alcove라는 토크쇼에 초대되어 신디 위더스와 인터뷰를 진행했는데, 신디 위더스는 과거 촉망받던 기자였으나 현재는 한물간 토크쇼를 맡고 있었다. 신디 위더스는 “어떻게 견뎌내고 계신가요?”라고 질문을 던진 뒤, 페이스가 “솔직히요? 힘들었어요.”라고 대답을 하는 동안 열심히 고개를 끄덕거렸다. 편안하게 몸에 잘 맞는 회색 캐시미어 스웨터를 입고 나온 페이스는 불면에 시달린 듯 잿빛 눈동자 주변으로 다크서클이 도드라졌지만, 알코올 중독 및 우울증과의 싸움에서 말끔히 벗어난 상태였다. 그녀는 건강했고 술도 끊었지만-이 대목에서 그녀가 손목을 들어 올리자 금주 기념주화들이 주렁주렁 매달려 있는 팔찌가 짤랑거렸다-갱그린피트 소동이 지극히 고통스러운 기억을 일부 되돌려놓았다. 인터넷에 흔하게 떠도는 정보로는 스타십 업라이징 촬영 현장에서 페이스가 공동 주연인 제이크 나이트와 잠깐 사귀었다고 하는데, 그는 드라마 성공 이후에도 자동차 보험 광고로 쏠쏠히 경력을 이어갔다. (그런 하찮은 풍문에 대해선 지혜롭게 대처하게 되었지만 우리도 약간은 그 관계에 사로잡혀 두 사람의 팬아트를 제작하기도 했는데, 그림 속에서 두 사람은 초신성이 불타오르는 배경을 뒤로 하고 현행범 연인으로 딱 걸린 것처럼 보였다.) 둘 사이가 끝나자, 스크린 밖에서는 더 이상 서로 얽힌 사이가 아닌데도 작품 속에선 자신만만하면서도 다정한 오대서티호의 선장과 계속해서 연인 연기를 해야 한다는 사실에 페이스는 몹시 낙담했다. 키스 장면을 준비하느라 분장실에서 대기하며, 그녀는 울음을 터뜨리기 시작하더니 이마 특수 분장을 해주던 남성에게 그 이야기를 털어놓았다. 그다음 일은 페이스가 지겹도록 많이 언급했던 그대로였다. 페이스와 메이크업 아티스트가 어떻게 사랑에 빠져, 우주선 모양의 케이크가 등장하는 결혼식을 올리고 딸을 낳게 되었는지의 과정 말이다. 그러나 페이스가 그간 너무 겁이 나서 언급하지 못했던 이야기는 그가 얼마나 질투심 많은 남편이 되었는지, 어떻게 아내를 때려서 멍이 들게 만들었는지, 분장실 의자에 그녀를 앉혀두고서 그가 어떻게 자신이 직접 만든 보라색 멍 자국을 더 짙은 보라색으로 뒤덮었는지에 대한 사연이었다.

"그 사람은 우리 개를 발코니 밖으로 집어던졌어요." 눈물을 흘리며 고백하는 페이스의 모습은 깊은 인상을 남겼다. "개를 발코니 밖으로 집어던졌다고요?" 신디 위더스는 디 알코브에서 일을 하는 내내 자주 선보였던 인터뷰 전략대로 불필요하게 되물었다. 네, 라고 페이스가 말했다. 그 사람은 우리 개를 발코니 밖으로 집어던졌어요. 디나라 고룬 사령관이 보이달족에게 인질로 잡혀, 오대서티호를 추적하는 데 협조하라는 제안을 거부한 대가로 텔레파시 고문을 당하는 내용으로 시즌7이 대단원의 막을 내린 뒤, 두 사람은 할리우드 힐에 있는 자신들의 저택에서 마무리 파티를 열었다. 그녀의 남편은 페이스가 담소를 나누던 상대-누구일지 짐작해보라-제이크 나이트를 보더니 바람을 피웠다며 아내를 비난했다. 페이스는 부인했지만, 약간 취했을 가능성은 있었고 역시나 그녀가 약간 끼를 부렸을 가능성도 있었다. 그에 대한 벌로 남편은 개를 발코니 밖으로 집어던졌다. 개는 중수골이라고 하는 한쪽 발바닥뼈가 골절되었다. 골절 사고 이후 개는 절룩거리며 기묘하게 걷게 되었고 공원에서 만나는 사람들은 친절하게도 혹시 학대 상황에서 구출한 개인지 물어보았는데, 그러면 페이스는 바로 자신이 학대 상황을 만들었다고 알려주고 싶은 충동을 느꼈다. "당신이 학대 상황을 만든 건 아니죠." 신디 위더스는 콧소리를 내며 위로했다. "아니에요, 내가 학대 상황을 만든 장본인이었어요." 페이스는 동의하지 않았다. 개를 발코니에서 집어던진 것이 최후의 마지노선은 아니었다. 작품 제작이 취소될 때까지도 이혼은 언급되지 않았다. 공백기 동안 딸아이는 자기 엄마가 거듭 부상 입는 모습을 억지로 지켜보아야 했고, 그러다 신체적인 학대가 끝나자 이번엔 엄마가 술로 시작해서 그다음엔 처방받은 진통제와 각종 근육이완제로 자신을 학대하는 모습을 보아야 했다. 페이스 매시는 좋은 엄마가 아니었다.

"내 딸은 나를 자기 인생에서 잘라냈어요." 페이스가 비통해했다. 전남편은 소시오패스처럼 교묘하게 딸과 페이스 사이를 이간질했다. 그는 거짓말을 일삼으며 페이스가 결혼 생활 내내 제이크 나이트와 바람을 피우고 있었다고 말했고, 그 말에 페이스는 차라리 두 사람의 딸이 제이크 나이트와의 사이에서 낳은 아이였으면 좋았을 거라고 소리쳤다. "나는 딸에게 알려주고 싶어요.” 이 말을 하며 페이스는 목이 메어 울먹이더니 우리를 똑바로 쳐다보았다. “애슐리, 혹시 이 방송을 보고 있다면, 엄마는 네가 너무 보고 싶고, 네가 나를 필요로 했을 때 곁에 있어주지 못해 미안하다.” 이혼 후 처음 딸과 둘이 함께 지낸 휴가가 할로윈이었는데, 페이스는 딸이 디나라 고룬 사령관 의상을 입겠다고 나섰던 때를 회상했다. 디나라 고룬 사령관 복장을 하는 건 이제 더는 멋진 일이 아니었지만, 페이스는 창고에서 자신의 이마 분장 소품과 먼지 덮인 광선검을 찾아냈다. (이제 우리는 스타십 업라이징에서 페이스 매시가 착용했던 진품 합성 실리콘 이마 분장 소품을 구매하느라 경매 사이트에 큰돈을 쏟아부었던 것을 절대 후회하지 않는다.) 여기서 디 알코브 토크쇼의 재치 있는 편집자는 그 옛날 한때 약국에서 파는 치질 연고 바로 옆에서 편리하게 인화 가능했던 일회용 카메라로 찍은 쭈글쭈글하고 빛바랜 사진 속에서 페이스가 디나라 고룬 사령관 분장을 한 소녀 옆에 서 있는 모습을 화면에 비춰주었다. “귀엽지 않아요?” 페이스는 감상적이 되어, 우리에겐 익숙하지 않은 감정인 향수에 젖은 목소리로 감미롭게 말했다. “딸아이가 나로 분장해서 사탕을 얻으러 다녔던 건 내가 평생 받아본 최고의 칭찬이었어요.” 페이스가 딸아이의 볼에 보라색 파우더를 발라준 뒤, 귀한 얼굴을 치켜들고 있는 아이에게 마치 신성한 왕관이라도 되는 듯 실리콘 이마 분장을 씌워주던 장면을 묘사했을 때, 자존심이 상해서 굳이 인정하고 싶지는 않지만 우리도 덩달아 눈물을 흘린다. 딸아이의 분장을 직접 마치며 페이스는 사랑이 복받쳐 올랐다.

우리는 페이스 매시에 대한 사랑이 복받쳐 오른다. 페이스의 사연이 디 알코브에서 언급했던, 본의 아니게 개를 발코니 밖으로 던지는 사건의 원인이 되었으며 '우리가 지킨 비밀'이라는 제목으로 방영되었던 시즌7의 마지막 화 줄거리와 비교된다는 건 참 흥미로운 일이다. 디나라 고룬 사령관이 보이달족에게 텔레파시로 고문을 받게 되었을 때, 초쿠트 사르는 직접 심문을 진행한다. 오대서티호는 위험을 무릅쓰고 페이스를 구하기 위하여 제국의 본부로 향하는 중이다. 게다가 가장 안전하게 숨을 곳은 종종 훤히 드러나 있는 장소인 법이다. 정신을 탐색당하는 사이사이 디나라 고룬 사령관은 동료 포로들과 손을 잡는다. 그들 역시 훤히 드러난 곳에 숨어 있다. 그들이 아무것도 모른다면 보이달족도 정보를 얻어내느라 그들을 고문할 수 없으므로, 반군은 도망자로 자원한 사람들의 몸 안에서 자라나는 종양에 중요한 정보를 심어두는 방법을 고안해냈다. 운 좋게 계획된 목적지에 당도한 도망자들은 고통 없이 종양을 제거한 뒤 그 안에 든 암호를 해석했다. 운이 나쁜 도망자들은 운명에 순응하는 수밖에 없고, 무엇이 먼저 찾아올지 모르지만 보이달족이든 종양이든 둘 중 하나에 죽음을 맞게 될 것이다. 보이달족은 암세포에 새겨진 암호를 풀 수가 없었으므로 그들의 희생은 가치가 있었다. 그러나 잔인한 반전은 이제부터다. 오대서티호가 당도한 뒤 디나라 고룬 사령관은 동료 승무원들과 함께 떠나기를 거부한다. 초쿠트사르는 그녀의 기억을 일부 가져갔고, 그녀도 그의 기억 일부를 지니고 있다. 고문 과정은 고문자와 희생자 둘 다에게 최면처럼 작용하므로 중독성이 높다. 페이스 매시가 겪었던 것처럼, 그러한 폭력은 인간의 정신뿐만 아니라 육체도 지워버릴 수 있다는 것이 우리가 배운 교훈이다. 스타십 업라이징의 주제가 오늘날의 현실과 얼마나 밀접하고 시대를 앞서갔는지, 새삼 참으로 놀랍다.

그러나 페이스 매시에 대한 우리의 믿음은 또 한 번 매우 공공연하게 벌어진 소동으로 배신을 당했다. 우리 팬들은 스타십 업라이징의 방영 이후 그녀가 보여준 지독한 성형 중독과 실망스러운 경력에 대한 혐오감을 스스로 극복하려고 엄청난 노력을 기울였다. 생각 같아선 디나라 고룬 사령관에 초점을 맞춘 속편이 제작되어야 했다! 팬들이 페이스의 노출된 가슴을 탐닉할 수 있는 어둡고도 통렬한 내용으로 오스카상을 노리는 영화가 제작되어야 했다! 그러는 대신에 페이스는 이따금씩 변호사와 법률 절차를 밟는 장면을 노출하거나, 배우 본인의 역할로 시트콤에 카메오로 출현했고, 물론 스키니프렌드로도 등장했었다. 상당한 조회 수와 광고 수익을 얻어내며 디 알코브 토크쇼에서 페이스가 가슴 아픈 개인사를 몽땅 털어놓은 이후, 우리는 페이스에게 손을 내밀어 연민을 표했다. 우리는 각자의 존엄과 프라이버시를 위험에 빠뜨리면서까지 발효 음료의 달콤한 위안을 갈망하던 재활 치료 기간과, 실직당한 뒤의 자기혐오와, 어머니가 돌아가셨을 때 이 세상에 홀로 존재하는 것 같은 절망을 견뎌내며 저마다 살아온 길을 그녀에게 털어놓았다. 일부 사연들은 종이에 펜으로 적어 우리가 직접 산 우표를 붙여 우편으로 발송되었다! 온라인 쇼핑몰을 운영하는 팬들은 디나라 고룬 사령관 토트백과 핀을 만들어 올렸다. 누구도 원하지 않을 그런 품목을 누가 사겠냐고? 이제껏 개인 비서로 일했으나 불행히도 엄격한 비밀 엄수 계약 때문에 줄곧 익명으로 남아 있던 우리들 가운데 한 사람이 용기를 내어, 페이스 매시가 그 인터뷰에서 털어놓은 모든 이야기는 완전히 날조된 것임을 폭로한 이후로는 더더욱 살 사람이 아무도 없을 것이다. 보이달 일당은 내일이 없다는 듯이 흡족해한다. 그들의 우두머리인 무자비한 초쿠트 사르는 실체를 숨기고 누군가 다른 사람인 척할 생각조차 하지 않는다. 편견에 휩싸여 대량살상을 노리는 거대한 벌레, 그것이 바로 그의 정체다.

개인 비서는 우선 페이스 매시가 절대 술을 끊은 것이 아니라는 사실을 명확히 밝혀야 했다. 페이스는 여전히 알약을 삼켜대는 주정뱅이였는데, 비서가 재직하던 당시 탐닉하던 대상은 대마초였다. 어쨌거나 아편만큼 위험하지는 않았으므로 비서는 대마초에 대해선 크게 염려하지 않았고, 그래서 대마초 거래상과 연락을 도맡았다. 대마초 거래상은 다정하게 굴었고 거의 지나칠 정도로 도움을 주려 했는데, 페이스가 소규모 대학 남학생들을 전부 만족시키고도 남을 만큼의 대마초를 매주 소비해댔으므로 그건 이해가 되는 일이었다. 그는 비서에게 자신의 등에 생긴 점이 "걱정스러운 정도인지" 확인해달라면서 속옷 허리 밴드 바로 위에 난 점을 관찰하게 했다. 그의 속옷은 형광 초록색 캘빈클라인 사각팬티였다. 그러므로 그것은 비서가 결코 잊을 수 없는 사실이 되었다. 그녀는 페이스 매시의 대마초 거래상이 입었던 속옷의 브랜드까지 알고 있었다. 둘째로 비서는 우리가 사랑해 마지 않는 유명인사가 신경안정제와 테킬라가 뒤섞인 독특한 혼합물을 토하는 동안 머리채를 잡고 있어야 했고, 토악질을 하는 사이 페이스는 아마도 자기 딸은 제이크 나이트와의 사이에서 생긴 딸일 거라고 말을 흘렸다. 말이 나왔으니 말이지만 제이크는 상당히 머저리였다. 페이스와 제이크는 둘 다 마이애미에서 열린 미래영화제에 패널로 초청을 받아, 우주 공간의 비유를 통하여 영감을 얻은 연기를 주제로 토론을 벌였다. 패널 역할이 끝나고 두 사람이 운전기사가 모는 리무진을 타고 호텔로 향하던 중, 제이크가 창밖으로 상반신을 내밀며 거리의 여자들에게 소리쳤다. "나는 스타십 업라이징에 출연한 존 오거스터스 플린트 선장입니다! 나와 자고 싶지 않아요?" 호텔에서 비서가 사우나에 들어가 긴장을 풀고 있는데, 그가 걸어 들어오더니 자기 성기를 빨라고 그녀에게 강요했다. 비서가 해고당한 이유도 그것이었다. 모든 것을 폭로하자면, 페이스는 제이크 나이트가 자신보다 비서한테 더 마음이 있다는 사실을 못마땅해했다. 심지어 비서는 과학소설에 등장한다는 헤르페스에 걸려 축 늘어진 그의 성기와 아무것도 하고 싶지 않았는데도 말이다.

마지막으로 비서는 페이스 매시가 딸과 소원해진 것은 사실이지만, 서로 멀어진 이유가 백퍼센트 페이스의 잘못이라고 단언했다. 딸은 베니스 해변에서 만난 카메라맨 조수와 데이트하고 있었는데, 놈이 '예상치 못한 사정'을 하는 바람에 덜컥 임신이 되고 말았다. 페이스는 중절수술을 하라고 딸에게 간청했지만, 딸은 아기를 낳기로 결정했다. 그러자 페이스가 말했다. "좋아, 아기는 낳으렴, 하지만 남자친구와는 헤어져. 넌 내가 부양할게." 그런데 딸이 남자친구와 헤어지기를 거부하자 페이스는 딸을 자신의 인생에서 잘라내버렸다. 그 반대가 아니었다. 그건 메이크업 아티스트였던 전남편과는 아무런 상관없는 일이었으나, 남자가 폭력을 휘둘렀다는 것만은 과장이 아니었다. 메이크업 아티스트였던 전남편 말이 나왔으니 말인데, 페이스는 할로윈 때 딸의 분장을 직접 해주던 서사에 심취하며 몹시 기뻐했었다. 그러나 어떤 이유인지 몰라도 그녀가 언급을 회피한 사건이 또 있었으니, 또다시 완전히 취해버렸던 날엔 페이스가 비서에게 자신을 디나라 고룬 사령관으로 분장해달라고 시켰다는 사실이다. 그들은 전남편이 쓰던 분장 도구를 사용했는데, 연유는 알 수 없지만 페이스는 그 도구를 계속 간직하고 있었다. 포근한 목욕가운 차림에 수건으로 머리를 휘감고 있는 페이스의 모습은 은퇴한 디나라 고룬 사령관이 크루즈 여행을 떠난 것 같았다. 페이스는 보라색으로 분장한 자신의 모습을 거울로 보며 흐느껴 울었다. 그녀는 울면서 비서의 셔츠에 얼굴을 파묻었고, 유통기한이 지난 전문가용 화장품은 셔츠에 영원히 지워지지 않는 얼굴 자국을 남겼다. 마치 그 셔츠가 투린 행성 출신 킬라디족의 수의라도 되는 것처럼. 페이스의 전남편은 디나라 고룬 사령관으로 촬영 직후 아내와 성관계하는 것을 즐겼다. 페이스 본인을 그대로 사랑해준 사람은 아무도 없었다. 그는 팔뚝으로 아내의 숨통을 누르며 작품 속 유명한 대사를 읊어보라고 요구했으므로 페이스는 신음하듯 중얼거렸다. "우주를 구하기 위해서는 우리 자신도 구해야 한다."

댓글을 달고, 좋아요를 누르고, 싫어요를 누르고, 총공격을 감행하고, 이모티콘을 붙이며, 우리는 죄책감에 사로잡힌다. 페이스 매시를 망쳐놓은 일부 인간들만큼 책임이 있는 것은 아니지만 우리도 페이스를 본인 그대로 사랑한 적 없다는 사실을 부인하진 못한다. (일부 팬들은 어차피 우리의 사랑이라는 것이 변덕스럽게 마련이라는 점을 한동안 지적해왔지만, 우리가 그 점을 지적해왔다는 사실을 일깨우려 하면, 자위나 하고 있었을 게 뻔한 놈들은 입 닥치라는 핀잔을 듣는다.) 우리가 처한 상황은 순간이동 장치의 오작동 사고로 우주선의 고문이 사망하는 장면으로 시작되는, '거울아, 거울아'라는 제목의 스타십 업라이징 에피소드와 비슷하다. 새로운 초민감자를 영입하기 전까지, 승무원들은 임시로 컴퓨터 감성 의존 생명 복제장치Computerized Affective Relating Lifefacsimile, 또는 칼CARL이라고 부르는 홀로그램 고문 역할에 만족해야 한다. 칼이 작동하는 방식은 일단 자잘하게 어머니의 미소라든지 친할아버지의 유머 같은, 우리가 사랑하는 것들을 취합하기 위하여 뇌를 스캔한 뒤 우리가 가장 신뢰할 수 있을 만한 궁극의 인물을 합성해 영상으로 투사한다. 그런 다음엔 20세기에 활약한 저명한 심리학자 칼 로저스가 고안한 기술을 활용하여, 우리가 과거에 했던 말들을 단순히 되풀이함으로써 우리가 속마음을 털어놓을 수 있게 만든다. "저는 요즘 들어 모든 것과 좀 단절된 기분이 들어요."라고 누군가 말한다면, 칼은 "당신은 요즘 들어 모든 것과 좀 단절된 기분이 드는군요."라고 되풀이하는 식이다. "포샤한테 차여서 기분이 엉망이에요."라고 말하면, 칼은 "포샤한테 차였군요."라고 반복해서 말할 것이다. 혹시라도 우리가 "상담치료는 필요 없어요. 내 문제가 뭔지는 알아요. 유전적으로 조작된 바이러스가 렌타더스 나인에 있는 우리 식민지를 완전히 파괴해버렸어요. 그 영향을 받은 거겠죠."라고 말한다면, 칼은 이렇게 따라 할 것이다. "바이러스가 렌타더스 나인에 있는 식민지를 파괴해버렸군요." 드라마에서 승무원들은 동료들과 어울리기를 중단하고 여가시간을 칼과 함께 보내는 것을 더 선호하게 되었고, 일부는 아예 홀로그램 고문한테 홀딱 반하고 만다. 후임으로 온 초민감자는 즉각 그 프로그램을 꺼버린다.

그러나 죄책감은 고작 일말의 양심의 가책을 느끼는 정도에 불과하고, 금세 팬들 중 누군가 페이스 매시가 어떤 일을 겪고 있는지 몰라도 의도적으로 자기 팬들을 기만한 것은 사실임을 지적하자, 우리는 또 한 번 분노에 휩싸인다. 오랫동안 자제해왔던 태도에 작별을 고한 우리는 보이달 일당과 한패가 되어 심각하게 공격적인 댓글과 욕설에 동참한다. 디나라 고룬 사령관의 사진에 굵은 글씨로 '사기꾼', '중독자', 또는 '형편없는 엄마'라는 글귀를 합성해 SNS에 올리고 페이스의 이름을 태그한다. 디나라 고룬의 더 바디 비디오테이프 표지에는 '거짓'이라는 글귀를 삽입하여 디나라 고룬의 더 거짓 바디로 만든다. 스키니프렌드의 냉동식 포장에도 '날씬한 친구'로 읽히지 않도록 '별로 안 날씬한 친구'가 되게 글귀를 삽입한다. 디나라 고룬 사령관이 보이달족에게 강간을 당하는 장면을 묘사한 그림 디나라 고룬 사령관의 강간은 도를 지나쳤다는 걸 인정하면서도 우리는 카타르시스를 원한다. 우리는 "어린 시절을 망가뜨려줘서 고맙다."라는 글을 적기도 하고, 종이에 펜으로 직접 쓴 글귀를 우표까지 사서 붙여 발송한다! '페이스 매시의 추락'이라는 헤드라인과 함께 셔츠가 벌어져 한쪽 가슴이 유두까지 드러난 차림으로 비틀거리며 술집을 나서는 모습을 담은 선정적인 기사가 나온 것도 다 본인이 자초한 일이다. 그것 보라지, 수십 년이나 기다리기는 했지만 우리는 결국 페이스가 파멸하는 모습을 목격하게 되었다. 제이크 나이트는 성명서를 발표하여 페이스 매시에 대한 영원한 애정을 맹세한다. 또한 자신은 헤르페스에 걸리지 않았으며, 앞으로 변호사라든지 누군가는 반드시 사실관계를 바로 잡을 수도 있으므로 과거 피고용인이었던 특정 인물들이 인터넷에 허위사실을 유포한 경위에 대해서는 좀 더 신중해지는 게 좋을 것이라고 경고한다.

스타십 업라이징 배우들의 재회가 예정되어 있던 샌디에이고 만화 컨벤션에서 주요 발표가 계획된다. 우리는 어떤 내용일지 추측하면서도, 대다수는 단호하게 참석을 보이콧해야 한다고 주장한다. 말은 그렇게 하면서도 사실 우리는 개인적으로 호기심이 너무 강해 거리를 둘 수가 없다. 저마다 의상을 갖춰 입은 우리들이 스판덱스와 가죽으로 무장한 채 셀카봉으로 서로의 등을 찔러대는 난폭한 군단임은 변함없지만, 이번엔 슬로건이 적힌 팻말을 들고 있다. 우리가 들고 있는 팻말에 적힌 글귀는 **범생이 여자들은 저항한다!** 또는 **나는 믿음을 갖고 있다**[I Have Faith, 배우 이름 '페이스'와 중의적인 표현. —옮긴이], **나는 존 오거스터스 플린트 선장입니다, 나와 자고 싶지 않아요?** 등이다. 오대서티호의 승무원들이 손을 잡고 무대 위에 서자 승전보를 울리듯 드라마 주제곡이 허공에 울려 퍼진다. 페이스 매시가 소개되자 사람들은 야유를 보내지만, 그녀는 손가락을 입술에 올려 소음을 중단시킨다. 마이크에 대고 페이스가 속삭인다. "디나라 고룬 선장의 이야기는 승산에 전혀 개의치 않고 옳은 것을 위해 싸워나가는 생존의 이야기입니다. 다른 세대에게도 절박하게 필요한 이야기죠." 바로 그때 그 사건이 벌어진다. 바다가 갈라지듯 군중 사이를 뚫고 초쿠트 사르 가면 하나가 거의 둥둥 떠다니듯(나중에 휴대폰으로 찍은 동영상을 올리며 우리가 그 소동을 묘사한 표현이다) 다가가더니, 마치 이 짓을 정말로 하고 싶은지 아닌지 결정하려는 듯 겁에 질린 페이스 매시 앞에서 잠깐 머뭇거린 뒤, 축 늘어진 곤충 더듬이 모양의 딜도로 그녀의 얼굴을 철썩 후려친다. 발작을 일으키듯 놀란 페이스가 무대에서 달아나자, 보이달 일당과 보라색으로 분장한 근육질의 킬라디족 사이에서 패싸움이 벌어진다. 안타깝게도, 나머지 우리들은 발표가 어떤 내용이었는지 듣지 못한다.

일설에 따르면 인기 스트리밍 서비스 개시를 앞두고 스타십 업라이징의 완전히 새로운 시즌이 준비 중이라고 했다. 기쁨에 사로잡힌 팬들은 실질적인 기대감을 높이며, 부디 우리의 행동 때문에 가장 사랑하는 드라마의 빛나는 귀환 계획에 차질이 빚어지지는 않기를 빈다. 제이크 나이트의 성희롱 관련 증거가 점점 늘어난 까닭에 남자 주인공은 제외된 채로, 다행스럽게도 작품 제작은 착착 진전되는데, 우리는 이 추문도 오래 영향을 미치진 않을 것이라고 짐작한다. 뭐가 되었든 제이크 나이트 같은 남자에게 어떻게 이의를 제기할 수 있겠는가? 게다가 페이스 매시가 도전적인 상황을 맞닥뜨리지 않은 적이 있던가? 페이스 매시는 진남편이 아닌 분장사의 솜씨로 보라색 피부와 동심원 모양의 크롬 서클이 새겨진 실리콘 이마 분장을 한 채로 세트장에서 셀카 사진을 찍는다. 딸과 딸이 낳은 아기 조이와 함께 찍은 셀카 사진도 올리며, 이런 글귀를 적는다. “애슐리와 화해했다. 나의 손자는 기쁨이다. 언젠가는 나의 팬들도 용서라는 선물을 공유할 수 있기를 빈다.” 새로운 시리즈가 처음 방영되는 날, 우리는 소파에 둥지를 짓듯 담요와 기념품과 먹거리(그렇다, 스키니프렌드 냉동식품을 준비해서)에 둘러싸여 장기전에 대비한다. 1화에서 디나라 고룬 사령관은 시간을 거슬러 올라가 보이달족의 포로 수용소에서 자신을 구해낸 여성이 바로 자신이었음을 발견한다. 장엄한 말투로 우리는 TV를 향해 대사를 읊조린다. “우주를 구하기 위해서는 우리 자신도 구해내야 한다.” 다음화에서는 자체 지능이 생겨난 메인 컴퓨터가 미쳐버리자, 사람들은 광기를 잠재우느라 가학-피학 성향이 있는 변신 종족의 포르노를 컴퓨터에 입력한다. “공 모양 재갈을 입에 채우고 고릴라로 변신해.”라고 변신 종족이 지시한다. “이젠 고릴라가 되어서 개처럼 짖어.” 우리는 전율을 느끼며 폭풍처럼 해시태그를 달아 포스팅에 열을 올린다. 보이달 일당조차 감동을 받아 기뻐한다. 스타십 업라이징은 예전과 다름없이 멋진 작품이다. 우리는 다 용서한다.

저주받은 자들을 위한
공인중개사

친척들이 나타나 각자의 일화로 재미를 망치기 전에 아내와 나는 망자의 역사를 추측하는 게임을 했다. 그레그는 뿔테에 부엉이 문양이 들어간 다초점 안경을 끼었으며, 십자말풀이에서 외계인이 보낸 메시지를 해독할 수 있다고 믿었다. 베스는 목도리를 뜨다가 지루해진 나머지, 고관절염을 앓고 있는 은퇴자 노인들을 위해 뜨개실로 울퉁불퉁 수많은 매듭이 달린 정조대를 만들었다. 댄은 칵테일용 올리브를 보고 냄새를 맡으면 성적으로 흥분하지만, 결국 오래된 유리 단지의 효과는 사라지게 마련이었고 그가 그토록 많은 칵테일용 올리브 병을 갖고 있는 이유도 그 때문이었다. 욜란다는 아는 사람의 부고 기사를 오려 종이학을 만들었다.

고인의 식물 화분에서 우리가 느끼는 비애가 얼마나 깊은지 아는가. 한번은 골프공으로 가득 찬 수납장을 발견한 적이 있다. 무심코 문이 열리며 방출된 골프공들은 터지기를 거부한 거대한 팝콘 옥수수 알갱이처럼 현관으로 쏟아져 나뒹굴었다.

“스포츠 담당 기자였을 거야.” 내가 말했다. “신문에 기사를 써야 했던 모든 대회의 골프공을 보관한 거지.”

“강박적으로 물건을 먹는 장애가 있는 사람이었어.” 아내가 말했다. “이건 그 사람이 먹는 음식이야.”

집주인은 신에 대한 명상을 하며 산책을 하는 동안 길 주변에 떨어진 골프공을 찾아내던 여성이었다. 그 여성의 아들이 흐느끼며 이 사실을 우리에게 설명했으므로 우리가 골프공을 대신 처분해줄까 하고 물었더니 그가 아뇨, 괜찮아요, 골프연습장에 가져갈 겁니다, 라고 훌쩍이며 말했다.

“스윙 연습하느라고 저 공을 다 없애버리면 어머니가 화내실 텐데.” 나는 그가 골프 연습장에서 말소리가 안 들릴 만큼 거리가 멀어진 뒤에 말했다. “한이 맺혀서 영혼이 안 떠나면 어쩌려고 저러지?” 평판 좋은 이삿짐센터를 추천해줄 순 있지만, 나도 영혼을 이주시킬 준비가 된 곳을 안내해줄 방법은 없다.

“내 타이틀리스트 Titleist[유명한 골프용품 브랜드임. —옮긴이] 골프공은 어디 있니?” 아내가 무서운 농담을 했다. “다 어쨌니, 개리?”

귀신 들린 부동산에서 수익을 창출해야 하는 마당에 윤리를 들먹여 괜히 재미를 깬 장본인은 나였다. 부동산 감정 평가에 귀신 목록을 포함할 의무가 있었을까?

“망자에게도 자격 있는 전문가가 필요해.” 아내가 변명했다.

그녀의 실용적인 지혜는 내가 아내와 결혼한 이유였다. 그래서 집안을 돌아보며 부동산 가격을 산정하던-어휴, 검은색 몰딩이로군, 할렐루야, 그나마 위쪽에만 몰딩을 둘렀네– 나는 냉장고에서 닥스훈트를 발견하고 곧장 아내에게 문자를 보내 의견을 물었다. 여보, 자기야, 냉장고에서 닥스훈트를 발견했어. 섬뜩할 정도로 뜸을 들인다는 건 아내가 이런 상황 전개에 대해서 나름 깊이 생각했음을 의미했고, 영원 같은 시간이 흐른 뒤 아내의 답장이 날아왔다.

페니스 사진은? 놀랍게도 나는 시키는 대로 바지를 내리고 사진을 찍었다. 그러나 나는 답 문자를 기대하고 있지 않았다. 우리가 팔아버린 그 집들의 소유주들처럼 내 아내도 죽었기 때문이다.

이젠 닥스훈트를 보내줘, 라고 아내가 문자를 보냈다.

나는 아내에게 닥스훈트 사진을 보내주었다.

전문직 종사자로서 귀신을 본 적이 없다는 사실은 고백하고 넘어가야 할 것 같다. 내가 귀신을 가장 가까이 접했던 경험은 산부인과 초음파 화면인데, 그 생명이 무사히 태어났다면 초음파 음영은 결국 생명의 전조이므로 귀신과는 정반대인 셈이다. 아내의 유산과 함께 나의 영업실적은 나날이 미끄러져 급기야 꼴찌를 기록했다. 꼴찌가 되고 나면 아무도 원치 않는 물건을 담당하게 된다. 플로리다 부동산의 경우, 그것은 최근까지 누군가에게 소중한 이였다가 세상을 떠난 노인들의 괴상한 집을 의미한다. 휴직 중에 자기도 공인중개사 교육을 받은 아내는 남는 시간도 때울 겸 큰 소리로 귀신 이야기를 읽어주며, 만날 약속을 해두고서 나타나지 않은 사람들에게 집을 보여주는 체하며 시간을 보내는 경우가 많았는데 차라리 귀신이라도 나타난다면 고역인 일상 중에서도 위안이 되었을 것이다. 고역, 악령에게 붙여주기에 좋은 이름이다. “인간은 불을 받아들이는 것과 전혀 다를 것 없이 귀신을 받아들여야 한다.” 나의 아내가 로버트 본 랑케 그레이브스Robert von Ranke Graves[1895-1985, 영국 시인 겸 소설가로 토속신화 연구에도 힘썼음. —옮긴이]가 쓴 책의 글귀를 읽었다. “귀신은 사실 움직임의 요소나 원칙이 아니며, 살아 있는 생명체가 아니다. 그러나 집은 이웃에서 찾아온 귀신에 씔 수 있다. 그것은 하나의 이벤트다.”

그쯤 해두시죠, 로버트. 하지만 귀신 출현이 이벤트라면, 매 순간을 귀신으로 여겨야 한다. 아내를 죽음에 이르게 한 자동차 사고는 귀신의 소행이다. 오하이오주 톨레도 대학교의 리터 천문관에 방치된 천체망원경에는 천문학자 귀신이 살고 있다는 소문이 떠돈다. 천체의 빛은 오래전에 소멸된 별이 남긴 잔해이므로, 별을 관측하는 귀신은 귀신을 관찰하는 귀신이다. 궤적을 남기며 검은 우주를 가르고 지나가는 혜성은 망령[혜성의 출현을 특정하여 부르는 단어 ‘apparition’은 원래 유령, 망령의 뜻임. —옮긴이]이라 불린다. 과학 역시 모든 것을 귀신에 빗대는 개념을 뒷받침하는 것 같다.

당신이 내 아내라면 말해봐, 필사적으로 임신을 하려고 애쓰는 여성들에게 뭐라고 조언했었지? 라고 내가 문자를 보냈다.

처음 임신했을 때 나는 늑대인간이 되어가는 거라고 생각했어, 라는 답 문자가 왔다.

늑대인간들은 주기적인 월경전증후군 이외에도 늑대로 변할 때 월경전증후군을 겪는다고 생각해?

암컷 늑대인간들은 발정기가 있겠지. 그들은 월경을 하지 않아. 그러니까 월경전증후군도 경험하지 않겠지. 하지만 일반적인 늑대인간 집단은 늑대로 변하기 전에 월경전증후군을 경험하지, 그래서 늑대인간들이 모계사회를 이루는 거야.

어쩌면 당신은 내 아내가 맞겠다.

당신은 내 남편이 아니야.

완벽하게 조율된 상태이고 먼지라고는 흔적도 없는 그랜드 피아노를 남긴 망자는 어떤 사람이었을지 추측하기 쉽다. 피아노 연주가였을 거라고 나는 결론지었다. 그러나 그는 카네기홀에서 연주하는 꿈을 이루지 못했고, 그래서 라흐마니노프를 연습하려고 매일 밤 귀신이 되어 나타난다. 내가 상상해낸 피아니스트 귀신과 달리 나는 너무 게을렀다. 나의 아내는 신랄한 귀신 비평가가 되었을 것이다. 상상력은 대체 어디 팔아먹은 거야? 이 집 주인은 피아노에게 잡아먹힌 것이 틀림없어. 잘 보라고, 굶주려 보이지 않아? 라고 아내는 주장했다. 상상력 얘기가 나왔으니 말인데, 당신은 항상 음식과 연관시키더라! 라고 내가 말했다.

딩동거리는 피아노 연주 음악이 피아노이기도 하고 피아

노가 아니기도 한 장소에서 계속 흘러나왔다. 아내와 나는 진심으로 피아노가 두려워지기 시작했지만, 그제야 고인의 여조카가 나서서 길 끝에 재능 있는 아동들을 위한 학교가 있다고 알려주었다. 우리도 아이를 낳으려고 노력 중인 주제에 가끔은 새러소타 카운티에도 아이들이 살고 있다는 사실을 까먹었다. 우리는 산책을 하듯 재능 있는 아동들을 위한 학교로 걸어간다. 학교 밖에는 사내아이들이 공사 중인 구덩이에서 낚시를 하고 있었는데 그 아이들이 재능 있는 학생들인지는 모르겠다. 구덩이엔 악어들이 볕을 쪼이고 있고, 아내는 악어들이 노란색 안전모를 쓰지 않은 걸 성토했다. 하지만 악어들은 이미 너무 튼튼하다고, 그들은 몸이 거대한 안전모나 다름없다고 내가 주장했다.

가장 어린아이가 쓰레기를 닮은 물고기를 잡았다. 안타깝게도 물고기가 낚싯바늘을 삼킨 뒤 뾰족한 바늘 끝은 물고기의 눈을 뚫고 튀어나왔다. 그 때문에 아이가 슬퍼하자 나이를 더 먹은 주근깨 소년이 완력으로 물고기를 빼앗아 낚싯바늘을 확 빼더니 그 바늘로 물고기의 다른 눈을 찔렀다. 플리니우스Gaius Plinius Secundus는 자신의 저서 『자연사Historia Naturalis』[로마의 정치가이자 군인, 학자였던 플리니우스가 티투스 황제에게 바친 이 책은 당시 예술, 과학, 문명에 관한 정보의 보고임. —옮긴이]에서 귀신들이 주근깨 있는 사람들을 경멸한다고 역설하였으므로, 나는 아내에게 "플리니우스."라고 속삭였다. 아내는 주근깨 소년에게 물고기를 넘기라고 요구했고, 낚싯바늘을 뺀 뒤에 물에 던져주었다. 나의 아내는 물고기를 구해주는 것 같은 작은 친절을 항상 베푸는 사람이었다. 그곳을 떠나며 나는 아내의 기분을 좋게 해주려고 이렇게 말했다. "우리한텐 못되게 친구들을 괴롭히는 아들은 절대 안 생길 거야." 그러자 아내가 대꾸했다. "난 애가 살인자라도 상관없어."

색슨족 민담에 따르면 반복적으로 유산을 하는 여성들은 잃어버린 아이들의 유령이 찾아오기 때문일 수도 있다고 한다. 그들의 민간 치료법을 기록한 책 『라크눙가Lacnunnga』에는 주문이 담겨 있다. 뱃속에서 아이를 키울 수 없는 여성들이 직접 자식의 무덤을 꾸미는 데 참여하여, 검은 양모로 아이를 싸 상인에게 건네며 이렇게 말하는 것이다. "나는 이것을 팔 터이니, 그대가 이것을 사시오, 이 검은 양모와 슬픔의 씨앗을." 그 아이의 무덤은 유산된 아이다.

내 아내가 아니라면 당신은 누구지? 라고 내가 문자를 보냈다.

너무 바빠서 일을 미루기만 하는 부유한 개자식들을 위해서 인터넷 검색을 해주면서 주택 담보 대출금을 갚을 만큼 돈을 벌 수 있다는 거 알아? 라고 답장이 왔다.

어떤 걸 검색하는데?

직장탈출증[대변을 볼 때 항문으로 직장이 탈출되어 나오는 질병. ―옮긴이]을 피하는 법. 과일의 외국어 명칭. '야생wild'이 포함된 낱말. 광대 고용하는 법. 트라우마와 뇌의 상관관계. 가장 유명한 유인원. 치매 환자에게 거짓말을 하는 죄책감. 비행기를 타고 가다 추락하면, 충격의 순간 고통을 느낄까?

유명한 유인원은 나도 좀 알려주시지.

돈을 내야 해.

최고의 유인원 정보에 대해서라면 기꺼이 낼게.

아니면 당신이 누군지 알려주든지.

나는 저주받은 자들을 위한 공인중개사야.

섹시한 여자들과 치아가 함께 그려진 그림들–자동차 보닛에 올라가 있는 것처럼 충전재 위에 올라가 있는 모델들과 달 표면처럼 울퉁불퉁한 치아 표면 위에 번쩍이는 스팽글이 달린 드레스를 입은 여가수가 앉아 있었다–을 마주했을 내가 아내에게 물었다. “대체 뭐지?”

“이 사람은 사이코패스야.” 아내가 대답했다.

“마룻바닥 밑에 시체 있는지 찾아봐야 하려나?”

“얼마든지 마음대로 해. 근데 내가 입에 대해서 어떤 기분인지 당신도 알잖아. 치과 광고판에 칫솔을 물고 미소 짓는 이빨 그림을 거는 건 금지해야 해. 모두들 그게 정상인 것처럼 여기지만, 음식점 화장실에 갔는데 방광이 변기에 소변보는 걸 자랑하는 광고판이 걸려있는 거랑 똑같잖아. 나 궁금한 게 있어. 치아도 치아를 갖고 있나? 걔들도 치실을 쓰나?”

그림들은 우리가 갖기로 결정했던 한 작품을 제외하고 모두 자선단체에 기부되었다. 우리가 가장 좋아했던 그 그림은 빨간 머리 여성이 빨간색 비키니를 입고 있는 인물화였다. 아내는 그림을 조립식 책장 위에 걸어두고 손님이 올 때마다 훌륭한 화제로 삼았다. 우리는 여러 이름을 고민했다. 리어노라, 거트루드, 레미디오스, 실비아, 아일린. 입에 붙는 이름이 하나도 없어서 우리는 결국 '두 번째 어금니를 지닌 여인의 초상'이라고 부르게 되었다.

영혼들이 모여 있는 만신전萬神殿에는 저세상 여성들끼리 실제로 미인대회가 열린다. 그들을 지역별로 분류해야 할까? 시대별로? 연령별로? (숙녀에게, 특히 유령 숙녀에게 몇 살이냐고 묻는 것은 예의가 아니다.) 병원 영안실에서 직원이 아내의 얼굴에 덮여 있던 하얀색 시트를 내렸을 때 "네, 맞습니다."라고 확인해주며 나는 덧없는 베일 뒤에서 분노에 휩싸여 얼마 못 살고 죽어간 수많은 신부들을 떠올렸다. 그러나 그들은 모슬린과 레이스의 색깔만으로 단순히 뭉뚱그려져서는 안 된다.

수줍어하지 맙시다. 난 당신과 데이트하고 싶어. 내가 문자를 보냈다.

시에스타 키에 있는 데니스 어때?

데니스 좋아. 내가 당신한테 덴버 오믈렛을 살게.

덴버에 연연하고 싶진 않아.

제발 아무 생각 말고 당신이 가고 싶은 아무 대도시 이름이 붙은 오믈렛을 고르면 돼. 하지만 만나기 전에 당신이 내 아내인지 아닌지 확인해줄 수 있을까?

이봐, 난 새로운 계획을 세웠어, 그리고 이 번호는 통신사가 무작위로 정해준 거야.

'망설이는 도박사'가 분양받은 아파트에서 배관이 제 기능을 하는지 확인하려고 수도꼭지를 틀어보는 과정에서 나는 우리가 허리케인의 직접적인 영향을 받게 되었음을 알게 되었다. '망설이는 도박사'가 '망설이는 도박사'라는 이름을 얻게 된 이유는 그가 긁지 않은 즉석복권을 수도 없이 쌓아놓았기 때문이었다. 허리케인 프리다는 거의 불가능할 것 같은 방향으로 막판에 진로를 바꾸었는데, 어쩌면 허리케인의 예측불허 성격을 감안하면 퍽이나 가능한 일이기도 했다. 아내와 나는 대형 붙박이장으로 들어가 몸을 숨겼는데, 옷장엔 신장 투석기도 감추어져 있었다. 우리는 개방된 집들을 돌아보며 견뎌냈던 방식대로 폭풍이 지나가기를 기다리고 싶었다. 귀신 이야기를 주고받으면서.

아내는 프랑스 왕 루이9세[1214-1270, 가톨릭 성인으로 시성되어 생루이Saint Louis로 더 많이 불림. —옮긴이]가 매우 종교적인 왕이었다는 글귀를 읽어주었다. 신앙심 때문인지 아니면 단순히 선한 인간이었기 때문인지, 그는 파리 근처의 영지를 성 브루노 수도회 사제들에게 헌납했다. 사제들은 영지 바로 옆이 폐하가 살고 있는 보베르 궁전이라는 사실을 조금도 개의치 않았다. 보베르는 유령 출몰에 대한 명성이 없었지만, 사제들이 온 뒤로는 긴 예복을 입고서 음탕한 말을 소리치는 수염 난 남자의 유령이 나타난다는 소문이 돌았다. 근방에서 떠돌던 이 소문이 왕의 귀에 들어가자 그는 경악하며 사제들도 그 털보 유령에 대한 이야기를 들었는지 물었다. 사제들은 공감 어린 충격과 혐오감을 표하며 왕궁을 자신들의 주거지로 하사한다면 그 보답으로 유령을 퇴치해주겠다고 왕에게 약속했다. 안심한 루이 왕은 보베르 궁전을 성 브루노 사제들의 공식 거주지로 정한다는 칙령을 내렸다. 헌신적인 사제들이 유령과 마주쳤는지는 모르겠으나, 적어도 그들은 아무런 불평도 하지 않았다.

“우리도 부업으로 유령 흉내를 내면 잘할 것 같아.” 내가 아내에게 말했다.

“우리가 13세기 사제 커플 흉내를 낸다고 해도 누가 믿을 것 같진 않은데.” 아내가 대꾸했다.

아내가 계속해서 글귀를 읽어주는 동안 마침내 허리케인 프리다가 상륙하자, 나는 관심이랄 것까지는 모르겠으나 아무튼 온 감각을 아내에게 집중했다. 파도가 점점 더 높이 치솟고 있었으므로, 비록 머릿속으로는 신장 투석기가 유유히 현관문을 빠져나가 운하로 떠내려가는 모습을 상상하면서도 우린 꼼짝없이 아파트에 갇혀 수장될 거라고 생각했다. 결과적으로 폭풍은 ‘망설이는 도박사’의 아파트를 비껴갔지만 그 구역의 나머지는 유령 마을이 되었다. 나는 침묵을 지키며 우리에게 아이가 없는 게 얼마나 행운인지, 세상이 얼마나 더 나빠지고 있는지, 바다 수온은 더 높아지고 여름은 더 뜨거워지고 있다는 이야기를 다시는 언급하지 않았다. 아내는 약한 사람들의 고통이나 좌절된 욕망을 접하기 전까지는 생기 있는 사람이었고, 그때 이후로는 위로를 더한 쾌활한 사람이 되었다. 아마도 아내는 1572년에 나온 루트비히 라바터Ludwig Lavater[1527-1586, 스위스의 신학자로 종교개혁에 앞장섰음. —옮긴이]의 책『잠을 걷는 유령과 정령들에 관하여Of Ghostes and Sprites Walking by Nyght』에 담긴 저자의 한탄을 인용했을 것이다. "세상은 점점 악화되고 있다. 인간들은 이제 과거 시절보다 더 경솔하고 더 뻔뻔하고 더 탐욕스럽고 더 사악하여, 그들의 유령 또한 그 행동을 따라 하기에 이르렀다."

시에스타 키의 데니스에서 나는 멍청이처럼 재킷 깃에 장미를 꽂고는 칸막이 좌석을 달라고 한 뒤 커피를 마셨다. 커피를 한 잔 더 마신 나는 안절부절못했다. 죽은 아내의 전화번호를 쓰는 여성은 끝내 나타나지 않았고, 나는 아내의 번호를 가진 여성을 기다리는 동안 아내가 내 곁에 와서 귀신 이야기를 읽어주면 좋겠다고 생각했다.

난 데니스 칸막이 좌석에 앉아 있고 멍청이처럼 재킷 깃에 장미를 꽂았어요. 내가 문자를 보냈다.

미안해요, 라고 답장이 왔다. 잠자리를 벗어나 데니스에 갈 용기를 끌어모으고 있었어요. 사실 난 누군가로부터, 나에게 아주 심한 상처를 준 누군가를 벗어나기 위해 이곳으로 이사 왔어요. 지금 당장은 낯선 남자를 만날 수가 없네요, 미안해요.

나는 이해한다고 그녀에게 말했다. 미안해하지 말라고.

고대 그리스인들은 귀신을 여러 종류로 나누었다. 이돌론idolon, 아오로이aoroi, 아타포이ataphoi, 움브라umbra, 라르바larva,

루무레lumure, 이마고imago, 플라스마plasma, 이피기iffigy, 마네mane, 물리에브리스muliebris. 캐나다인들에게는 윈디고windigo[북미 원주민들의 민담에 나오는 식인귀. —옮긴이]가 있으며 이누이트인들에겐 안지아크angiak가 있다. 일본인들에게는 관능적인 여우 요괴 코키테노kokiteno가 있다. 공간과 시간과 부동산이 존재하는 한, 그곳엔 귀신이 있을 것이다. 고통스러워하는 귀신, 단순히 깊은 인상을 주고 싶어 하는 귀신, 자신의 범죄를 바로잡으려는 귀신이 있고, 장난치기를 좋아하는 요란한 귀신, 고맙다는 말 없이 청소를 하는 가정부 귀신, 은행 강도를 일삼는 탐욕스러운 귀신이 있으며, 극장 귀신, 오페라의 유령, 영화 귀신도 있고, 석탄가루로 얼룩진 작업복을 입고 땅굴을 파는 광부 귀신도 있고, 유령 크루아상을 만드는 제빵사 귀신도 있고, 심령 수술을 집도하는 외과의 귀신도 있고, 미 서부 유령도시에 거주하는 귀신들도 있고, 롤러스케이트장을 빙글빙글 돌며 스케이트를 타는 유랑 서커스단 귀신과 유령들, 겨울 스키장을 미끄러져 내려며 신이 난 귀신들도 있고, 필리핀 오존 디스코장 플로어를 누비며 춤을 추고 있는 귀신들은 클럽이 붕괴됐을 때 그 안에서 춤을 추고 있었고, 호텔 손님 귀신과 벨보이 귀신도 있으며, 테니스 경기를 하는 귀신과 홍콩 해피밸리 경마장에서 말을 타고 달리는 기수 귀신도 있고, 1924년 에베레스트를 오르다 숨을 거둔 뒤 그곳에 남아 고군분투하는 등반가들을 돕고 있는 앤드루 어빙의 귀신도 있고, 귀신 들린 산소통에 묶이는 바람에 잠수병에 굴복하고 만 심해 다이버 귀신도 있고, 유령선과 유령비행선과 유령기차를 모는 귀신들도 있고, 나와 문자를 주고받는 문자메시지 귀신도 있으며, 마지막으로 내 아내의 귀신도 있다.

우리는 우리들 스스로가 귀신이 되었을 땐 어떨지, 혹은 우리 중 한 사람이 죽었을 때 혼령으로 돌아와 남겨진 배우자 곁을 떠돌지에 대해서는 의논한 적이 없었다. 나는 곁에 남아야 할지 떠나야 할지 자신이 없어서 갈팡질팡하는 혼령이 되어 어정쩡한 위치에서 식료품 저장고를 정돈한다거나 스팸메일을 삭제하는 따위로 도움을 주려 하는 모습으로 상상된다. 그러나 나의 아내는 귀신이 되는 쪽을 선택하지 않았을 것이다. 결혼 생활 내내 아내는 단호히 결정을 내리는 사람이었기 때문이다. 하지만 우리의 귀신 놀이에 집착함으로써, 나는 내 마음 속에서 아내를 아내이기도 하고 아니기도 한 존재로 만들어버렸다. 기억은 매번 회상할 때마다 달라지므로, 아내를 그리워할 때마다 나는 아내를 점점 더 잃어간다. 귀신의 존재를 뒷받침하는 또 다른 사실이 있다. 더는 그 사람을 예전 모습 그대로 기억할 수 없을 정도로 누군가를 강렬하게 그리워하는 것보다 더 귀신 들린 상황이 또 어디 있을까?

세츠코가 아닌

다른 엄마들과 달리 나는 딸 세츠코를 한 번이 아니라 두 번 낳았다. 첫 번째 출산은 한 여름의 맑은 날이었고 딸아이는 합병증 없이 태어났다. 쉽고 즐거운 출산이었다. 두 번째는 십 년 뒤 같은 날, 폭풍이 부는 오후였다. 나는 같은 개인병원에서, 레이저로 미백한 치아를 드러낸 미소를 똑같이 짓고 있던 같은 의사의 집도로 유도분만을 했는데 그는 LA에서 가장 유명한 여배우들의 아기를 받은 사람이라고 했다. 그러나 그때 세츠코는 응급 제왕절개 수술로 세상에 나왔다. 아이는 거꾸로 자리를 잡은데다가, 탯줄이 목에 감겨 서서히 질식하는 중이었다. 그때부터 줄곧 나는 그 사실이 다시 태어난 아이의 정신에 영향을 주었을까 봐 걱정스러웠다.

몇 주 후면 아이는 만 아홉 살이 될 터이고, 첫 번째 생애의 마지막 날인 그날을 위하여 나는 아이를 준비시키려 한다. 전에는 아이의 키가 132센티미터에 몸무게는 25킬로그램이었다. 이번엔 키가 130센티미터밖에 안 되는데 27킬로그램이 넘는다. 이러면 곤란하다. 매일 아침 나는 딸아이를 깨워 운동을 시키고 키와 체중을 잰다.

"얼른 일어나, 잠꾸러기!" 나는 최고로 모성애를 발휘한 목소리로 노래하듯 말한다. 아이는 투덜거리며 고집스럽게 이불 속으로 파고들지만 나에게 싫다는 말은 통하지 않는다. 부모는 아이들에게 권위적인 인물로 보이며 얌전하게 구는 법을 가르쳐야 한다.

"28킬로그램이야." 실망한 나는 한숨을 쉬며 숫자를 기록한다. "너 좀 달리자."

러닝머신을 힘겨운 기울기로 설정하고 아이가 건강한 땀을 흘리도록 운동시킨다. "더 빨리 달려, 코코!" 쿵쿵거리는 신발 소리 너머로 내가 응원을 보낸다.

"싫어요!" 아이는 고함을 지르며 러닝머신에서 내려온다. 구석으로 달아나 다리를 꼭 껴안고 쭈그려 앉는다. 아이의 머리칼이 얼굴 위로 늘어진다. "난 뚱뚱하지 않아요."

"허니." 나는 아이 옆에 무릎을 꿇으며 대꾸한다. "그건 엄마도 알지만 지금 넌 원래 네 모습과 달라. 넌 엄청 예쁘고 인기가 많았어. 그걸 다시 누리고 싶지 않니?"

아이는 서글픈 눈을 들어 나를 보며 고개를 끄덕인다.

"그럼 다시 저기로 올라가!"

운동 이후엔 세츠코의 정신 단계를 확인한다.

"처음 아홉 살이 되기 이전에는 커서 뭐가 되고 싶어 했었는지 기억나니?" 내가 묻는다.

"나 계속 발레리나가 되고 싶어 했어요?"

"더는 아니었어." 나는 얼굴을 찌푸린다. "맞히면 상을 줄게."

아이는 얼굴을 찡그려 정신을 집중하더니 표정이 환해지며 눈을 크게 뜬다.

“수의사!” 아이가 외친다. “수의사가 되고 싶어 했어요.”

“잘했어! 이유도 기억나니?”

“미루쿠 때문이에요.” 나는 붙박이장에서 찹쌀떡 상자를 꺼내 붉은 단팥이 든 찹쌀떡 하나를 아이에게 건넨다. 딸아이는 내 손에서 떡을 낚아채 간다. 신호라도 받은 듯 우리 반려묘 미루쿠가 코코의 무릎으로 뛰어오른다. “미루!” 아이는 꺅 소리를 치며 고양이의 털북숭이 이마에 쪽쪽 입을 맞춘다.

오늘 밤 나는 더 핑계 대지 않고 미루쿠 사고를 해치울 예정이다. 세츠코에겐 마지막이었던 크리스마스에 우리는 털이 온통 새하얀 새끼 고양이를 선물했다. 고양이한테 홀딱 빠진 아이는 꼭 껴안아주고 헝겊 쥐잡기 놀이를 하느라 학교가 끝나면 부리나케 집으로 달려왔다. 우리 집은 말리부 해변의 주택이라서 우리는 고양이가 단순히 갈매기를 쫓다가 바닷가 모래사장에 숨은 게를 파헤치며 놀 것이라고 생각했다. 어느 날 저녁 고양이가 집에 돌아오지 않아 우리는 해변을 샅샅이 뒤졌다. 그러나 바다를 끼고 산다는 것은 태평양 연안 고속도로 옆에서 산다는 의미이기도 했으므로, 다음 날 아침 이웃 주민이 호리호리한 미루쿠의 사체를 우리에게 가져다주었다. 고양이는 자동차에 치여 죽었다. 세츠코는 새하얀 털이 납작 눌리고 더러워진 새끼 고양이를 끌어안고 엉엉 울었다. 내 가슴도 찢어졌다. 무릎을 꿇고 둘 다 품에 감싸 안으며 나도 울었다. 나는 코코에게 다른 고양이를 데려다주겠다고 약속했다. 물론 결코 그럴 기회는 없었다.

우리의 재연출이 완벽하게 일치하지 않는다는 건 안타까운 일이다. 예컨대 우리는 세츠코 1호가 일곱 살이었을 때 빅베어 스키장으로 스노보드를 타러 갔다. 딸아이는 엄청 재미있어 하며 수월하게 슬로프를 따라 미끄러져 내려오다가 잘못 넘어져 손목이 부러졌다. 나는 어떻게든 그 사건을 새로 똑같이 만들어내고 싶었지만 남편 와이엇은 그걸 단호히 거부했다. 그래도 두 번째 세츠코의 멀쩡한 팔에 6주간 깁스를 해주었던 걸 떠올리며 스스로 마음에 위안을 삼는다. 놓친 추억을 보상하기 위해서 나는 자주 세츠코에게 그 사건을 처음부터 끝까지 이야기해보라고 시키고는 상세한 부분에 대해서 시험을 본다. 아이가 당시 사연을 충분히 오래 반복하면 허구가 현실이 될 것이라는 게 나의 바람이다.

"빅베어에 갔던 날에 관해서 얘기해봐." 내가 말한다. 둘이서 완벽한 암기를 테스트해본 지도 한참 되었다.

"우린 차를 몰고 도시를 벗어나 산길을 올라갔어요. 숙소에 도착했을 때는 오후였고요. 우리는 부츠로 갈아 신고 보드에 올라탔고 스키 강사가 초급 코스에서 보드 타는 법을 가르쳐줬어요. 나는 여러 번 넘어졌지만 결국 균형 잡는 법을 배웠어요."

"좋아, 그런데 엄만 자세한 걸 원해. 오감을 사용해보렴. 얼마나 추웠는지? 눈의 색깔은 어땠는지?"

"눈은 미루쿠처럼 새하얀 색이었지만 거의 푸른빛이 났어요. 진짜로 추워서 발가락에 감각이 없을 정도였고, 실내에 들어가서 감자튀김을 먹으면서 몸을 녹여야 했어요."

"계속해."

"처음엔 겁을 먹었는데 점심 먹고 나서부턴 겁이 나지 않았어요. 나도 다른 애들처럼 어려운 코스로 내려오고 싶어졌어요. 그래서 상급자 코스로 올라가는 리프트를 탔어요. 잘 내려오다가 빙판 구간을 만났어요. 넘어지면서 손목을 짚었어요. 팔이 너무 아파서 다시 일어날 수가 없었어요. 어떤 착한 아저씨들이 와서 나를 들것에 태워 로프 아래로 데려다줬어요."

"잘했어, 세츠코." 내 말에 아이는 빠진 앞니 두 개 사이의 틈을 보여주며 바보같이 씩 웃는다. 예전엔 늘 더 많이 웃었던 것 같다. 그 점에 대해서도 나중에 아이를 고쳐줘야 할 것이다. "자랑스럽구나, 찹쌀떡 하나 더 먹게 해줄게."

세츠코는 찹쌀떡을 살며시 감싸 쥐더니 한 입 깨물기 전에 흐뭇하게 냄새를 맡는다.

"생일이 몹시 기다려지겠네. 그날은 사탕을 먹고 싶은 만큼 마음껏 먹어도 될 테니까 말이야."

"전 열 살 생일이 더 짜릿할 거 같아요." 아이가 숨죽여 한 말이지만 내가 그걸 놓칠 리 없다. 우리는 아이를 위한 파티를 오랜 세월 재연출해 왔기에, 완전 처음부터 모든 걸 내가 다 준비해야 한다면 어쩔 줄을 모를 것이다.

“이젠 가서 악기 연습해라.”

코코가 바이올린 악보에 정신을 팔고 있는 사이 나는 미루쿠를 붙잡아 살며시 뒷문으로 빠져나가 집 앞 진입로에 내려놓는다. 와이엇의 컨버터블 승용차에 올라탄 나는 열쇠를 돌려 시동을 건다. 룸미러로 살펴보니 고양이가 땅바닥에 코를 대고 냄새를 맡고 있다. 마음을 다잡고 떨리는 마음을 진정시키느라 나는 차 키를 두어 번 더 돌린다. “괜찮아, 이건 네 딸을 위한 일이야.”라고 나는 말한다. ‘끽’ 타이어 마찰음을 내며 스포츠카로 고양이를 친다. 나는 결과를 확인한다. 골반과 뒷다리가 부러진 것 같지만 미루쿠는 고통 속에 울부짖으면서도 숨이 붙어 있다.

“젠장.” 나는 중얼거리며 다시 컨버터블 승용차에 오른다. 울고 싶지만 강하게 버텨야 한다. 좋은 일을 돋보이게 하려면 때로 나쁜 짓도 해야 한다. 두 번째 시도를 하며 나는 바퀴와 콘크리트 사이에서 두개골이 으스러지는 느낌을 확실하게 받는다. 나는 사체를 쓰레기 비닐에 담아 차고에 숨겨두고 남편이 귀가하기를 기다린다.

아이의 환생 이전에 와이엇은 나에게 정신 상담을 받으라고 요구했다. 그것을 조건으로 내세웠다. 처음엔 나더러 자기가 다니던 사별 가족 모임에 들어오라고 했는데 그건 내가 사양했다. 아기가 우리 품으로 되돌아올 거라면 슬퍼할 건 아무것도 없었다. 내가 재연출에 대한 계획을 묘사하기 시작하자, 상담사는 왜 세츠코에게 새로운 추억을 만들게 하지 않는지 궁금해했다. 아이가 있으세요? 내가 물었다. 여자였던 상담사에겐 아이가 없었다. 나는 이렇게 설명했다. 글쎄요, 부모가 되어서 가장 두려운 건 삶으로부터 아이를 보호할 수 없다는 점이에요. 무슨 일이든 잘못될 수 있어요. 정글짐에서 미끄러져 뇌진탕을 일으킬 수도 있고, 밤중에 유아돌연사증후군으로 사망할 수도 있고, 유괴를 당할 수도 있어요. 부모로서 갖고 있는 유일한 힘은 가능한 한 아이에게 최상의 기회를 주는 것뿐이죠. 세츠코에게 일어났던 모든 일을 내가 통제할 수 있었을까요? 아뇨, 그럴 수 없었어요, 하지만 과거에 딸아이는 너무도 활기차고 매력적이어서 정말로 마음에 쏙 드는 딸이었기 때문에 난 아이를 그렇게 만들어주었던 추억을 고스란히 아이에게 제공하기로 결정했어요.

게다가 복제아를 추구하는 부모에겐 그게 별로 이상한 일도 아니잖아요, 라고 나는 말했다. 몇몇 유명인 부부의 사연을 담은 다큐멘터리에서 보듯이 그들도 그런 적이 있었다. 왜 나라고 못 할 건 없잖아?

상담사와 남편은 둘 다 내 대답에 회유된 것 같았다. 그들에게 내가 털어놓지 않은 말이 있다면 그건 딸아이가 너무도 그립다는 것과 새로운 육신에서 옛날 세츠코의 모습이 섬광처럼 비칠 때마다 가슴속에서 샘솟는 사랑을 느낀다는 점이다. 그렇다, 어차피 원래 이렇게 되는 것이 맞다고 나는 생각한다. 이 아이가 바로 나의 세츠코다.

와이엇이 오자마자 나는 빨리 소식을 전하고 싶어 안달이

난다. "내가 해치웠어!" 흥분해서 내가 소리친다. "모든 게 준비됐어. 내일이면 미루쿠의 추억이 제자리를 잡을 거야." 남편의 표정이 구겨진다. 세츠코에게 내가 원래 모습처럼 행동하지 않는다고 꾸짖을 때 딸아이가 지어 보이는 얼굴과 놀랍도록 똑 닮았다.

"'미루쿠의 추억'이라는 건 대체 무얼 의미하는 거야?" 그가 묻는다.

"보여줄게."

남편을 데리고 차고로 간 내가 쓰레기봉투 입구를 벌려 안을 보여준다. 짓눌린 고양이 사체를 본 그의 얼굴은 설마 하는 표정에서 믿어지지 않는 듯 멍하니 굳어진다. 그건 내가 바랐던 반응이 아니다. 그 아버지에 그 딸이다. 와이엇은 이따금씩 엇나가려 한다. 어휴, 이럴 땐 남편을 좀 달래주어야 한다.

"세츠코에게 해가 될 만한 건 뭐든 재연출하기 전에 나와 미리 상의하기로 했었잖아." 그가 말한다.

"큰 문제 없이 애가 잘 극복한다는 거 우린 이미 알고 있는데 뭐."

"요점은 그게 아니지." 그가 대꾸한다.

그러고는 덧붙인다. "당신 나한테 비밀로 하고 애한테 또 무슨 짓을 했을까?"

"아무 짓도 안 했어!" 나는 발끈한다. "미루쿠에 대한 것도 지금 당신한테 얘기하고 있잖아."

"당신을 막기엔 너무 늦어버린 다음이지."

"화내지 마." 집 안으로 들어가는 남편을 허겁지겁 따라가며 내가 말한다. "미리 당신한테 말 안 한 건 사과할게, 하지만 난 우리 딸이 또다시 거의 우리 딸과 비슷해지면 당신도 기뻐할 거라고 생각했어."

"이번엔 내가 애 옆에 있어주지 못하잖아."

"우리 코코의 인생에 펼쳐지는 중요한 사건인데 당신이 놓치는 거야."

"처음 보는 것도 아닌데 뭘."

우리 목소리를 들은 세츠코가 방에서 폴짝폴짝 뛰어나온다. "아빠!" 아이는 소리치며 제 아빠 품으로 뛰어든다. "천사야, 안녕." 와이엇은 아이의 정수리에 코를 비비며 꼭 껴안는다. 그는 곧 아이에게 닥쳐올 일이 뭔지 자신은 알지만 딸아이는 모른다는 사실 때문에 슬퍼하는 것 같다. 아름답고도 감동적인 장면이다. 그토록 즉흥적인 사랑이 샘솟는 순간에 나도 다시 한번 참여하고 싶은 갈망이 얼마나 간절한지 모른다. 우리는 가족이 되려고 너무 오랜 시간을 기다려왔다.

그날 저녁, 와이엇이 나간 뒤 세츠코와 단둘이 남아 설거지를 하면서 나는 최대한 걱정스런 표정을 지은 다음 입을 연다. "있잖니, 엄만 좀 걱정스러워. 저녁 시간이 한참 지났는데 미루쿠의 모습이 통 안 보이네."

"내가 찾아볼게요!" 세츠코는 이렇게 대꾸하며 소파와 침대 밑을 들여다본다. 20분쯤 지났을 무렵 아이는 공포에 사로잡힌다. 오래전과 똑같이 충격을 받은 얼굴이다. 예상했던 대로 바람막이 재킷을 갖춰 입은 우리는 손전등을 들고 해변을 살펴본다.

"미루쿠! 미루쿠!" 나의 세츠코가 어둠을 향해 소리친다. 아이는 흐느낌을 멈추지 못한다. 아이는 처음만큼이나 두 번째도 고양이를 사랑했다.

"달링, 우리 좀 쉬자." 내가 말한다. "아침엔 분명 집에 돌아와 있을 거야."

와이엇은 우리가 약혼하기 직전에 자기 프로덕션을 차렸다. 그의 꿈은 탁월한 예술영화를 연출하는 것이었지만 파산을 모면하느라 옆길로 저예산 공포영화를 제작하게 되었다. 우리는 그가 아직 대학원에 다니고 있을 때 만났다. 나는 식당 서빙 일을 하면서 미친 듯이 오디션을 보러 다니고 있었다. 그가 낸 캐스팅 공고에 일본 여배우를 찾는다고 해서 나는 프로필 사진을 보냈다. 나를 불러들여 만난 자리에서 그는 내가 일본어를 할 수 없다는 사실에 실망한 것 같았지만 어쨌거나 나는 그 배역을 따냈다. 수년간 그는 내게 일본어를 가르치려 애를 썼지만, 나는 일어 문법이 영어와 너무 다르단 걸 알게 되었다. 또한 그는 일본 여행을 예약해서 내 혈통을 추적해보자고도 제안했지만 나는 그런 계획에 관심이 없었다. 나의 진짜 가족은 오렌지카운티에 사는 나의 양부모였다. 그들은 내게 캐런이라는 이름을 붙여주었다. 와이엇은 나를 쿄코라고 부르며 귀엽다고 생각하는 사람이었다. 다행스럽게도 세츠코가 생겼을 때 아이는 일본어 단어와 문장을 익히는 데 훨씬 더 열정과 관심을 보였다. 불리한 점은 부녀가 종종 나로선 절대 알지 못할 언어로 소통하며 함께 웃음을 터뜨리고 담소를 나눈다는 사실이다.

언젠가부터 와이엇은 공포영화에 전적으로 초점을 맞추었다. 도쿄에서 가부키 극장을 연구했던 시기 이후였던 것 같은데, 장래를 다른 장르로 바꾸어 펼치는 것쯤은 그에겐 별로 어려운 일이 아니었다. 세츠코의 부활과 정확히 때를 같이 하여 그는 비명횡사 탓에 육신 세계에 갇혀버린 복수심에 불타는 유령에 완전 심취했다. 유령들은 헝클어진 머리를 길게 늘어뜨린 채 하얀 수의를 입고 나타난다. 거의 언제나 그들은 젊은 여자들이다. 와이엇은 지금, 자신의 걸작이 될지도 모른다고 말했던 영화를 찍고 있다. 최근 로스앤젤레스에서 딸의 유괴와 사망 사건을 겪고 휘청거렸던 미국인 부부는 절망을 딛고 나아가 위기에 빠진 결혼생활을 구하고자 일본의 시골 마을로 여행을 떠난다. 임대한 집에서 그들은 9살 때 낯선 방문객에게 목이 졸려 살해당한 유미의 유령과 맞닥뜨린다. 아이는 폭격을 퍼붓듯이 그들의 머릿속에 자신의 죽음 장면을 쏟아 넣는다. 유미의 유령을 영혼 세계로 떠나보낸 뒤에야 비로소 그들은 딸을 잃은 상실감을 대면하고 평화를 얻을 수 있다. 와이엇이 이번 한 번만 유령 아이 역할을 세츠코가 하게 해달라고 애걸하지 않았더라면, 나도 전체적인 상황을 너무 이상하게 느끼진 않았을 것이다. 남편이 거부권을 행사하는 건 정말로 드문 일이어서 들어주어야 할 것 같은 의무감을 느꼈다.

그에게 좌절감을 안겨주어 나의 재연출 계획까지 덩달아 중단시킬 위험을 감수할 순 없다. 감독으로서 그가 자기 마음대로 일이 되지 않을 때 어떻게 되는지 나는 잘 알고 있다. 게다가 어린 여자애들은 항상 옷을 차려입고서 다른 사람인 양 행동하는데, 그게 얼마나 해가 되겠어?

새벽이 밝아올 때까지 침대에 홀로 누워 있던 나는 앞으로 다가올 미루쿠 장면에 대한 엄청난 기대감으로 가슴이 터질 듯해 도저히 잠을 잘 수가 없다. 그 소식을 전하기까지 두어 시간 더 참고 기다려야 한다는 걸 못 견디겠다. 차고로 가 쓰레기봉투에서 피 묻은 고양이를 꺼낸 뒤엔 우리 집 초인종을 누르고 세츠코를 흔들어 깨운다.

"이웃집 사람들이 우리 미루쿠를 찾았대." 사체를 내밀며 내가 말한다. "자동차에 치인 것 같아."

전처럼 세츠코는 고양이를 나에게 받아들어 품에 꼭 껴안은 채 흐느낀다. 나는 양팔로 딸아이를 껴안는다. "아 소중한 내 딸." 나는 속삭인다. "다른 고양이 데려다준다고 엄마가 약속할게." 내 눈물이 아이의 머리칼 위로 떨어지는 것이 느껴진다. 완벽하다.

"상관없어요." 세츠코의 대꾸에 나는 깜짝 놀란다. 이건 지난번과 전혀 다른 반응이다. "미루쿠랑 똑같은 고양이는 다신 없을 거예요."

다음날 지루한 길을 달려 할리우드에 가기 직전까지 나는 딸애의 운동시간도 건너뛰고 계속 자도록 내버려둔다. 영화를 찍는 동안 보통 나는 크고 작은 볼일을 보거나 점심을 먹는데, 섬뜩한 예감이랄까 어떤 이유에서인지 나도 세트장에 남아 있는다. 헝클어진 머리칼과 분칠한 피부로 변신을 하고 분장실에서 나온 세츠코는 정말로 시체처럼 보인다. 조명 담당자와 소품 담당자들이 분주히 오가며 인물에게 제대로 조명이 비치는지 확인한다. 배우들은 라테를 마시며 나타난다. 서서히 가장 중요한 장면이 펼쳐진다. 비행기에서 갓 내려 짐을 푼 부부가 침실 문가에서 유령이 지켜보고 있는 가운데 사랑을 나누는 장면이다. 벚꽃이 수놓인 실크 가운의 허리띠를 덮을 정도로 반짝이는 머리채를 길게 기른 아내 역할의 배우는 예상했던 대로 젊고 꽤나 매력적이다.

"모두 조용히 하세요." 조감독이 말한다. "액션."

깔깔거리며 아내가 카메라 프레임 안으로 달려오고 남편이 바짝 뒤를 쫓는다. 여자는 베개를 집어 남편의 어깨를 때린다. 남자는 가운 허리띠를 잡아당겨 옷 안으로 한 손을 밀어 넣더니 다른 손을 탐스러운 머리칼에 파묻는다. 두 사람은 열정적으로 프렌치키스를 하다가 여자가 남편을 침대로 이끌고, 둘은 과열된 몸짓으로 엉켜든다. 곧 세츠코가 문가에 나타난다.

"고로시떼야루." 세츠코가 나직이 중얼거린다. 두툼한 분장 위로 눈물 자국이 나 있다.

"커트!" 와이엇이 소리친다. "첫 테이크로는 나쁘지 않았어. 근데 나는 약간 덜 장난스럽고 좀 더 주저하는 느낌이면 좋겠어. 명심해, 당신들은 최근에 어린 딸을 매장했고 필사적으로 부부관계를 개선하려고 노력 중이란 걸. 세츠코, 넌 자연스러워. 다시 한 번 그렇게 해봐. 알겠니, 천사야?"

"네, 아빠." 유령이 된 나의 딸이 열심히 분위기를 맞추려고 대꾸한다.

세트장이 처음 상황으로 되돌아간다. 이어지는 촬영에서는 아내를 만지는 남편의 손길이 거의 겁에 질린 듯 소심하다. 그들은 모든 방향에서 장면을 담느라 똑같은 연기를 하고 또 반복한다. 와이드 숏, 미디엄 숏, 클로즈업, 오버숄더 숏. 열두 시에 와이엇이 점심시간을 선언하자 사람들이 바쁘게 이리저리 돌아다니지만, 나는 그가 아내 배우에게 다가가 빠져나온 머리칼 한 줌을 귀 뒤로 넘겨주며 애무하듯 턱을 쓰다듬는 걸 똑똑히 보고 만다. 그는 감독이고 여자는 주연 배우라고 나는 자신에게 상기시킨다. 이런 종류의 추근거림은 늘 있는 일이다.

촬영이 끝나자 와이엇은 편집본을 돌려보느라 스튜디오에 남는다. 나는 끝없이 이어진 퇴근 교통지옥 속에서 세츠코를 태우고 집으로 운전한다. 아이는 단조로운 정적을 깨기를 거부하고 나와 시선을 마주치거나 말도 하지 않는다. 아이는 고양이 일로 아직 화가 나 있다.

"코코, '고로시떼야루'가 무슨 뜻이야?" 호기심에 내가 묻는다.

"둘 다 죽여버릴 거야." 마침내 아이가 대꾸한다.

딸에게 전달해줄 추억이 얼마나 남았는지 궁금해진 나는 학교 활동과 그림, 일기를 보관해둔 파일을 샅샅이 살핀다. 한동안 작별 인사를 해야 했던 시기가 지난 뒤 아이의 일기 자물쇠는 내가 부쉈다. 나는 향수에 젖어 코코가 자전거 타는 법을 배우고, 요세미티 공원으로 캠핑을 갔을 때 모닥불에 마시멜로를 굽고, 수영장 파티에서 첫 키스를 받던 날의 기록을 항목별로 확인한다. 귀엽게도 세츠코가 홀딱 반했다는 고백에 맞춰 남자아이 배우를 고용해 그대로 키스를 재연출했지만, 나중에 알고 보니 두 번째 세츠코는 유치원 때 이미 자판기 뒤에서 뽀뽀를 해봤다고 했다. 어느 정도 불일치는 있을 수밖에 없다고 생각한다. 그렇기 때문에 세츠코가 원래 세츠코가 갖추어야 할 모습인지 아닌지 확인하기 위한 일종의 시험을 고안해 놓았더라면 좋았겠다는 생각이다. 완벽함은 불가능하다고 자신을 달래보지만, 딸아이를 위해 내가 할 수 있는 한 가장 가깝게 모든 일을 준비했더라면 세츠코도 나에게 되돌아올 최선의 기회를 갖게 될 것이다. 생일이 되면 신호를 받게 될 것이라고 나는 확신한다. 아이는 오로지 옛 세츠코만 알고 있는 비밀을 들려주며 내 귓가에 "나 돌아왔어요, 엄마."라고 속삭일 테고, 오래전에 잊혔던 딸아이의 손동작만으로도 확신은 충분할 것이다.

마침내 기대했던 날이 당도하여 나는 모든 준비를 철저히 마친다. 나는 10년 전에 아이가 받았던 선물들을 다시 포장해두었다. 테라스 데크에는 비눗방울 기계가 놓이고 백사장엔 망아지가 놓일 예정이다. 테이블마다 김이 모락모락 나는 만두와 찹쌀떡이 수북이 담겨 있다. 나는 세츠코에게 엄마 시야에서 벗어나지 말라고 말한다.

한 사람씩 손님들이 나타나 수영복으로 갈아입는다. 남녀 아이들이 바다에서 깔깔 웃고 소리치며 서로에게 물을 뿌려대지만 나의 코코는 친구들을 무시한다. 아이는 태평양 바다의 파도 위로 무한정 떠돌아다니는 무지갯빛 비눗방울을 조심스럽게 뿜어내는 기계에 시선을 고정하고 있는 듯하다. 떠들썩한 물놀이가 꽤 이어진 뒤 나는 아이들을 조용히 시켜 거실에 모이게 한다. "되게 좋다." 딸아이는 오래된 인형의 포장을 벗긴 후 무표정하게 말한다. "고마워, 제니." 아이들은 박수를 치고 제니는 어깨를 으쓱한다. 다음 선물은 금속 로봇 강아지다. 세츠코는 로봇을 카펫 위에 내려놓고 스위치를 켠다. 강아지의 빨간색 눈동자에 빛이 들어오면서 악마처럼 광선을 뿜는다. 로봇은 유압식 기계음을 윙윙거리며 네 발로 앞으로 걷다가 10초마다 멈춰 서서 영혼 없이 왈왈 단조롭게 짖는 소리를 낸다. 와이엇은 휴대폰으로 통화를 하느라 밖으로 걸어 나간다. '생일 축하' 노래를 부를 시간이 되어 나는 남편에게 함께 하길 바라지만, 그는 손을 휘휘 내저으며 나를 물리친다. 주방에서 내가 초콜릿 케이크를 가지고 나오자 나머지 사람들은 내 딸에게 큰 소리로 노래를 불러준다.

"이제 소원 빌어야지." 내가 아이에게 말한다. 촛불이 아이 얼굴을 불길한 주황색으로 물들인다. 아이는 눈을 꼭 감았다가 크게 뜨며 촛불을 불어 끈다.

“뒷마당에 망아지가 와 있어. 타고 싶은 사람은 줄 서라!” 내 말에 환호성과 박수소리가 이어지고 앞다투어 아이들이 밖으로 뛰어나간다. 유독 세츠코만 머뭇거린다.

“엄마.” 쭈뼛쭈뼛 내게 다가오며 아이가 말한다. “내가 무슨 소원 빌었는지 알고 싶어요?”

“뭔데, 아가?” 내가 묻는다.

아마도 이건 대단히 중요한 순간일 것이다. 가슴이 터질 듯 부풀어 오르는 것이 느껴진다.

“내가 옛날 생일대로 보내는 건 이번이 마지막이니까 뭐든 내 마음대로 빌어도 좋을 거라고 생각했어요.” 아이는 심호흡을 한다. “나중에 커서 수의사가 되지 않기로 했다는 걸 말해야겠다고 결심했어요. 난 배우가 되고 싶어요!”

“바보 같은 소리 마라.” 내가 대꾸한다. “그건 네가 절대로 원하는 게 아니야.”

“마음이 바뀌었어요.” 아이가 부루퉁하게 입을 내민다.

“안 돼.” 내가 말한다. “그 얘긴 끝났어. 너도 나가서 친구들이랑 놀지 그러니?”

“엄마 미워요!” 아이는 고함을 지른 뒤 망아지 트레이너가 망아지에 매번 다른 아이를 태우고 백사장을 한 바퀴씩 돌고 있는 곳을 향해 쿵쾅거리며 계단을 내려간다. 세츠코가 아이들 무리에 가까워진 순간 망아지가 꼬리를 쳐들고 똥을 싸자 아이들이 깔깔대며 웃음을 터뜨린다. 악몽의 한 장면처럼 나는 세츠코가 앞으로 달려가 똥을 집어 들어 또래 아이들에게 집어던지는 광경을 지켜본다. 아이들은 질색하며 비명을 지르고 바닷물을 향해 흩어지고 그러는 사이 코코는 홀린 듯한 표정으로 씩 웃는다.

"세츠코!" 나는 서둘러 해변으로 내려가 아이의 팔을 붙잡으며 꾸짖는다. "이게 무슨 짓이야?"

"내버려둬요!" 아이는 몸부림을 치며 내 손아귀에서 벗어나려 하지만 나는 놓아주지 않는다.

"얼마나 혼이 날지 너도 알고 하는 짓이길 바란다." 내 말에 아이는 몸부림을 멈춘다. 케이크인지 말똥인지 모를 얼룩이 한쪽 뺨에 묻어 있다.

"더는 엄마가 시키는 대로 전부 다 따르지 않아도 될 거라고 약속했잖아요." 아이가 우는 소리를 한다. "다음엔 무슨 일이 일어날지 모른다고 했잖아요."

"그래도 여전히 엄마는 네가 내 딸처럼 얌전히 행동하길 바라. 미루쿠 같은 불쌍한 아기고양이들을 구하고 싶지 않아?"

"미루쿠는 엄마가 죽였으면서!"

"그건 사고였어. 미루쿠는 차에 치여 죽었어."

"거짓말, 엄마가 한 짓이란 거 나도 알아요."

"제발, 코코." 나는 무릎을 꿇으며 말한다. "네가 여기 있다는 걸 좀 보여줘, 달링. 엄마 눈앞에 있는 이 여자애가 내가 사랑하는 세츠코라는 증거를 좀 보여줘."

"그 사람이 나한테 무슨 짓을 했는지 알려줄까요?" 아이가 묻는다.

"무슨 말이니?"

"엄마가 상상할 수 있는 것보다 더 끔찍했어요. 내가 막 깨물고 할퀴었지만 그 사람은 너무 힘이 셌어요."

"무슨 말인지도 모르면서 아무 말이나 하지 마라."

"그 남자는 따분해지니까 털북숭이 손으로 내 목을 움켜잡고 내가 죽을 때까지 졸랐어요."

"입 다물어! 너 외출 금지야."

"하지만 난 죽었다는 게 반가웠어요. 나에 대해선 신경도 안 쓰는 끔찍한 엄마를 두 번 다시 보지 않아도 된다는 뜻이었으니까요!"

충격에 휩싸인 내가 손을 놓자 아이는 달아나버리고, 나는 모래사장에 이마를 기댄 채 전신이 덜덜 떨리는 가운데 침착함을 되찾으려 애를 쓴다. 그건 반드시 영원히 사라져버렸어야 할 한 가지 기억이었다. 아이가 돌아왔는데도 내가 좀 더 세심한 엄마로 행동하지 않았기 때문에 나에게 벌을 주고 있는 증거가 이것이라면 어쩌지? 아니, 그럴 리는 없다. 세츠코는 이번 회차 생애에서 유괴범을 만난 적이 없었다. 아이의 아홉 번째 생일 파티에서 우리 딸을 훔쳐가 멜로즈가와 라브레아가가 만나는 교차로 모퉁이 쓰레기통에 버린 남자는 가석방 가능성이 없는 종신형을 살고 있다. 그날 있었던 일에 대해서는 가능한 한 적은 사실만 아이에게 들려주었다. 아이가 어떻게 이토록 많은 이야기를 짜 맞추었는지 모르겠다. 틀림없이 내가 실수를 저질러 아이의 과거 어린 시절과 너무 많은 변화를 허락했을 것이다. 와이엇의 영화 프로젝트 역시 상황에 도움이 되었을 리 없다. 영화는 아이에게 소름 끼치는 생각을 심어주었다. 나는 일어나 모래를 털어내고 씁쓸한 마음으로 남편과 맞서 그 문제를 해결할 마음의 준비를 한다.

언제 어디서나 감독인 남편은 아직 전화를 끊지 않았다. 나는 그에게 통화를 끝내라는 손짓을 보낸다. 그는 나를 무시할 수 있을 때와 없을 때를 아는 사람이다. 그가 통화를 중단한다.

"세츠코는 영화에서 빠질 거야. 점점 통제가 안 되고 있어."

"엔딩 장면을 찍으려면 적어도 일주일은 더 필요해."

"애가 방금 내 얼굴에 돌을 던지듯이 자기 죽음을 언급했어."

"맹세코 난 그런 얘기 한마디도 안 했어."

"세츠코는 자기 정체성 안에서 자리를 잡아야 하는데, 그러기엔 심신이 너무 취약해진 상태야. 정해진 애의 삶에 더는 연기하는 걸 허락할 수 없어."

"안타깝지만 지금 단계에서 세츠코를 교체할 순 없어. 시나리오를 대부분 다시 촬영해야 할 거야. 그럴 예산이 안 돼."

"그럼 나머지 시나리오를 다시 써."

"어차피 나도 당신이랑 할 얘기 있었어, 쿄코. 아내 역할을 맡은 배우가 휴직을 해야 한다는데 그럼 상황이 곤란해져. 당신이 대역을 해줄 수 있을까 부탁하려던 참이었어. 그러면 촬영 끝날 때까지 당신이 세츠코를 지켜볼 수도 있잖아."

"우리 딸의 배역을 바꾸는 건 못마땅해하면서, 아내 역할은 문제없이 바꿀 수 있다고 생각하는 거야?"

"아내 역할은 유령과 함께 등장하는 남은 장면까지 단독 촬영을 끝냈지만, 세츠코는 클로즈업 장면과 반전 촬영 부분이 남았어. 당신은 키도 몸집도 똑같으니까 뒤에서 카메라로 잡으면 문제없을 거야."

"세츠코를 교체하면 내가 그 역할 맡을게. 어차피 분장도 두껍잖아. 아무도 알아차리지 못할 거야."

"쿄코, 안 돼. 이건 당신이 결정할 문제가 아니야."

와이엇은 세츠코를 키우는 나의 방식에 대해서는 상당히 너그러웠고 그 태도는 계속되었다. 어쩌면 너무 너그러웠는지도 모르겠다. 하지만 먼저 태어났던 아이에게 무슨 일이 있었는지 어린 딸에게는 어떤 방식으로 설명해주어야 할까? 아이가 이해할 수 있을 만큼 나이가 들 때까지 차츰차츰 사실과 기억을 주입하겠다는 나의 방식이 사실상 가장 사려 깊은 태도라고 그는 생각했다. 특히 자기 언니가 자신의 복제인간이었다거나, 혹은 그 반대의 경우. 어쨌든 그는 자신의 최고 걸작이 될지도 모를 영화를 내가 망치는 걸 내버려둘 수 없을 것이다. 우리의 두 번째 세츠코가 아홉 살이 되었으므로 나는 모든 것을 내려놓고 우리 딸을 있는 그대로 받아들여주기 시작해야 했다.

"당신이 그런 말을 하다니 참 위선적이네. 내 이름은 쿄코가 아니야. 캐런이지. 난 절대로 당신이 원했던 여자였던 적이 없어."

"알겠어. 캐런." 와이엇이 대꾸한다. "전에는 애칭으로 불러도 별 신경 안 쓰더니만, 암튼 솔직히 말해 봐. 세츠코에 대한 당신의 추억이 다 떨어졌으니 이젠 어떻게 되지? 남은 할 일이 하나도 없잖아."

"애칭은 보통 다른 나라에서 흔하게 쓰는 이름으로 부르지 않아. 하지만 당신 질문에 답을 하자면 세츠코는 확실히 훈련이 더 필요해. 외워야 할 것도 더 있고 아이가 돌아오기 전에 우리가 제대로 바로잡을 수 없었던 중요한 기억을 새롭게 재연출해야 해."

"아이가 사랑받을 준비가 되어 있다고 당신이 결정을 내리기 전까지는 절대로 평범한 아이가 되지 못하겠군, 안 그래?"

"꼭 그래야 한다면, 맞아."

와이엇은 고개를 돌려 바닷가를 향했으므로 나는 그가 어떤 표정을 하고 있는지 보지 못한다. 그 표정이 딸에게서 늘 보던, 내가 다룰 수 있기에 긍정적인 영향을 줄 수 있는 그런 표정인지 아닌지.

"이렇게 해주면 좋겠어. 당신이 아내 역을 맡고 세츠코는 유령 딸로 한 장면만 촬영해줘, 그럼 나머지는 내가 알아서 할게."

"기꺼이 그렇게 해줄게."

그다음 주 아침 촬영장으로 향하는 차 안에서 세츠코는 내내 기분이 좋다. 우리가 아침 운동을 마치고 촬영장으로 가는 일상을 그대로 따른다는 사실을 아이는 자신의 반항이 승리를 거두었다고 여긴다.

"생일날 아빠한테 나도 영화 일 계속 하고 싶다고 했더니 연기 학원에 보내준다고 했어요." 아이가 말한다.

"그건 우리가 부모로서 결정을 내리기 전이었던 것 같구나." 주차장에 차를 대며 내가 대꾸한다.

"무슨 결정이요?" 의아해하는 아이의 목소리는 훨씬 더 온순해져 있다.

"이 영화가 완성되면 너도 끝이라는 결정이야. 더는 연기 안 해."

나는 성질을 부리는 딸아이를 안으로 끌고 들어가 분장팀에 맡긴다. 상대적으로 낯선 사람들 틈에 꼼짝 못 하고 앉아 있으면 화가 가라앉을 것이다. 나는 벚꽃 무늬 가운을 걸치고 촬영 대본을 검토한다. 오늘 장면은 거의 끝이다. 유미 유령은 부부의 공포를 먹고 자라 더 난폭해지고 점점 더 형체가 확실해진다. 남편이 현지 퇴마사와 함께 퇴마 의식을 계획하느라 외출한 사이 유미는 잠든 부인의 목을 조르려 한다. 시체처럼 분장하고 나타난 세츠코는 의상을 입고 있는 나를 보며 경악한다.

"뭐 하는 거예요?" 아이가 묻는다.

"오늘은 네 엄마가 부인 역할을 할 거야." 와이엇이 대답한다.

우리는 합을 맞추기 위해 둘의 대면 장면을 리허설한 다음 준비를 마친다. 나는 다다미방에 깔린 요에 누워 완전히 잠든 척한다. "액션!" 대나무 바닥을 딛는 세츠코의 슬리퍼 소리가 달각달각 들린다. 섬세한 아이의 손가락이 내 몸을 움켜잡는다. 아이가 일본어로 내가 죽기를 바란다고 외치자 나는 공포를 가장하며 목을 조르는 시도를 하는 아이의 연기를 지켜본다. "하야쿠 신데!"

"커트." 와이엇이 소리친다. "나쁘진 않은데 딱히 마음에 들지도 않아, 세츠코. 좀 더 에너지를 뿜어보면 좋겠다. 네가 맡은 인물이 과거에 갇혀 있는 기분이 어떨지 상상해봐. 자기는 절대로 누릴 수 없는 미래를 경험하게 될 살아 있는 생물이라면 누구든 복수를 하고 싶어 하는 거야."

우리는 몇 시간 동안이나 몸싸움을 반복하지만 와이엇은 만족하지 않는다. 촬영이 거듭될 때마다 세츠코의 연기엔 피로가 쌓일 뿐이다. 아이는 더 이상 자신의 연기에 빠져들지 못한다.

"아무래도 오늘은 그만 끝내야겠다." 와이엇이 말한다. "세츠코, 네가 이렇게 단순한 지시도 이해하지 못할 것 같으면 아빠도 앞으로 연기를 하는 건 관둬야 한다는 엄마의 결정이 옳았다고 생각할 수밖에 없어."

창백한 아이 얼굴에 낯익은 짜증 난 표정이 잠시 피어올랐다가 즉각 사라진다. 나의 어린 유령은 속상하다. 세츠코는 표시해둔 처음 등장 지점으로 걸어간다. "아니에요." 아이가 고집을 부린다. "할 수 있어요."

"모두들 조용히 하세요." 조감독은 양손으로 입을 가리고 심호흡을 하던 와이엇을 머뭇거리며 쳐다본다. "카메라 돌려."

나는 코코의 가벼운 발소리에 귀를 기울이지만, 조용하다. 애매한 소리의 공백이 한참이나 이어지다 드디어 다가오는 온기가 느껴진다. 아이가 잠든 내 얼굴을 굽어보며 행동에 돌입할 순간을 기다리고 있다는 걸 알겠다. 아무런 일도 일어나지 않기에 나는 뭔가 잘못되었나 의아해진다. 그러다 이윽고 나를 옥죄는 아이의 손길이 느껴진다.

"하야쿠 신데!" 고막을 찢을 듯한 목청으로 아이가 소리친다. 내 숨통을 끊으려고 아이는 온몸의 체중을 다 싣는다. 번쩍 눈을 뜨고서도 내 딸인데 알아보지 못하겠다. 정말로 상처받고 잊힌 아이의 악령처럼 보인다. 목에서 아이 손을 떼어내려고 해보지만 아이는 꿈쩍도 하지 않는다. 아이는 보기보다 힘이 세다.

"커트!" 와이엇이 더 큰 소리로 외친다. "커트! 세츠코, 그만해!"

여러 사람이 달려들어 딸아이를 나한테서 끌어낸다. 아이는 와이엇이 받아 안아 진정시킬 때까지 스텝들을 마구 후려친다. 세츠코는 남편의 쇄골에 얼굴을 묻고 흐느낀다. "쉿, 천사야." 그가 중얼거린다. "다 끝났어." 그는 아이를 데리고 세트장 뒤로 들어간다. 발작적으로 기침하는 장면을 마친 뒤 나는 두 사람을 의상실에서 발견한다. 와이엇은 일본어로 위로의 말을 건네고 있다.

"당신도 옷 갈아입지 그래?" 그가 권한다. "코코 데리고 집으로 가."

"애한테 어떤 벌을 줄 것인지 의논해야지."

"그건 당신한테 맡길게." 그가 대꾸한다.

그러고는 덧붙인다. "내 의견으로는 이미 충분히 벌 받은 것 같은데."

나는 와이엇이 한 마디라도 공감의 말을 해주기를, 나는 혼자가 아니며 남편이 우리를 여전히 한 팀으로 여긴다는 증거를 뭐라도 보여주기를 기다린다. 그는 품에 안았던 딸아이를 내게 건네준 다음 재빨리 빠져나갈 뿐이다.

그날 밤 나는 세츠코의 방에 몰래 들어가 잠든 아이를 지켜본다. 다른 꿈을 꾸는 것이 아이의 성격을 변화시키기에 충분할까 아닐까 고민한다. 이런 상황에선 거의 내 딸 같아 보이지만, 그건 거짓임을 안다. 나는 실패했다. 내 앞에 있는 아이는 세츠코가 아니다. 오히려 아이는 살았든 죽었든 내 딸의 변종이다.

자정이 가까울 무렵 나는 와이엇에게 전화를 받는다. 그는 이혼을 원한다. 나는 다시 생각해보라고 그에게 애걸한다. 세트장에서 있었던 일은 대단히 충격적이지만 우린 모든 걸 해결할 수 있을 거라고 내가 말한다. 나는 다시 상담을 받으러 갈 수도 있다. 와이엇과 내가 커플 상담을 받으러 갈 수도 있다. 세츠코를 상담받게 할 수도 있을 것이다. 우리 모두 상담을 받으러 갈 수도 있다.

"미안해, 캐런. 하지만 상담을 받기엔 너무 늦었어. 우린 수년 전에 이 짓을 끝냈어야 했어." 영화를 찍던 도중에 무너져 내린 코코, 고양이. 너무 많은 일이 있었다.

"세츠코가 기억을 확실하게 갖고 있다는 걸 보여줄 수만 있다면 우린 새롭게 좋은 가족이 될 수 있어." 내가 말한다.

"어쩌면 당신은 스스로 놓쳐버린 징후를 찾느라 세츠코를 너무 면밀하게 관찰하고 있었을 거야."

어쨌든 상관없는 일이다. 와이엇은 사랑에 빠졌다. 부인 역할 배우는 임신 중이다. 영화 촬영이 너무 고통스러워서 무언가 달라지지 않는다면 그와 계속 일할 수 없다고 말했단다. 그는 어떻게 해야 할지 오래 고민했고 이제 확신이 섰다. 그런데 솔직히 나는 정말로 우리 가족을 되찾고 싶은 걸까? 물론 그는 세츠코의 양육권을 공동으로 소유하겠지만 앞으로 나아가는 것이 우리 모두에게 좋을 것이다.

와이엇의 물건이 집안에서 사라졌다. 학기가 시작된다. 큰방엔 첫 번째 세츠코가 남긴 그림과 종이들이 어지럽게 널려 있다. 나는 아이의 일기장을 베개 옆에 간직한다. 두 번째 세츠코를 좀 더 살뜰히 살펴야 하지만 그럴 마음이 안 생긴다. 코코는 통제가 되지 않는다. 학교 교사들은 아이가 다른 학생들을 괴롭힌다고 불평한다. 나는 교장실에 불려간다. 교장은 미술 시간에 딸아이가 그린 그림을 보여준다. 하나같이 가장 끔찍한 방식으로 살해당한 일본 여자아이를 담은 그림이다. 몸이 터져버렸거나 독살을 당했거나 익사했거나 불에 탔거나 사지가 절단되었거나, 헛간 서까래에 매달려 있는데 농장 가축들이 공포에 질려 쳐다보고 있다. 그림 한 장 맨 밑에는 글귀가 휘갈겨 적혀 있다. "난 죽고 싶다, 죽고 싶다, 죽고 싶다, 죽고 싶다, 죽고 싶다고!"

교장과 상담을 마친 뒤 나는 세츠코를 차에 태우지만 곧장 집으로 가고 싶지가 않다. 그림에 관해 얘기를 나눠야 한다는 건 안다. 그 대신 나는 아이에게 뭘 하고 싶은지 묻는다. 원하는 곳 어디든 데려다주겠다고. 우리는 샌타모니카 피어로 향한다. 싸구려 음식점과 고약한 냄새를 풍기는 핫도그 좌판과 아이스크림을 파는 노점상들 사이로 놀러 나온 가족들이 돌아다닌다. 서핑하는 사람들과 파도가 서로 부딪치는 연습을 한다. 바닷물엔 쓰레기가 휩쓸려 다니다 모래사장으로 밀려온다. 십 대들이 휴대용 오디오 기기에서 흘러나오는 팝송을 큰 소리로 따라 부르며 서로에게 선탠로션을 발라준다. 문득 아홉 살에 머물러 있는 세츠코가 살아 있다면 그들과 같은 나이라는 생각이 떠오른다. 날이 갈수록 점점 더 또렷한 사람 모습으로 자라나고 있을 와이엇의 아이를 생각한다. 그는 우리 딸아이를 사랑했던 것보다 그 아이를 더 사랑할까? 나는 코코가 제멋대로 행동하도록 내버려둔다. 뭔가 먹을 것을 사달라고 할 때마다 나는 아이에게 돈을 건넨다. 아이는 오락실에서 게임을 하고 어린이용 탈것을 빠짐없이, 어떤 것은 몇 번씩 반복해 타다가 급기야 지친다.

황혼 무렵 우리는 회전 대관람차에 오른다. 하얀색 금속으로 만들어진 대관람차는 천천히 돌아가고 우리는 북쪽 언덕 너머로 노을을 지켜본다. 고함치는 소리와 웃음소리, 한숨 같은 파도 소리가 허공 높은 곳까지 메아리친다. 세츠코는 아이스크림콘을 먹으며 관람차 안에서 이쪽저쪽으로 옮겨 다닌다. 돌아다니는 곳마다 흘린 아이스크림이 찐득한 설탕 흔적으로 남는다. 안에서 무언가 아픈 느낌이 솟구치다가 이내 다시 잠잠해지는 것을 느낀다. 울고 싶지만 계속 강하게 버텨야 한다. 안 그러면 어쩌면 그건 더는 진실이 아니게 된다.

"엄마." 세츠코가 행복한 미소를 지으며 말한다. "오늘이 영원히 기억날 것 같아요!"

"그거 잘 됐구나, 아가." 내가 대꾸한다. 예기치 않게 대관람차가 멈추더니 우리가 타고 있는 칸이 회전축의 맨 꼭대기에 매달려 허공에서 앞뒤로 흔들린다. 나는 끈적끈적한 딸아이의 손을 꼭 잡는다.

"그 얘기 좀 해보렴." 내가 말한다.

우리말로 번역된 책을 읽는 독자들에게 만약 번호를 매긴다면 그 책의 1번 독자는 누가 뭐래도 옮긴이라고 주장하고 싶다. 최초라거나 최애라거나 하는 순서와 애정의 정도를 떠나, 이토록 속속들이 반복해서 문장을 하나하나 저미듯 읽어보는 양대 독자로는 편집자와 번역자를 손꼽을 수 있겠으나 두 가지 다른 언어로 작품을 더 내밀하게 접하는 이는 아무래도 옮긴이 쪽이 아닐까. 자타공인은 알 수 없고 아무튼 자칭 1번 독자로서 최고의 진미를 앞에 둔 사람처럼 입맛을 다시며 호기롭게 달려든 이 책에 대한 인상과 애초의 결심은 작업이 진행되면서 냉온탕을 오가듯 변덕을 거듭했다.

수박 겉핥기식으로 미리 들여다본 몇 편의 장르는 분명 SF소설이었는데! 다양한 일반 문학 작법까지 어떻게 한 작가가 이다지도 다양한 색채의 단편들을 한 권에 담았을까 싶은 초반의 놀라움을 진정시키고 나자 뒤이어 어딘가 익숙한 낯설음과 기묘한 불편함이 찾아들었다. 당장 지금 어디에선가 벌어지고 있을 것 같고, 머잖아 우리가 직접 겪게 될 듯한 암울한 현실 속 인물들에게 독자로서의 나를 투사하는 것이 너무 당연해서 불편해지는 마음을 어떻게 설명해야 할까.

이 책에 담긴 메리 사우스 작품들은 하나같이 소외된 이들을 주인공으로 삼고 있다. 화려한 명성을 갖춘 건축가에게도 감추어진 아픔과 딱한 개인사는 피할 수 없다. 총 10편의 단편 가운데 2편을 제외한 작중 화자는 모두가 '나'이고, 여러 명의 '나'는 대부분 이름도 없는 누군가이기에 무척 친근하지만, 독자 입장에선 그래서 더 인물에 함몰되지 않으려 거리감을 두고 싶어지는 것 같다. 과학의 비약적 발달로 코앞까지 다가온 인간 복제 기술을 우리는 과연 언제까지 생명윤리와 도덕성에 기대어 막아낼 수 있을까. 개발과 환경보존의 선택 앞에서 인류가 계속 개발을 선택하며 지구를 파괴해 왔듯이, 머잖아 인간의 욕망은 그 선을 넘을 것이다.

〈키이스 프라임〉과 〈세츠코가 아닌〉에서 작가는 미래의 바로 그 시점에서 우리에게 인간애와 상실의 의미를 환기한다. 특히 〈키이스 프라임〉에서 창고 한가득 연령별로 잠들어 있는 복제 인간들은 필요에 따라 사용될 인체 조직 추출을 위하여 농작물처럼 '수확'된다. 특권층을 위한 맞춤형 복제인간을 위한 비밀 연구센터도 존재하지만, 평범한 인간은 여전히 무기력하게 죽어갈 뿐이다. Keith의 외래어 표기가 Kiss와 똑같은 데다 '프라임prime'을 또 어떻게 할 것인가 제목부터 고민이 많았던 첫 편부터, 독자로서 느끼는 참신함과 옮긴이로서 느끼는 난감함을 오가는 줄타기는 책의 마지막 장까지 이어졌다. SF 소설의 장르적 특성상 경이로움의 세계와 독특한 상상력을 바탕으로 한 고유한 우주관은 독자를 사로잡는 주요 장치이므로, 메리 사우스는 어딘가 익숙하면서도 새로운, 섬뜩한 세계로 독자를 빠져들게 하는 데 탁월하다.

작가의 주특기로 여겨지는 현대인의 상실과 고독, 소외,

단절에 대한 깊은 사색과 의문은 장르와 분위기가 달라진 다른 작품에서도 맥을 이어간다. 〈사랑의 시대〉에선 역설적으로 사랑의 부재로 괴로워하는 인물들을, 〈약속된 호스텔〉에선 사랑을 갈망하다 실패해 세상을 떠도는 인물들을 만날 수 있다. 〈개두술에 관하여 자주 묻는 질문〉에선 끔찍하고도 냉소적인 유머가 오히려 담담하게 우리를 위로한다. 표제 작품인 〈당신은 절대 잊히지 않을 것이다〉와 〈인터넷 괴물들의 회복을 위한 재버워키 캠프〉, 〈우주를 구하기 위해서는 우리 자신도 구해야 한다〉에서는 스마트폰 중독자들인 우리 곁에서 바로 지금 일어나고 있는 듯한 고통스러운 현실이 다루어지고, 디지털 기술과 사이버 세계가 일으킨 여러 가지 유형의 폭력과 혐오 문제에 대한 단상들이 긴 여운을 남긴다.

상투적인 표현을 피하고 싶은데, 도무지 그 말밖에 떠오르지 않을 때가 있다. 체육계나 예술계에서 데뷔하자마자 놀라운 활약을 보이는 이를 칭하는 이른바 '괴물 신인'. 메리 사우스의 데뷔작인 이 단편집을 표현하라면 '역대급 괴물 신인 등장' 정도의 문구가 어울릴 것 같다. 번역은 매번 즐겁고도 고통스러운 작업이다. 이제 고통의 순간이 끝났으니 홀가분한 마음으로 다시 1번 독자로 되돌아가 작품 음미에 집중할 수 있다는 사실이 기쁘다.

변용란

⌘

"메리 사우스가 현재 시점을 예언할 수는 없었겠으나, 이보다 더 시기적절하게 느껴지는 단편소설은 없을 것이다… 각기 독립적이고 황량하며 정교하게 짜인 모든 작품은 소외와 고독이라는 주제에 집중하며, 검열이 단순히 우리 일상생활에 항상 존재하는 것만이 아니라 우리의 삶을 연출하고 있다는 점을 드러낸다… 임신과 출산에 대한 작가의 묘사는 마거릿 애트우드의 암울함을 떠오르게 한다."

– 줄리 블룸Julie Bloom, 《뉴욕 타임스》

"암울한 유머와 충격적일 만큼 배제된 감성으로 쓰인… 윤리적인 짐을 덜어낸 정교한 사우스의 산문은 보살핌과 타인을 구제하겠다는 인간의 헛된 욕망이 지닌 한계성 탐구에 대한 폭넓은 여지를 제공한다."

– 제시카 에이브럼스Jenessa Abrams, 《애틀랜틱》

"생동감 넘치는 사우스의 단편집은 생생한 문장, 단정한 창의성, 개념적인 활기로 가득하다. 작가는 현대사회를 정확하고 상세하게 분석함과 동시에 놀라운 상상력으로 자신의 언어를 작품에 불어넣는다… 연민을 자아내는 기발한 이야기들은 가장 흥미로운 방식으로 그와 같은 모순과 갈등하는 인물들을 우리에게 선사한다."

– 앨리너 코언Alina Cohen, 《옵서버》

추 천 사 ✕

"장난스럽고 날카로운… 사우스의 단편들은 한 페이지 안에서 재미와 심오함을 동시에 담아내지만, 작가가 선보이는 최고의 기술은 아마도 외로움의 복잡미묘함을 파헤쳐 첨단 기술이 이끄는 세계에서 그 용어가 지닌 의미를 해부하는 것일 터이다."

–《퍼블리셔스 위클리》

"캐런 러셀Karen Russell이 그려낸 〈블랙 미러〉를 상상해보라. 그러면 이 신랄하고도 경이로운 단편집에 대한 감각을 갖게 될 것이다."

–《오 매거진》, '2020년 3월 최고의 책'

"사우스의 작품들은 다정함이 생존을 향한 의무이자 열쇠라고, 우리가 생존할 수 있다는 걸 보여주는 감각이라고 주장한다."

– 제니퍼 샤퍼Jennifer Schaffer, 《더 네이션》

"날카롭게 빼어나다… 감정과 첨단 기술을 접목한 사우스의 단편소설들은 불편하지만 대단히 예리하다."

– 필 베이커Phil Baker, 《선데이 타임스》

"엄청난 재능을 지닌 작가가 탄생시킨 과학기술, 병리학, 인간성에 대한 예리하기 짝이 없는 단편소설집."

–《더 밀리언스》

⌘

"점점 더 궁금해진다. 이것이 바로 메리 사우스가 만들어낸 게임의 이름이다… 제아무리 암울해 보이더라도, 확실히 재치 넘치고 종종 아주 재미난 이 작품들은 당신이 고단한 현실을 잊고 빠져들 수 있는 반가운 위안이 될 수도 있을 것이다."

–드루 하트Drew Hart, 《아츠 퓨즈》

"걸출한 작품 속에서 인물들의 고통은 몹시 인간적이고 감동적이다… [표제작은] 놀라운 반전을 수없이 거듭하다 너무도 뜻밖이고 불가피한 엔딩에서 정점을 이루는데, 플래너리 오코너Flannery O'Connor가 몹시 흡족해할 법한 결말이다."

–《커커스 리뷰스》

"메리 사우스의 첫 단편소설집에서 슬픔은 야성의 존재다… 많은 작품 속에서 첨단 기술이 중요하게 다뤄지고 있는 가운데, 각각의 이야기들은 해결되지 않는 고통을 일으킨 복합적인 원흉인 과학기술 그 너머의 이유를 작가의 능란한 필치로 파헤치고 있다. 좀처럼 잊히지 않는 이야기들이다. 슬픔, 분노, 절망이 어떻게 흔한 인간 군상들을 변모시켜 온갖 수단을 동원해 고요하게 휘몰아치는 고통을 포착하는 인물로 탈바꿈하게 되는지를 작가가 보여주고 있기 때문이다."

–빈스 그라나타Vince Granata, 《플레이아데스》

“이 책은 첨단 기술이 낳은 현혹, 두려움, 자기 위안에 관한 이야기다… 암울한 첨단 기술을 소재로 삼아 창의적으로 조합해낸 뛰어난 이야기 속엔 수많은 장점이 있다. 특히 인간애와 관계성을 담아낸 부활절 달걀 같은 선물이 곳곳에 숨어 있으니 더 말할 것이 없다. 〈블랙 미러〉 최고의 에피소드를 떠올려보라.”

–마르타 보셀스Marta Bausells, 《릿허브》

“섬뜩한 유머를 뾰족하게 두른 채, 날카롭고도 유쾌하게 예리한 문장으로 고독과 상실을 담아낸 10편의 단편이 여기 선을 보인다. 메리 사우스는 광범위한 호기심과 진지한 재치를 버무려, 첨단 기술이 망쳐놓은 삶이 갖는 부조리함과 진부함을 그려낸다.”

–캐스린 스캔런Kathryn Scanlan, 『8월 9일—안개 Aug 9—Fog』의 작가

“오묘하게 신랄한 데뷔작… 그 어느 때보다도 더 ‘촘촘히 연결된’ 세상에서 외로움은 여전히 팽배하고, 마음은 찢겨나가며, 우울함과 분노는 언제나 냉혹한 기계의 무관심을 짓누르고 솟아난다.”

–《데일리 메일》

“기묘하고 종종 경이롭다… 현대사회의 순간순간에 대한 충격적이고도 기이한 비판.”

–《메트로》

⌘

"메리 사우스의 단편 소설에는 뒤틀린 유머, 교묘한 도발, 심란한 예언, 강렬한 감정이 생생하게 뒤섞여 있다. 반짝반짝 빛이 나면서도 기이하고, 기이하게 우스꽝스러우면서도 무시무시한 데뷔작!"

– 샘 립사이트 Sam Lipsyte, 『들어라 Hark』, 『애스크 The Ask』의 저자

"메리 사우스는 감정적 소외감의 서사를 능숙하게 펼쳐낸다. 불길하게 황량하면서도 날카로운 유머를 동시에 갖춘 작품에서 작가는 슬프고 외로운 인물들로 가득한 근미래를 창조한다… 『당신은 절대 잊히지 않을 것이다』는 현대성과 충돌하는 암울한 두려움이라는 시대정신을 반영한 단편소설집이다. 서사에 담긴 작가의 목소리는 예리하고 재치 있으며 유능하다."

– 이언 맥앨런 Ian MacAllen, 《시카고 리뷰 오브 북스》

"자신에 대한 뉴스를 접하고 불편해지는 것만큼이나 자신의 이야기로 만든 것 같은 문학 작품 때문에 마음 불편해질 유쾌한 기회… 사우스의 문장은 재미있고 역동적이며 완전히 독창적이다… 사우스의 작품 주인공들은 자신들의 고립과 소외가 스스로 통제할 수 없는 힘에 휘둘려 생겨난 것임을 알면서도, 점점 더 개인의 삶에 간섭하는 첨단 기술을 통하여 소외감을 해결하려고 부단히 노력한다. 친숙하지 않은가?"

– 에바 던스키 Eva Dunsky, 《컬럼비아 저널》

"[메리 사우스는] 인상적인 작가다… 작가는 각기 다른 세대를 무대에 올려 그들이 몸부림치며 죽음을 떨쳐내려는 모습을 지켜보는데, 죽음에 대한 인식이나 무지함은 모든 작품에서 기묘하고도 경이로운 유머의 원천이다… 사랑하는 사람을 잃은 아픔과 삶의 방식, 불멸의 존재로 떠돌게 될 우리 자신의 미래를 곱씹어보면서, 섬뜩한 그리움은 정말이지 현실적인 경험이 된다."

– 세실리 버버랫 Cecily Berberat, 《에피파니》

"사우스의 독창적인 단편소설은 재미있고 서글프다… 초현실적인 이 작품들['저주받은 자들을 위한 공인중개사'와 '세츠코가 아닌']은 인생에 혹 있었을지도 모를 단면에 대해 더욱 깊이 파고든다. '저주받은 자들을 위한…'에서 한 남자와 그의 아내는 매매해야 할 집안에서 발견되는 잡동사니 세간을 보며 웃음을 터뜨린다. '세츠코가 아닌' 역시 감동적이다."

– 앤서니 부코스키 Anthony Bukoski, 《미니애폴리스 스타 트리뷴》

"기묘하고도 경이로운 단편소설… 기이함과 어두운 유머로 가득하다는 점에서 메리 사우스는 조지 손더스 George Saunders를 떠오르게 한다. 매혹적인 이 단편집으로 사우스는 독자들의 레이다에 걸려들 수밖에 없으며, 〈블랙 미러〉의 팬들에게 완벽한 작품이다."

–《북리스트》

※

"초현실주의와 과학소설, 리얼리즘, 마술적 리얼리즘이 혼재된 이 작품들은 장르를 허무는 경향과는 상관없이 인간의 경험에 단단히 뿌리를 내리고 있다. 『당신은 절대 잊히지 않을 것이다』는 최첨단 과학과 기술로 정의되는 현대사회의 순간들에 대한 탐구로 똘똘 뭉쳐있지만, 그럼에도 불구하고 그 본질에는 인간의 감정이 깔려 있다. 작품 속 인물들이 살아가는 세상과 마찬가지로 문체는 냉정하고 예리하며 건조하지만, 감정으로 가득하다."

– 앨리스 마틴 Alice Martin, 《셸프 어웨어니스》

"짜릿하고 흥미진진하며 충격적인 단편집이 탄생했다! 무한히 펼쳐지는 재치와 참신함 속에서 흐뭇한 지적 퍼즐로 시작된 이야기는 무언가 점점 더 강렬하고 과격한 형체로 피어나, 공포와 상실감, 갈망, 수치심, 두려움의 합으로 확장된다. 메리 사우스는 어마어마한 책을 집필해냈다."

– 클레어 빔스 Clare Beams, 『질병 레슨 The Illness Lesson』의 저자

"흥미진진하고도 어처구니없을 정도로 예리한 단편집이다. 재미있고, 고통스럽고, 섬뜩하고, 때로는 무시무시하고, 곳곳에 지성미가 넘친다. 메리 사우스는 대단히 재능 있는 작가이며 이 책은 보물이다."

– 리디아 키슬링 Lydia Kiesling, 『골든 스테이트 Golden State』의 저자

“메리 사우스는 대단하다. 줄지어 서 있는 수많은 오리 떼를 쓰러뜨리듯이, 휴머니스트 소설의 근간이 되는 인간애의 위안과 경건함을 모두 통렬한 유머로 해체하고, 대신 그 자리엔 돌이킬 수 없을 만큼 주변 환경에 흔들리는 인물들을 극단적으로 증폭된 인간 관계망을 따라 길게 늘어세운다. 작가의 세계는 결함투성이에다 시답잖은 암호로 새겨진 기억, 속이 뻔히 보이는 욕망, 자기복제로 생겨난 환상으로 가득하다. 알고리즘에 저당 잡힌 인간 군상을 그려낸다.”

– 톰 맥카시 Tom McCarthy, 『새틴 아일랜드 Satin Island』의 저자

“심술궂으면서도 절묘한 웃음을 선사하는 메리 사우스의 단편집은 현대인의 삶에 깃든 내밀한 아픔을 파고든다. 엄청나게 기묘하고도 유쾌한 이야기 속엔 복제 인간, 뇌수술, 인터넷 세상의 문제적 인간들, 여분의 부품으로 이용되는 인간 표본이 가득한 창고까지 등장하지만, 이야기가 그러한 소재에 한정되진 않는다. 눈부시도록 빼어난 상상력과 재치로 가득한 『당신은 절대 잊히지 않을 것이다』는 작가가 전 세계 독자들에게 안기는 선물이며, 가장 대담하고도 독창적이며 참신한 목소리를 소설의 형태에 담아 맹렬하게 쏟아내는 작품이다.”

– 알렉산드라 클리먼 Alexandra Kleeman, 『암시 Intimations』, 『당신도 나 같은 몸을 가질 수 있다 You Too Can Have A Body Like Mine』의 저자

⌘

“우리 인간의 현재와 근미래의 최첨단 기술을 소재로 삼은 메리 사우스의 단편 소설들이 이토록 특별하게 다가오는 이유는 참신함의 광채를 능수능란한 솜씨로 벗겨낸 뒤 등장인물들이 겪는 승리와 고통을 속속들이 파헤쳐 놓았기 때문이다. 작가는 예리한 통찰력과 재치를 발휘하여, 시간을 초월한 사랑, 상실, 고독에 관한 진실을 발가벗기듯이 다양한 작품의 핵심에 펼쳐놓는다.”

– 사라 노빅 Sara Novic, 『소녀와 전쟁 Girl at War』의 저자

“최근 읽은 책 가운데 가장 기묘하고도 가장 짜릿한 단편집이다. 사색적인 소설에 바라는 모든 것이 담겨 있다. 불안감 속에서 독자가 허겁지겁 책장을 넘기게 만드는 흡입력뿐만 아니라, 이야기가 끝난 뒤에도 여운을 오래 남기는 끝없는 의문의 새로운 형식마저 제공하는 작품이다.”

– 잭 제이이엠시 Jac JEMC, 『장악 The Grip of It』의 저자

당신은
절대
잊히지
않을 것이다

초판 1쇄 발행 * 2022년 7월 7일

지은이 * 메리 사우스 Mary South
옮긴이 * 변용란
편집주간 * 박혜선
디자인 * 허희향 eyyy.design

펴낸이 * 최윤영 외 1인
펴낸곳 * 책봇에디스코
출판등록 * 2020년 7월 22일 제 2020-000116호
전화 * 02-6353-1517 | 팩스 * 02-6353-1518
이메일 * ediscobook@gmail.com
인스타그램 * instagram.com/edisco_books
블로그 * blog.naver.com/ediscobook

ISBN 979-11-978819-0-9 03840

책값은 뒤표지에 있습니다.
잘못된 책은 구입하신 곳에서 바꾸어 드립니다.